AF288083

Nenn' mich Margot

Sigrid Dobat

Nenn' mich Margot

Roman

ihleo verlag

**Bibliografische Information
der Deutschen Nationalbibliothek**

Die Deutsche Nationalbibliothek verzeichnet diese Publikation
in der Deutschen Nationalbibliografie; detaillierte bibliografische Daten sind im Internet über http://dnb.d-nb.de abrufbar.

Impressum

© ihleo verlag, Husum 2015²

Gesamtherstellung: ihleo verlag – Dr. Oliver Ihle,
   Schlossgang 10, 25813 Husum
   info@ihleo.de, www.ihleo-verlag.de

ISBN 978-3-940926-38-8

I. Prolog

Die Steinbrüstung am Kellerausgang war nicht beschädigt. Sie saß unbeweglich auf der Steinkante, die Hände flach auf die rauen Steine gepresst. Eine zertretene Aschespur auf den Stufen, zum Keller hinaus. Der Luft entgegen. Auch sie war über die Kellerstufen hinausgelaufen auf den Innenhof. Jetzt sah sie die Hauswände dunkel und unbeschädigt. Ein beruhigendes Viereck aus mehrstöckigen Häusern, in dessen Mitte kleine Gartenflecken lagen, überpudert mit grauschwarzer Asche. Sie hörte die Stille, die sich in das Häuserviereck gelegt hatte, und sie spürte noch das bissige Heulen der Sirenen, das Ende des Bombenangriffs.

Ihre Fußspitzen berührten den Boden, die Schuhe schoben die Asche zu kleinen Wällen auf. Sie schoben ein Viereck, gerade so groß, dass sie ihre Füße hineinstellen konnte.

Der Angriff war plötzlich gekommen. Sie kamen immer plötzlich, die Fliegerangriffe, manchmal hatte sie das giftige Brummen der Flugzeuge schon hören können, bevor sie die Sicherheit eines Kellers erreichte.

Vor Stunden war sie in den Luftschutzkeller gerannt. Im letzten Augenblick, als sie schon die Bomber herannahen hörte – denn die Ersten kamen immer nach hinten, tiefer hinein in den Keller. Tiefer und enger. Sie hatte Angst vor dem Ende des Kellers und vor der Nähe zu den anderen, wenn sie deren Zittern spüren konnte, die Gesichter sehen und ihre Laute hören. Vorn an der Eisentür, dem Ausgang näher, fühlte sie sich besser. Es war gut, die stabile Tür im Blick zu haben und an die Möglichkeit zu glauben, sie öffnen zu können und hinauszugehen, der Luft entgegen. Eine Möglichkeit, die ihrer Angst Ruhe gab. Sie hatte den massiven Eisengriff vor sich, den der Luftschutzwart in einen Bügel geschoben hatte. Und sie hatte ihn eine fahrige Handbewegung machen sehen, die das Schließen der Tür nachvollzog. Und sie hatte ihn Worte sagen hören, zu denen er den Kopf senkte und unmerklich schüttelte. Vielleicht zitterte er auch, als er sagte: „Die Tür ist sicher." Der Mann beruhigte sie nicht, wohl aber der Griff in der eisernen Tür. Bei jeder Erschütterung drehte sich der Griff um wenige Zentimeter aus seiner Halterung, um dann mit einem Ruck zurückzufallen – in die Sicherheit des Schlosses. Gebannt hatte sie versucht, dem Ruck ein Geräusch zu geben. Doch sie hörte hinter sich in der Tiefe des schmalen Kellers nur die angstvolle Stille, das unterdrückte Atmen der Menschen, die leisen Schreie. Und obwohl sie sich vorbeugte, um der Tür und dem Eisenschloss näher zu sein, gelang es ihr nicht, den erwarteten Ruck zu hören. Ein metallisches Klicken müsste es sein. Klick, klick, vielleicht dumpfer: *Klick*.

Nichts.

„Zählen!", brüllte der Mann mit der Armbinde und der zitternden Stimme. „Zählen!"

Sie kannte das, sie machten das alle – zur Beruhigung für sich selbst und für die Menschen im Keller. Sie wusste, dass er schon gezählt hatte. Sie wusste, dass er sein „Zählen!" nur dann brüllte, wenn die größte Gefahr vorüber war. Er brüllte nur, wenn die Zahlenreihen von einer Erschütterung zur nächsten länger wurden, beruhigend länger. Deshalb hatte er gerufen: „Zählen!"

Tatsächlich hatte auch sie gezählt: die kurzen Zahlenreihen zuerst, wenn die Detonationen häufig und kurz nacheinander kamen, dann die langen, wenn die Abstände größer wurden. Und sie hatte das Schloss mit dem sicheren

Griff gesehen, den Ruck gesehen – und ihn nicht hören können.

Dann hatte der Luftschutzwart die Tür geöffnet, sie hatte sehen können, wie er den Griff aus dem Eisenbügel hob, die Tür unter dem Drängen der Menschen nach außen schob. Sofort war sie hinausgelaufen, wie die anderen hinausgelaufen. Für einen kurzen Moment hatte sie die Tür berührt. Sie war kalt, metallisch kalt und sicher. Und für diesen kurzen Moment spürte sie die Dankbarkeit, noch am Leben zu sein.

Dann waren die anderen fort, nur die zertretene Asche auf den Kellerstufen blieb. In dem zwangvollen Bedürfnis, sich hinsetzen zu wollen, war sie zurück zur Steinbrüstung des Kellerabgangs gegangen. Sie war am Leben, hier und jetzt lebte sie. Ihre Anspannung löste sich.

Langsam hob sie ihre Hände von den Steinen, die Handgelenke schmerzten; zu heftig musste sie die Hände auf die Steine gepresst haben. Die Asche klebte an den Handflächen, sie rieb sie aneinander, der graue Schmutz fiel krümelig in ihren Schoß. Und das flüchtige Gefühl der Dankbarkeit, das sie eben noch bei der Berührung der stählernen Tür empfunden hatte, wich der Gleichgültigkeit und Leere, die sich einstellte, wenn es vorüber war: Nur kurz und ohne Interesse hatten die Menschen, die eben noch in angstvoller Gemeinschaft im Keller gesessen hatten, sich umgesehen – und dann grußlos zerstreut, jeder in seiner eigenen Welt gefangen.

Sie griff nach ihrer Tasche, die sie mit dem Gurt um Nacken und Taille geschlungen hatte, mit dem Mantelgürtel zusätzlich befestigt. Es war gut, sich nicht um die Tasche kümmern zu müssen, die Hände freizuhaben, um sich zu halten, um zu greifen. Und es war gut, die Tasche unversehrt am Körper zu spüren.

Weiter hinten im Hof sah sie dann doch Menschen, eilig und geschäftig, als gäbe es einen Alltag, als gäbe es Selbstverständlichkeiten. Sie konnte nicht erkennen, ob es Menschen aus dem Keller waren. Sie kannte niemanden hier; sie hatte es vermieden, in die Gesichter zu sehen. Nur an das Gesicht des Luftschutzwartes erinnerte sie sich, an seine zitternde Stimme und die Armbinde über dem Kittel, die ihn als Luftschutzwart auswies.

Sie ließ sich von der Steinbrüstung hinuntergleiten, klopfte Asche von ihrem Mantel, suchte ein sauberes Fleckchen Hinterhofgras und versuchte, den Staub von ihren Schuhen zu treten.

Es war inzwischen Morgen geworden, der Hof in der Morgendämmerung wie eine tröstliche Welt aus Heilem und Wärme. Sie wusste, diese Wärme im Hof war die Hitze jenseits der Häuserwände, die sengend nach Haaren, nach Haut und Kleidung griff.

Das erwachende Licht dieses Morgens im April stand flackernd über den Dächern. Das Gras, die kleinen Gartenflecken im Hof grau. In eine zerstörte Häuserlücke hinein stieg die Morgensonne. Ascheflocken spielten in ihrem Schein, widersinnig ihr schwarzer Tanz im frühen Licht.

Unschlüssig stand sie in diesem Innenhof auf dem Fleckchen Gras, das der vergangene Winter gelassen hatte.

„Geh nach Hause!"

Sie erkannte die Stimme des Luftschutzwartes, sie zitterte nicht mehr. „Sie sagen, es kommt heute nichts mehr. Geh nach Hause!"

Sie spürte das ihr vertraute Kribbeln, feine, unzählige Nadelstiche in den Schienbeinen nach den Angststunden, und bückte sich, um mit der Hand über die Beine zu streichen.

„Das kommt immer danach", glaubte sie erklären zu müssen. Sie hatte seinen erstaunten, verständnislosen Blick gesehen.

„Im Keller kann keiner bleiben, ich schließe ab. Ich bin vorschriftsmäßig. Sie wollen ja auch nicht davorstehen und er ist besetzt, wenn's wieder losgeht."

„Das Kribbeln kommt immer danach", wiederholte sie.

Aber es schien ihn nicht zu interessieren. Sein Blick ging zur Kellertür, die er abschließen wollte. Er sah sie nicht an, stand da und schaute zur Kellertür. Sie spürte seine Unschlüssigkeit und ahnte, von ihm erfahren zu können, was ihr das Leben in den nächsten Stunden sichern könnte.

„Ich bin ausgebombt", sagte sie unvermittelt.

Sein Blick ging langsam von der Kellertür zu ihr. Und so, als wäre es eine Feststellung von nur geringster Konsequenz, antwortete er: „Das sind viele. In der Jungmannstraße öffnen sie den Bunker. Da wohnen viele. Da gibt's auch Essen." Nach einer kurzen Pause fügte er hinzu: „Hinter der Bergstraße."

Das Kribbeln in ihren Schienbeinen hatte nachgelassen, und wie ganz nebenbei zeigte sie auf die Hofausfahrt.

„Links oder rechts?"

Mit dem Kopf wies er nach links, dann ging er auf die Kellertür zu.

Sie hatte erfahren, was nötig war, und ging, ohne sich nach dem Luftschutzwart umzuschauen. Er hatte ihr die nächsten Schritte ermöglicht; das reichte. Fremd in dieser Stadt, niemand kannte sie. So wollte sie es. Ausgebombt waren viele. Sie auch. Mehr nicht.

In ihrer Tasche hörte sie bei jedem Schritt das leise Klacken des Löffels, der gegen den blechernen Teller schlug. Unzerbrechlich; das war wichtig. Ein wenig Wäsche, eine Zahnbürste, etwas Seife und ein Handtuch. Und Schuhe für wärmere Tage. Mehr passte nicht in die Tasche, und mehr durfte auch nicht in ihrer Wohnung fehlen. Zwei Kleider und zwei Mäntel übereinandergezogen.

Intensiv hatte sie in ihrer Wohnung in Berlin überlegt, ob das Risiko nicht zu groß sein würde, wenn die Zahnpasta fehlte. Es würde auffallen, Zahnpasta war Mangelware. Sie ließ sie dort.

Ihre Unterwäsche hatte sie präpariert. Der Topasring, sorgfältig eingenäht in eine kleine Tasche. Auf der Innenseite der Unterwäsche die Reichsmark. Sie hatte ihr Gehalt sparen können; er war großzügig gewesen. Die Kleidermarken hatte sie nicht verbraucht: Zum Tanz in der *Traube* gab es stets neue Kleider, besondere Kleider aus Frankreich, elegante Kleider. Von ihm. Er hatte Beziehungen. Sie sollte keines mehrfach tragen; man kannte sie dort. Für beide war der Tisch in der Nische reserviert, jeden Samstag. Der Ober wusste, welchen Wein sie bevorzugte. „Wie immer", hatte der Ober bedeutungsvoll und leise gesagt, und sie hatte genickt.

Dann war die Zeit vorüber gewesen, die Traube brannte bei einem Bombenangriff auf Berlin aus. Tage nach dem Angriff war sie zur Traube gegangen; der Anblick der Brandruine hatte geschmerzt. Das Haus war ihre Welt gewesen, einzig ihre Welt. „Wie immer", hatte der Ober leise gesagt und sie zu ihrem reservierten Tisch in der Nische geführt.

Es gab Ersatz im *Adlon*, doch es fehlte etwas. Im Adlon war es laut, ein Kommen und Gehen fremder Gäste, illustre Gesellschaften, Prominenz. Allmählich lernte sie zwar das Adlon zu schätzen, genoss es, inmitten der Prominenz zu sein. Die Traube aber schien nur für zwei gewesen zu sein, für ihn und für sie, das Adlon für viele.

,Ich weiß, es wird einmal ein Wunder geschehn.'

Das Lied aus der Traube, ihr Lied. Sie fühlte die dunkle Stimme, hörte die beiden Streicher des kleinen Tanzorchesters. Die Musiker waren nur für sie und für ihn in der Traube; so hatte sie empfunden, damals.

Dann war das Haus zerstört. Und ihr wurde jetzt klar, dass nicht nur das Haus zerschmettert wurde, damals in der Bombennacht. Damals glaubte sie nur den einzigartigen Moment verloren zu haben, wenn der Ober sie zum Tisch führte und ‚wie immer‘ sagte, und hatte anfangs die Enttäuschung über das Adlon gespürt. Jetzt in diesem neuen Leben, hier in dieser fremden Stadt, deren Straßen sie noch nicht kannte, wurde ihr schlagartig bewusst, dass sie damals nicht erkannt hatte, dass ihre Furcht zunahm, bei ihm und auch bei sich selbst. Damals schon hatte sich die Furcht und das Wissen um das Unrecht leise zwischen sie gestellt. Und in die Klarheit dieses Gedankens mischte sich jetzt, hier in dieser Stadt, drängend der Text des Liedes, das einmal so bedeutungsvoll für sie gewesen war.

‚Dein Schicksal ist auch meins.‘

Damals beim Tanz in der Traube war dies die Liedstelle, bei der er sie an sich zog. Für diesen Moment spürte sie seine energische Hand in ihrem Rücken und sie hatte den Druck dieser Hand genossen, hatte den Kopf an seine Schulter gelegt für diesen Augenblick – in der Gewissheit, dass sein Schicksal auch ihr Schicksal sein würde.

Später tanzten sie in ihrer Wohnung, es gab ein Grammofon.

‚Wir haben beide denselben Stern.‘

Sie war jetzt fort aus Berlin. Was würde er tun, wenn sie nicht in der Schreibstube der Zentrale erschiene, die Karteikarten nicht einsortierte, die Meldebögen nicht weiterleitete? Es würde Unruhe geben. Man würde ihn fragen; ihre jahrelange Liaison war bekannt, für jeden sichtbar im Ministerium und in der Zentrale. Die Zusammenarbeit war ‚eng‘. Deshalb müsste er nachsehen, er müsste sie suchen in Berlin. Ihr Wohnhaus könnte unverändert stehen, vielleicht. Ihre Wohnung würde er dann verschlossen vorfinden. Er würde mit seinem Schlüssel aufschließen, das sorgfältig gemachte Bett finden, die gefüllten Wassereimer, das Löschwasser. Und er würde ihre Kleider im Schrank vorfinden, den Koffer auf dem Schrank, nur die Haken an der Garderobe leer. Mantel und Winterstiefel würden fehlen; sie war eben nur aus dem Haus gegangen. So würde er denken und so würde er es im Amt melden. Er wird glauben, sie sei auf die Straße gegangen, hätte bei einem Bombenangriff keinen Bunker erreicht. Es gab viele Angriffe. Vielleicht hatte sie auch jemand aus der Nachbarschaft gesehen, wie sie aus dem Hause gegangen war, morgens, wie auf dem Weg zur Arbeit, auf dem Weg in die Schreibstube in der Zentrale. Vielleicht hatte der Luftangriff sie überrascht. Vielleicht war ihr Wohnhaus sogar tatsächlich einem Angriff zum Opfer gefallen und ihre Wohnung zerstört.

Es gab viele Möglichkeiten.

Und dann war es überraschend schnell gegangen. Der Menschenstrom nahm sie mit, fort aus Berlin, ihre Kennkarte hatte sie in der Nähe ihrer Wohnung fallen lassen; sie würde bald zertreten sein. Einen Zug gab es, einmal ein Fuhrwerk. Warten auf Gleisen, irgendwo Verstecke, fort nach Westen. Es hatte nur wenige Tage gedauert. Zuletzt dann der Lastwagen. Auf die Frage „Wohin?" hatte sie nicht geantwortet und war eingestiegen.

Jetzt war sie hier in der Stadt, deren Namen sie aus der Kriegsberichterstattung kannte; und aus dem Jahre 1936. Kiel. Und sie dachte daran, dass es für sie schon einmal eine Verbindung zu dieser Stadt gegeben hatte: Sie hatten zu den Bevorzugten gehört, die die Olympiade von Tribünenplätzen aus sehen konnten. Seine Position, seine besonderen Aufgaben hatten ihn herausgehoben – und ihr hatte es gefallen, damals, 1936, zu den Bevorzugten zu gehören. Auf der Welle ganz oben. Eigentlich hätte sie sich jetzt wundern müssen über die doppelte Bedeutung des Wortes. Sie hatten zu denen gehört, die im Sonderzug über Hamburg nach Kiel fuhren, um die Segelolympiade zu sehen. Auf der Welle ganz oben. *Er* hatte sie damals auf die Welle gehoben.

Etwas Irritierendes, Ungutes durchfuhr sie hier – auf irgendeiner Straße der Stadt, die sie schon damals besucht hatte. Sie wartete, bis das Gefühl abebbte. Ihn und Berlin zu verlassen war gut. Notwendig und gut. Sie war jetzt eine Frau mit einer Tasche, in der Blechteller und Löffel und Zahnbürste verwahrt waren. Ein Lippenstift auch. Mehr nicht. Ihre Kennkarte irgendwo zertreten in Berlin.

„Links", hatte der Luftschutzwart gesagt, und sie ging.

Sie kannte sich nicht aus in dieser Stadt, hatte nur eine ungefähre Erinnerung an einen Ort, in dem es zwei kleine Seen gab, unweit davon ein Schloss, dessen Turm wie ein Wächter vor Hafen und Werften lag. An der Förde entlang, aus der Stadt hinaus, direkt an einer Promenade müsste sie das Olympiaheim finden, und damit die Chance für eine Bleibe. Auf der Welle ganz oben.

Und während ihre Gedanken diese vergangene Zeit suchten, bahnten sich ihre Füße einen Weg durch verschüttete Straßen und Zerstörung. Als ihre Erinnerung gerade die Welle ganz oben berühren wollte, durchfuhr sie die Erkenntnis, dass es ausgeschlossen war: Man würde sie erkennen! Vielleicht. Und man würde nach ihrem Namen fragen und dann wissen, mit wem sie damals einquartiert war. Aber damals hatten sie seinen Namen verwendet. Es sollte keiner wissen, dass sie nicht verheiratet waren. Es gab noch eine Ehefrau; in Kiel sollte jedoch sie die Ehefrau sein. Jetzt, viele Jahre später, könnte sie einen Namen nennen, irgendeinen. Einen neuen Namen, der keine Verbindung zu ihnen hätte.

Aber auch diese Möglichkeit beruhigte sie nicht: Vielleicht würde man sich an ihr Gesicht erinnern. Vielleicht.

Sie blieb stehen, versuchte den Zweifel zurückzudrängen. Wer sollte sich nach so vielen Jahren an sie erinnern? Und doch, es gibt Zufälle! Der Gedanke machte ihr Angst, obwohl es keine Wirklichkeit für diese Angst gab. Ihre Kennkarte irgendwo in Berlin, wer sie jetzt war, wusste sie nicht, es gab kein Jetzt, es gab nur eine ungenaue Erwartung an eine Zukunft, vielleicht hier in dieser Stadt.

Sie versuchte, sich zu orientieren, zog ihren Wintermantel aus. Der Wollstoff des Kragens kratzte am Hals. Der leichte Stoff ihres Staubmantels, den sie unter dem Wintermantel trug, wärmte genug. Es war heiß in diesem April. Hier war es heiß. Die Häuser strahlten Hitze aus, obwohl in diesem Straßenzug keine Brände mehr loderten. Aber Hitzeschübe zogen durch die Straßen. Sie verströmten einen dumpf-süßlichen Geruch.

Sie blickte sich um. Hineingeschlagen in die Häuser des Straßenzuges eine Kerbe, die Eingangstür verschüttet von Steinen. Ein Mauersims hielt einige Balken fest, auf denen sich andere türmten. Ein Stofffetzen, hineingespannt in die Balken. Sie erkannte bunte Streifen. Darüber, als wolle es die Zerstörung behüten, die Reste eines zusammengefallenen Daches. Ihr Blick folgte der klaffenden Schneise nach oben. Ein Schornstein ragte in den Himmel, unbeeindruckt von der Zerstörung. Schwarze Balken griffen ins Leere. Und darüber erkannte sie ein Zimmer. Wie das Schaufenster eines Möbelgeschäftes lockte der Raum ihren Blick in ein kleines Stück Unversehrtheit, umschlossen von drei Wänden. Sie erkannte einen Tisch inmitten des Raumes. Es hätte sie nicht gewundert, Tassen oder Teller oder ein Tischtuch darauf zu sehen. Eine geschlossene Zimmertür, Tapeten an den verbliebenen Wänden.

Ihre Gedanken streiften Berlin. Die Frage, ob ihr Wohnhaus noch unversehrt war, berührte sie kurz. Dann aber hing ihr Blick an dem aufragenden Schornstein fest. Sie erinnerte sich an einen Straßenzug in Berlin, an Ruinen, deren Schornsteine wie zur Abwehr in einer Reihe zwischen leeren Giebelspitzen aufgerichtet standen, die Häuser darunter zusammengefallen. Eine ausgehöhlte Stadt, herausgesogenes Mark.

Jetzt hier in dieser Stadt das Schaufenster des Möbelgeschäfts. Ein tröstliches Bild, sie blickte hinauf, dachte sich Teller und Tassen auf dem Tisch in diesem Schaufenster.

Ihr Nacken begann zu schmerzen, sie wandte sich ab und ging.

Die Straßen, denen sie nun folgte, waren vom Schutt geräumt. Er war auf die Gehwege geschoben worden, lag an die Häuserwände gelehnt, hatte Hauseingänge zugeschüttet. Die Häuser zerstört, leere Fensterhöhlen starrten auf die Straße, ein Fensterkreuz beugte sich aus einem Mauerloch. Es wird bald herausgestürzt sein, sein Glas wird auf der Schutthalde zersprungen sein.

Eine Straßenbahn fuhr langsam vorbei, ein Stück Normalität. Nur wenige Menschen saßen in der Bahn, angestrengt und konzentriert sah der Fahrer den Schienen entgegen, die Knöchel spannten sich weiß auf seiner verkrampften Hand, die den Steuerknauf hielt. Die Bahnen in Berlin wurden von Frauen gelenkt. Meistens. Nur kurz wunderte sie sich darüber.

Sie glaubte mehr und mehr, die Stadt von einst wiederzuerkennen, suchte sich hinein in diese Stadt. Ihr Ziel, den Bunker in der Jungmannstraße, hatte sie verloren. Sie suchte Vertrautes, fand den Hafen, sah zerstörte Kaimauern, eingesunkene Schiffe nebeneinander, als versuchten sie, sich gegenseitig zu stützen, sich über Wasser zu halten. Ein Schiffsrumpf ragte aus dem Wasser, aufgebläht wie ein riesiger Fisch vor dem Ufer der entfernten Hafenseite, vor den einsamen Kränen der Werft. Dann das Schloss, eine Ruine jetzt, nur der Turm ragte empor. Hier in Hafennähe setzte sie sich, die unebenen Wege voll Schutt und Steine hatten sie müde werden lassen. Es tat gut – der Blick auf das Wasser, das Schloss, dazwischen Rasenfetzen. Wenn sie die Augen schloss, nur noch ein verschwommenes Bild zuließ, tat es gut, hier zu sitzen.

Als die Aprilkühle in ihren Körper kroch, stand sie auf und lief weiter, ziellos. Sie fand unweit die zwei Seen, die wie unberührt dalagen, das Ufer friedlich, dort, wo es von der Zerstörung verschont geblieben war. Sie versuchte, mit den Augen den Ufersäumen nachzugehen, erkannte die Straße, die die Seen teilt, sah kahle Bäume. Welche der Bäume grüne Kronen haben werden, wenn der Frühling kommt, konnte sie sich nicht vorstellen. Auch keine Uferböschung mit Gras bewachsen.

Es gelang ihr nicht, das Bild eines Frühlings, eines Sommers zu finden.

Inmitten von Schutt ragte ein spitzer Turm empor. Sie erinnerte sich an den spitzen Turm, das Wahrzeichen der Stadt. Damals gab es Postkarten. Er schien unbeschädigt und trotzig. Das Zentrum der Stadt – und doch hatte sie die Orientierung verloren. „Nach links", hatte der Luftschutzwart gesagt, aber in welcher Straße der Keller lag, in dem sie die vergangene Nacht verbracht hatte, wusste sie nicht mehr. Sie musste sich neu orientieren; es gab irgendwo einen Bunker, der zum Wohnen geöffnet war, auch zum Wohnen. Den musste sie finden, denn es würde bald wieder eine Nacht geben, für die sie eine Bleibe brauchte. Eben noch war sie froh gewesen, sich in dieser Stadt ein wenig zurechtzufinden, jetzt schlug ihr Gefühl um in die unruhige Sorge, bald ein schützendes Dach zu brauchen.

In der späten Aprilsonne fröstelte sie jetzt. Hier zwischen den beiden Seen trieb ein kühler Wind vom Hafen herüber. Sie zog den Wintermantel wieder an, und während sie die Knöpfe in die Knopflöcher schob und den Kragen im Nacken aufschlug, wurde ihr bewusst, dass sie hier in dieser Stadt mit dem Mantel in der Mode der Großstadt auffallen müsste. Sie zog den Gürtel fester, band die schwingende Stofffülle an den Körper und strich den Kragen flach; hochgestellt trug man ihn in Berlin. Jetzt war sie besser angepasst an diese Stadt, der Kragen lag auf den Schultern. Sie nahm sich vor, die Schulterpolster aus dem Mantel zu trennen. Das würde unauffälliger sein. Sie schaute sich um. Niemand schien sie zu beachten, niemand hatte sie auch nur angesehen.

Sie spürte Hunger. Sehr plötzlich und schmerzhaft traf sie das nagend schneidende Gefühl. Ihre Lebensmittelmarken lagen in ihrer Tasche, sorgsam eingeschlagen in Wachstuch. Sie würde schnell eine Möglichkeit finden müssen, Essbares zu besorgen. Die Marken trug sie bei sich, dennoch konnte sie nicht gewiss sein, sie einlösen zu können. Einige Male war es ihr gelungen. Sie hatte versichert, die Kennkarte sei ihr in der Enge des Luftschutzkellers abhandengekommen, vielleicht gestohlen. Aber es gab Vorschriften, Lebensmittelmarken und Kennkarte gehörten zusammen und nicht alle konnten von ihren Vorschriften lassen. Sie schaute sich um. Hier würde sie keine Lebensmittelgeschäfte finden, in diesem Stadtviertel nicht.

Vor ihr die Straße, die die Seen teilt. Aufgeschüttete Böschungen, ein kleines Stück unversehrte Brücke. Sie löste die Riemen der Tasche von Schulter und Taille und folgte mit den Augen dem Straßenverlauf. Die Straße stieg an. Ist es die Bergstraße? Dann wäre der Bunker nicht weit entfernt. „Hinter der Bergstraße", hatte der Luftschutzwart gesagt, als er den Weg zum Bunker in der Jungmannstraße andeutete. Straßenbahnschienen lagen in Pflastersteinen. Oben, unverkennbar, verdichtete sich der Strom der Menschen. Sie hatte gelernt, dass sich alles Notwendige dort finden lässt, wo Menschen sich sammeln. Also folgte sie

den Menschen bergan. Im Näherkommen sah sie das Ver-
deck eines Lastwagens, um den sich Menschen scharten.
Bruchstückhaft erkannte sie die Buchstaben unterhalb des
Verdecks: *Hilfszug … Nahrung für die Bevölkerung.*

„Der Führer sorgt für uns", hörte sie eine Stimme sagen.
Sie versuchte am Klang herauszuhören, ob dieser Mensch
an seinen Satz glaubte. Es gelang ihr nicht; die Stimme
klang müde, mehr nicht. Sie wusste es anders, alle im Amt
wussten es damals, dass es dem ‚Führer' um das Durchhal-
ten ging. Satte Menschen bewahren Ruhe, satte Menschen
halten durch. Sie antwortete der müden Stimme nicht, sie
stellte sich an das Ende der Warteschlange. Jetzt gehörte sie
auch zu denen, die aushalten müssen.

Und in die Gedanken mischte sich die Erinnerung an
die Unruhe, die Angst, die nach den Frontmeldungen viele
im Amt und in der Zentrale ergriff. Die Russen, die Feinde, waren bis Berlin gekommen und die Keller der Zentrale waren voll gelagerter Akten. Tagelang hatte sie sie aus
den Regalen nehmen und in den Hof tragen müssen. Die
Aktenzeichen hatte er vorgegeben. Aber sie wusste auch
ohne ihn, welche Akten abtransportiert werden mussten.
Sie hatte sie selbst in den Keller der Zentrale geschafft, als
sie im Lkw und im grauen Bus von Hadamar nach Berlin
in die Abwicklungsstelle gebracht wurden; ein vorläufiger
Abschluss. Sie erinnerte sich genau, es war der Sommer
1941. Seitdem lagen die Akten im Keller und mussten jetzt
eilig fort.

In ihre Wohnung war er immer seltener gekommen; das
Grammofon spielte nicht mehr. Er schlief kaum, schreckte
hoch, blieb schließlich immer häufiger auch nachts in der
Zentrale. Und in den Nächten allein in ihrer Wohnung
erschreckten und verängstigten sie ihre eigenen Gedanken. Es hatte in den Akten gestanden, die aus Hadamar
kamen. Sie hatte gewusst von den Forschungen, hatte die

Ergebnisse in Protokolle geschrieben. Sie hatte sie hingenommen, die Fragen als wissenschaftliche Fragestellungen hingenommen. Wie lange lebt ein Mensch bei einem Körpergewicht von 40 kg ohne Nahrung? Wie viel Veronal muss in das Blut gespritzt werden bei diesem geringen Gewicht? Oder wie viel Luft? Nachts glaubte sie, ihr eigenes Blut erstarren, erfrieren zu fühlen, wenn die Erinnerung sie diffus heimsuchte, wenn der maßlose Schreck sie in der Dunkelheit wachrief.

Mit *ihm* konnte sie nicht sprechen, er hatte seinen wissenschaftlichen Auftrag. Und sie war verstummt.

Es sollte eine Reise zwischendurch, eine Sommerfahrt, werden. Eine Abwechslung und eine Erholung von den Bombenangriffen in der Stadt. Auf dem Land war der Krieg still. Es gab Pensionen, und es gab ihn, der zuverlässig über Funk erfuhr, wenn aus der Luft sich Gefahr näherte. Der Sommer war wieder ein Sommer, die Landstraße zog sie durch bestellte Felder, Dörfer und Ruhe.

Dann das imposante Gebäude, mächtig und symmetrisch außen, schmale Flure innen in der Anstalt, die Labore, dürre Körper. Und das eine Gesicht: Die Augenlider deckten schwer den Blick zu, er hätte den Kopf heben müssen, um aus dem schmalen Augenspalt etwas erkennen zu können. Der Mensch hob den Kopf nicht, schmerzhaft lagen die Augen in tiefen Höhlen. Der Mund schmal, zusammengepresst, die Hände zuckend das Gesicht reibend. Immerzu, immer wieder. Die Hände jung und schmutzig in einem alten Gesicht.

Er hatte ihr Entsetzen bemerkt und versuchte sie zu beruhigen: „Die merken doch nichts, weil sie es nicht kapieren." Dann kam sein Beweis: Er zog seine Handschuhe fester, schob die Finger wie zum Gebet ineinander, stieß sie mehrfach gegeneinander. Dann griff seine Hand unter das

Kinn des alten Gesichts, hob es hoch, seine Augen zwinkerten und er pfiff eine Melodie, eine kleine nur. Das Gesicht lächelte, hochgehoben für Momente lächelte es und öffnete seine Lider.

„Da siehst du es, sie kapieren nichts", sagte er und ließ das Gesicht fallen.

Sie kannte die Melodie, die er eben gepfiffen hatte. Das Lied aus der *Traube*. Sie hatte danach den Druck seiner Hand nicht mehr im Rücken ertragen. ‚Dein Schicksal ist auch meins', angstvoll und angestrengt suchte sie später im Keller der Zentrale die Akten nach seinen Anweisungen hervor, sie trug die Beweise fort. Das Gesicht mit dem Lächeln blieb.

Die Meldungen von *BBC* und *Soldatensender Calais* erreichten nicht nur die Übersetzer im Amt. Die Russen waren über die Oder gekommen, sie standen vor Berlin. Mit diesen Meldungen erreichte auch sie die Gewissheit, dass alles ein Ende haben würde, ein schreckliches Ende.

Schließlich hatte sie den entscheidenden Entschluss gefasst, hatte ihn und seine Angst verlassen und die sichere Versorgung in der Zentrale aufgegeben.

Sie schreckte zusammen, die Warteschlange schob sich vorwärts. Gleich würde sie an der Reihe sein, den Blechteller aus ihrer Tasche nehmen und ihn nach oben reichen. Eine Kelle wird Essbares in den Teller schwappen, und es wird ihr einerlei sein, was es ist.

Die in Brühe gekochten Kartoffelstückchen und Rüben taten gut, eine bleierne Müdigkeit überkam sie. Sie lehnte sich an eine Hauswand und schloss die Augen. In das laute Motorengeräusch des abfahrenden Lastwagens hinein kroch das unbändige Bedürfnis nach Schlaf. Sie rutschte an der Hauswand hinab, die Tasche fest haltend.

Jäh fuhr sie hoch, als sich eine Straßenbahn quietschend näherte. Die Eisenräder zwängten sich in die Schienen, die Bahn bog nach links ab. Der Fahrgastraum der Straßenbahn schemenhaft erleuchtet, sie war überfüllt. Jetzt lenkte eine Frau, eine Schirmmütze hatte sie weit in ihr Gesicht gezogen, ihre Uniformjacke war viel zu weit. Einige standen im Einstieg auf den Trittbrettern.

Hatte sie geschlafen?

Sie stand auf, mühsam, die Kälte hatte ihre Gelenke steif werden lassen. An ihrem Mantelstoff klebte der Staub der Straße. Sie versuchte ihn abzuschütteln. Die Feuchtigkeit des Abends hatte den Straßenstaub schmierig werden lassen. Rötliche, schleimige Flecken hafteten an dem blassbraunen Wollstoff. Ärgerlich rieb sie an dem Stoff, vergrößerte durch ihr Reiben aber die Flecken nur.

Gleichzeitig versuchte sie sich zu orientieren.

Sie erinnerte sich, sie war bergan gegangen. Jetzt, nachdem kaum Menschen auf den Straßen waren, erkannte sie, dass sie an einem Platz stand. Im schwachen Rest des Tageslichtes zeichneten sich Seitenstraßen ab, vereinzelt standen noch Häuser, sie erkannte ein unbeschädigtes; hinter einigen Fenstern, hinter der Verdunklung, zaghaftes Lampenlicht. Die Dämmerung der anbrechenden Nacht tauchte den Platz in ein dunkles Grau, dennoch konnte sie fünf abzweigende Straßen zählen. Hinter ihr eine fast intakte Häuserzeile, gegenüber Zerstörung und weites, ödes, bleischweres Grau.

Im Eingang des Hauses, an dessen Wand sie eingeschlafen war, bemerkte sie Unruhe hinter den Fenstern. Verdunklung. Irgendwo auf der Straße würde die Straßenbahn stehen geblieben sein.

„Der Drahtfunk meldet!", rief jemand ihr im Vorbeilaufen zu.

Sie wusste, was das bedeutete: Fliegeralarm! Schnell musste sie den Bunker finden, den der Luftschutzwart erwähnt hatte, in dem sie Schutz vor diesem Fliegerangriff und vielleicht auch für längere Zeit eine Bleibe finden könnte. „Hinter der Bergstraße", hatte er gesagt. Sie war bergan gegangen, vielleicht war das die Bergstraße, an deren Ende der Platz lag, auf dem sie jetzt stand. Den Vorbeieilenden nach! Hinter der Bergstraße musste der Bunker sein! Sie hörte Zurufe derjenigen, die sich nicht verlieren wollten. Sie hastete mit, rannte, stolperte, riss sich hoch, lief weiter, presste ihre Tasche fest an den Körper. Dann spürte sie in plötzlichem Schrecken, dass sie allein auf der Straße war, sie hörte keine Stimmen mehr. War sie zu langsam gelaufen? Hatte sie die Richtung verloren? Stille umgab sie, nur ihren Atem hörte sie und ihren heftigen Herzschlag. Und weit in der Ferne und noch sehr leise das gleichförmig dumpf brummende Motorengeräusch der Bomber.

Plötzlich durchschossen Lichtstrahlen die Dunkelheit. Die Flakscheinwerfer sendeten ihre Blendstrahlen hoch in die Unendlichkeit, flackernd und suchend, den Bombern entgegen. Für kurze Augenblicke erkannte sie etwas entfernt die Straße, schemenhaft die Straßenbahnschienen – sie gaben einen matten Schimmer in der Straßenmitte. Schuttberge am Straßenrand, Häuserwände, die im verlöschenden Licht auf sie zuzustürzen schienen. Sie wartete. Unweit hinter einem Wall aus Schutt eine hohe schwarze Wand. Der Bunker! Sie tastete sich an der Betonwand entlang, unendlich schien sie ihr, und doch gab sie die Richtung vor. Dann endlich stolperte sie über Taschen und Koffer, erreichte die Eingangstür. Der kalte Stahl des Bunkertores, der kalte Griff. Sie versuchte, ihn nach unten zu drücken, nach oben, sie zerrte, hämmerte gegen die Stahlwand. Erschreckend langsam erreichte sie die Gewissheit, dass sie das Tor nicht würde öffnen können. Auch von innen würde niemand ihr öffnen.

Sie war allein. Sie wartete. Sie wartete auf das schrille Pfeifen, auf die krachenden Detonationen danach. Unweigerlich würden sie kommen. Sie lehnte sich an die kühle Stahltür, presste ihren Rücken dagegen und es war ihr, als strömte ein süßlich-feuchter Geruch aus den Ritzen der Tür und aus dem Beton der Wände. Übelkeit stieg in ihr auf, sie trat hinaus auf die Straße. Die Flak schoss. Gleich wird das Pfeifen der fallenden Bomben über ihr sein. Sie atmete langsam, versuchte ihren heftigen Herzschlag zu beherrschen. Im Augenblick der größten Gefahr stand sie vor der Bunkertür auf dem Gehweg, sah sich in diesem Bild, sah die Taschen und Koffer. Dann spürte sie eine große Ruhe in sich aufsteigen, sah im nächsten Lichtschimmer ein Haus, mehrstöckig und unversehrt. Das Bild von der eben noch schutzlosen Frau, von den Koffern und Taschen an der Bunkerwand verschwand, als das grelle Pfeifen die Ruhe des Bildes zerschnitt.

Sie rannte zum Haus, ein nach unten zeigender Pfeil neben der Haustür: die Richtung zum sicheren Keller. Je weiter sie sich die Treppen hinunter- und den langen Kellerflur entlangtastete, je ferner schienen ihr Detonationen und Motorengeräusche. Der Kellergang schwach erleuchtet, am Ende eine graue Eisentür. Der Türgriff stand senkrecht, eingehakt in einen Riegel. Sie zog ihn aus der Verriegelung, hörte das metallene Klacken. Für Bruchteile von Sekunden blitzte das Bild des Türgriffes im Luftschutzkeller auf, in dem sie die letzte Nacht verbracht hatte. Sein Klacken hatte sie nicht wahrnehmen können, und es beruhigte sie, das Schließen dieser Tür jetzt zu hören. Sie würde wieder vorn in Türnähe bleiben, der Luft näher. Möglichst fern den anderen im Keller.

Sie betrat den Kellerraum, schloss die schwere Tür hinter sich. Als ihre Augen sich an das Dämmerlicht des Kellers gewöhnt hatten, erkannte sie einige leere Bänke an den Seiten, Wassereimer registrierte sie, Löschwasser. Ein schwaches Deckenlicht, eine Glühbirne hing blass flackernd an ihrem Stromkabel von der Kellerdecke. Am Ende des Kellers, fast von der Kellerdämmerung aufgesogen, bemerkte sie eine Menschengruppe. Es war still hier, nur von Ferne und durch Wände und Türen gedämmt die Detonationen, Stille, wieder harte Erschütterungen, Heulen.

Langsam näherte sie sich der Menschengruppe. Dann erkannte sie eine Frau, die sich über zwei Kinder beugte. Unbeweglich saß sie auf einem Stuhl, hielt eine Plane in der Hand und verharrte in einer Haltung, die es ihr möglich machen würde, sofort die Plane über die Kinder zu werfen. Im schwachen Deckenlicht glänzte die Plane, als wäre sie nass. Vor der Frau und von der Plane etwas verdeckt saß ein Junge auf einem Stuhl, vielleicht acht Jahre alt, er hielt eine Wolldecke, die er in gleicher Bewegung verharrend über einen Kinderwagen hielt. Sein Kindergesicht neigte sich für Sekunden ihr zu. Angst war in seinen Augen zu lesen, sein Kopf bedeckt von einem viel zu großen Stahlhelm. Als sich ihre Blicke begegneten, wandte er sich angstvoll wieder seiner Aufgabe zu. Seine Hände waren für Momente herabgesunken, hastig hob er sie wieder. Die Wolldecke, die er hielt, straffte sich. Erst jetzt bemerkte sie glucksende Laute und unruhiges Zappeln. Im Wagen lag ein Säugling, zu groß für diesen Kinderwagen. Die Ärmchen schlugen gegen die Innenbespannung, ein fast rhythmisches Trommeln.

Auch als sie einige Schritte zurückging und sich auf eine der leeren Bänke nahe der Eisentür setzte, konnte sie den Blick nicht von dieser Szene lösen. Draußen das zornige Brummen der Bomber.

Wie lange sie auf diese kleine Menschengruppe gestarrt hatte, wusste sie nicht, sie spürte nur die Erleichterung, als die Hände des Jungen langsam herabsanken, die Wolldecke auf seinen Schoß fiel und er leise, so als wolle er die Geräusche draußen nicht übertönen, zu weinen begann. Dumpf knisternd fiel die Plane zu Boden, die Mutter legte die Hände auf die Schultern des Jungen. Dann sahen die Frauen sich an. Jede erkannte die Müdigkeit, die Trostlosigkeit im Gesicht der anderen.

„Ich bin nicht mehr in den Bunker gekommen", sagte sie. Etwas im Blick dieser Mutter im Keller hatte sie irritiert. Es war ihr vorgekommen, als suchten die Augen dieser Frau etwas in ihrem Gesicht. „Ich bin nicht mehr in den Bunker gekommen", wiederholte sie ihren Satz, und als sie ihn ausgesprochen hatte, war sie erleichtert. Ihre Erklärung hatte etwas von der Anspannung genommen.

Die Anwesenheit eines anderen Menschen in diesem Keller schien auch der Mutter der Kinder ein Gefühl von Sicherheit gegeben zu haben. Trotz der Detonationen draußen stand sie auf und setzte sich auf die Bank nahe der Tür. Der Junge folgte ihr und drängte sich zwischen die beiden Frauen, als suche er Schutz.

„Ich weiß, deshalb sind wir hier unten. Ich versuche es gar nicht mehr. Wenn die Tür einmal zu ist." Die Frau sagte das, ohne ihre Stimme zu senken, so als wolle sie den Satz fortsetzen. Nach einer Pause fügte sie hinzu: „Eigentlich ist es nicht weit, nur über die Straße bis zum Bunker. Aber wenn die Tür einmal zu ist." Wieder senkte sie ihre Stimme nicht und der Junge blickte auf, blickte in das Gesicht der Mutter, nickte zustimmend. Er wollte von der Mutter die Geschichte hören, an der er teilhatte, die er erlebt hatte, viele Male. Doch sie erzählte sie nicht, wandte ihr Gesicht der Frau zu, die in ihren Luftschutzkeller gekommen war.

„Heute hat das Kind Wurzeln gegessen, zum ersten Mal Wurzeln", stellte die Frau fest, ihr Gesicht ohne Ausdruck; sie hätte jeden anderen Satz sagen können. Dann zog sie den Kinderwagen zu sich heran. Wieder Detonationen, der Junge weinte leise, der Säugling im Wagen schien sich an den Geräuschen zu vergnügen und machte gurgelnde, glucksende Laute. „Das Kind aß zum ersten Mal Wurzeln", sagte die Mutter, „wir hatten den Krieg vergessen." Dann schwieg sie. Nach einer Weile zurück aus der Erinnerung an die Kindermahlzeit wandte sie sich dem Jungen zu und sagte: „Es ist noch nicht vorbei." Hastig zog sie die Plane heran und gab dem Jungen die Wolldecke in die Hand.

Noch eine kräftige Erschütterung folgte, dann schienen sich die Bomber zu entfernen.

Sie erinnerte sich an die vergangene Nacht und zählte die Detonationen. Und als sie sich sicher war, sagte sie zu dem Jungen: „Du musst zählen. Zähle von einer Erschütterung zur nächsten."

Und als der Junge begriff, dass der Abstand zwischen den Detonationen größer wurde, sah er sie dankbar an.

‚Er wird von nun an auch zählen, wenn die Abstände kurz sind‘, dachte sie, aber sie wusste, dass die Erleichterung über die länger werdenden Abstände siegen wird. ‚Das Kind hat die Chance, die Erleichterung im Gedächtnis zu behalten, vielleicht wird er die Angst darüber vergessen können.‘

Sie spürte Unruhe in den Beinen, schwächer diesmal, sie beugte sich vor und rieb mit der Handfläche über die Schienbeine.

„Das kommt immer danach", sagte sie.

Die Frau schaute sie an und nickte: „Immer, wenn die Angst geht."

Auch weil sie die Unruhe in ihren Beinen bekämpfen wollte, beschloss sie, nach oben in das Treppenhaus zu gehen. Vorsichtig öffnete sie die Tür, einen Spalt erst. Ihr schlug keine Hitze entgegen. Der Junge wollte ihr folgen, aber sie drängte ihn zurück in den Luftschutzkeller. Die Treppen waren frei, die Haustür, der Bürgersteig vor dem Haus, soweit sie in der Dunkelheit sehen konnte. Einige Straßenzüge weiter brannte es. Die Straße vor dem Haus schien menschenleer, sie hörte keine Stimmen, keine Schritte. Nur die Bomber waren zu hören, ein fernes, böses Brummen.

Sie trat auf die Straße hinaus. Schemenhaft erkannte sie gegenüber den Bunkereingang. Die Erinnerung kam zurück. Was sich dunkel und schattenartig an der Bunkerwand abzeichnete, mussten die Gepäckstücke vor dem Bunkertor sein. Koffer, Taschen, Geschnürtes, über die sie gestolpert war, als sie den Bunker erreicht hatte, lagen auf dem Gehweg. Ein untrügliches Zeichen dafür, dass er wegen Überfülle vorzeitig geschlossen worden war. Wer zu viel Gepäck hatte, musste einiges draußen lassen, so konnten noch mehr Menschen in die Bunkerräume gepfercht werden.

Sie wusste schon aus Berlin, dass einige den Bunker nicht mehr verließen, um einen sicheren Platz zu haben. Der Luftschutzwart hatte ihr den Hinweis auf diesen Bunker gegeben, und sie fragte sich, ob das eine Möglichkeit für sie sein könnte. Sie brauchte eine Bleibe in dieser Stadt. „Der Bunker in der Jungmannstraße ist offen", hatte der Luftschutzwart gesagt. Und sie spürte einen starken Widerwillen in sich aufsteigen. Die Enge des Bunkers, die Gewissheit, der Angst und dem Entsetzen der anderen ausgeliefert zu sein, ließen ihren Atem eng werden. Sie rang nach Luft, blieb stehen und versuchte, flach zu atmen. Kurz und flach. Sobald sie tiefere Atemzüge wagte, würgte es sie. Und dennoch hoffte sie, dass die Straße, in der sie jetzt stand, die Jungmannstraße war.

In der Ferne, seitlich der hohen Bunkerwand und hinter Schuttbergen sah sie den hellen Lichtschein brennender Häuser. Die Bomber hatten ihre tödliche Last über diesen ferneren Teil der Stadt geworfen, obwohl die Detonationen ihr suggeriert hatten, dass in der Nähe des Hauses Bomben gefallen sein mussten. Der Wind trieb Rauch und Ruß in eine andere Richtung, sie sah die graue Fahne im Feuerschein fortwehen. Und als würde es keine Gesetzmäßigkeit geben, spürte sie den Sog des fernen Feuers an sich vorbeistreichen.

Bald würden die Menschen aus dem Bunker drängen, ihre Häuser aufsuchen. Die brennenden Häuser in der Ferne werden kein Zuhause mehr sein.

Sie hörte hinter sich die Stimme der Frau aus dem Keller: „Gehen Sie nicht ohne Ihren Koffer. Ich hole ihn."

‚Ihr Koffer!' Sie umfasste ihre Tasche, fühlte nach dem Blechteller. ‚Ihr Koffer?' Sie spürte, wie der starke Widerstand in ihrem Innern, der ihr eben noch Übelkeit bereitete, schwand. ‚Ihr Koffer!'

Sie folgte der Frau in das Treppenhaus, blieb an der untersten Treppe stehen und zählte die Stufen, die die Frau hinaufging. ‚Eine Stiege, es ist eine Stiege, sie lebt im Hochparterre', dachte sie.

Nach einer Weile kam die Frau mit einem Koffer zurück.

„Ich glaubte schon, Sie kommen nicht mehr. Es ist mehr als ein halbes Jahr her."

Dieser irritierende Satz wühlte sie auf. Das waren die entscheidenden Worte. Ihr Koffer! Und plötzlich begriff sie: mein Koffer! Die Frau aus dem Keller hielt sie für jemand anderen. *Ihr* Koffer!

So gleichmütig, wie es ihr möglich war, antwortete sie: „Es sind schlimme Zeiten." Und als die Frau sie abwartend ansah, fügte sie eilig hinzu: „Ich war auf dem Lande."

„Es ist gut, jemanden auf dem Lande zu haben in diesen Zeiten", stellte die Frau fast teilnahmslos fest und zuckte mit den Schultern.

Für Sekunden fürchtete sie, die Frau könnte nach einer Adresse fragen. Jeder suchte Sicherheiten. Und schließlich hatte sie den Koffer verwahrt für eine Frau, die sie jetzt vor sich zu sehen glaubte. Sie könnte eine Gegenleistung erwarten.

Aber der Blick der Frau ging zurück zu dem Koffer, den sie immer noch in der Hand hielt.

„Ich habe ihn verwahrt. Zuerst habe ich ihn immer mit in den Keller genommen, sie hätten ja kommen können. Aber dann wurde mir das zu viel. Sie wissen, die Kinder."

Sie war so überrascht, dass sie nicht sogleich nach dem Koffer griff. Sie versuchte, die Situation zu verstehen. Wenn sie die Situation auch nicht durchschaute, spürte sie doch deutlich eine Spannung, eine Erwartung vielleicht. ,Ein Koffer, mein Koffer.'

In ihr Zögern hinein sagte die Frau: „Ihre Haare sind jetzt länger", und stellte den Koffer auf den Boden, drehte sich abrupt um und ging zur Treppe, ohne noch einmal zurückzublicken.

Jetzt griff sie hastig nach dem Koffer. Er war klein und leicht, der Griff ledern. Sie hörte die Schritte der Frau auf den Treppenstufen, dann klappte eine Tür zu.

Für den Rest der Nacht zurück in den Keller zu gehen, traute sie sich nicht. Die Frau mit den Kindern könnte wiederkommen. Vielleicht würde sie Fragen stellen, vielleicht der Junge, der Zutrauen zu ihr gefasst zu haben schien. Sie entschied sich für den Bunker und wartete, bis der Menschenstrom abebbte. Die Bunkertür stand jetzt zur Lüftung weit offen.

Viele waren im Bunker geblieben. Sie hatte sich eine Ecke in einem der unteren Räume gesucht, nahe der Tür, die ihr noch in der frühen Nacht versperrt gewesen war. Der Raum mit Betten ausgestattet, Wolldecken, die zusammengerollt auf den Fußenden lagen. Schnell hatte man Ordnung gemacht. Sie hoffte, dass sie allein bleiben würde in dieser Nacht. Die meisten gingen weiter nach oben, der Ruhe wegen. Und dennoch, selbst der Gedanke daran, dass sie den Raum teilen müsste, hatte seinen Schrecken verloren. Der Koffer hatte etwas verändert, das spürte sie deutlich. Es ging von ihm etwas aus, was sie vergessen ließ, dass sie noch vor wenigen Stunden bei dem Gedanken, sich in dem Bunker aufzuhalten, Würgereize empfunden hatte. Vielleicht war es die Neugierde auf den Inhalt des Koffers, vielleicht auch nur das Gefühl, Gepäck wie alle anderen bei sich zu haben. Schließlich hatte sie ihren Koffer in der Berliner Wohnung zurückgelassen, war nur mit dem Taschenbeutel fortgegangen. Vielleicht ahnte sie aber auch, dass der Koffer ihr Leben verändern könnte, dass es Möglichkeiten geben könnte …

Sie strich über das Leder, roch daran. Die Schließen aus Messing gepflegt und blank. Er hätte in einem der edlen Lederwarengeschäfte am Ku-Damm erstanden sein können, dort, wo auch sie einkaufte, bevor alles rationiert und Mangel war. Sie versuchte ihn zu öffnen, die Schließen reagierten nicht. Wieder und wieder bewegte sie den Schieber und versuchte dabei den Eindruck zu erwecken, als sei es eine Leichtigkeit. Es könnte sie jemand beobachten. Wenn sie gar zu unbeholfen an dem Koffer herumhantierte, könnte der Verdacht aufkommen, es sei nicht ihrer. Der Schieber in dem angenieteten Messingschloss ließ sich bewegen, aber das Scharnier schnappte nicht auf. Der Koffer war verschlossen. Sie war versucht, ihn zu schütteln, um eine Ahnung davon zu bekommen, was sein Inhalt war, unterließ es aber. Es wäre möglich, jemanden um Hilfe zu bitten, vielleicht den Bunkerwart, der kontrollierend durch die Flure ging. Der Schlüssel hätte verloren gegangen sein können. Sie verwarf diese Möglichkeit; sie allein wollte den Koffer öffnen.

Schließlich drehte sie am Lichtschalter, gab vor, zu schlafen. Tasche und Koffer legte sie auf die Wolldecke. Tastend suchte sie in der Dunkelheit nach dem Löffel in der Tasche, drückte mit dem Daumen die Lederwand des Koffers etwas ein und schob vorsichtig den Löffelstiel unter das Scharnier. Mit einem hässlich schnappenden Geräusch schnellte das Scharnier hoch. Ihr Mantelgürtel würde von jetzt an die Schließen ersetzen müssen. Im Koffer ertastete sie unter federleichtem, seidigem Stoff einige Papiere, lose Blätter, einen Umschlag.

Im Bunker war es ruhig geworden, der Bunkerwart war schon geraume Zeit nicht mehr an der Tür vorbeigekommen. Entschlossen stand sie auf. Sie drehte das Licht wieder an, schob den Koffer unter die Wolldecke, um ihn vor schnellen Blicken zu verbergen, und nahm das Stoffstückchen heraus. Ein üppiger, bunter Seidenschal fiel auf die Matratze der Bunkerliege. Lange muss er in dem Koffer gelegen haben, zerknickt und faltig war er. Als sie die Stofffülle auseinanderfallen ließ, rollte ein geflochtener Haarzopf hervor – von dem gleichen dunklen Braun wie ihr eigenes Haar. Sie legte ihn vorsichtig in ihre geöffnete Hand und begann, mit den Fingerspitzen über das Haar zu streichen, erfühlte das Flechtmuster, das zum Ende hin zart auslief, von einer schmalen, weißen Schleife gehalten. Das andere Ende war stumpf geschnitten und durch ein Band geschnürt.

Sorgsam legte sie den Seidenschal wieder zusammen, den Haarzopf darin bergend.

Aus dem Koffer nahm sie den Umschlag heraus, fand darin die Kennkarte einer Frau. Ein Name, eine Adresse, Margot. Wohnhaft in der Lützowstraße. Dann das Bild. Sie erschrak. Das Bild zeigt eine Frau, deren Gesicht ihrem so ähnlich ist, dass sie meinte, in ihr eigenes Gesicht zu blicken: die hohen Wangenknochen, die dunklen, sehr dichten Augenbrauen, die dem Gesicht etwas Ernstes, vielleicht Sorgenvolles geben. Das Haar ist kurz geschnitten, liegt eng am Kopf an, so wie es die Mode vor dem Krieg vorgab, eine Welle schiebt sich über die Stirn und verdeckt fast das linke Auge.

Ihre eigenen Haare waren länger, sie fielen bis auf die Schulter, und ihr kam die Bemerkung der Frau in den Sinn. „Ihre Haare sind jetzt länger", hatte sie gesagt, als sie den Koffer auf den Boden stellte.

Die Ähnlichkeit mit der Frau, deren Koffer sie jetzt in Händen hielt, hatte zu diesem Satz geführt, hatte zu der Annahme geführt, sie sei die Besitzerin des Koffers. Ein halbes Jahr oder länger war der Koffer nicht abgeholt worden, so hatte die fremde Frau gesagt. Wie war er in den Keller, in die Wohnung dieser Mutter mit den zwei Kindern gekommen? Sicher sollte er nur für kurze Zeit abgegeben werden, die Kennkarte hätte nicht im Koffer liegen dürfen. Lebte die Frau noch, die ihr so ähnlich sieht?

Als könnte sie durch den Haarzopf eine Antwort finden, nahm sie ihn aus dem Seidentuch. Das Gefühl, etwas in der Hand zu halten, was zum Leben, zur Körperlichkeit eines anderen Menschen gehörte, verstörte sie und weckte zugleich das Verlangen, mehr über diesen Menschen zu wissen. Sie griff erneut in den Umschlag, der auf der Wolldecke lag. Grünledern eingebunden und mit goldfarbenen Buchstaben auf dem Einband beschriftet ein Stammbuch. Die Eheschließung der Frau, der wohl der Zopf gehört hatte. Sie erkannte den Namen aus der Kennkarte, Margot

Wichmann. Sein Name hinzugefügt: Wolfgang. 1943 im Dezember die Hochzeit. Heimaturlaub wahrscheinlich. Sie blätterte weiter, aber keine weitere Eintragung, nur leere Formblätter ohne Eintragung.

Ein Umschlag mit Fotos: eine lächelnde junge Frau mit üppigem Haarschopf, schulterlang. Es hätte ihr eigenes Foto sein können. Ein gering älterer Mann in Uniform, angestrengt und aufrecht. Dann ein sehr altes Paar, die Frau mit einem Diadem auf dem schütteren Haar, ihr Blick fast traurig.

Und dann ein Hochzeitsfoto. Sie. Er. Sie erkannte die Gesichter von den anderen Fotos wieder. Ihr Haar jetzt kurz, anliegend im Stil der Vorkriegsmode, ihr Gesicht ernst, fragende Augen. Der Schleier eng um den Kopf liegend. Ein zarter Blätterkranz aus Myrte liegt über dem Schleier und es scheint, als wolle er Schleier und Haar zusammenhalten. Ein schlichtes Kleid, bodenlang, eine schlanke Gestalt, fast zart, aber aufrecht und starr, als gäbe es nur sie allein auf dem Foto, als würde sie den Arm, den der Mann um ihre Taille gelegt hat, nicht spüren. Daneben die taubenblaue Uniform der Luftwaffe. Sie kannte sich aus, sie konnte die Anzahl der Schwingen auf den Spiegeln der Kragenecken deuten. Zwei Schwingen, Leutnant der Luftwaffe. Über dem steifen Kragen auch sein Gesicht ernst, vielleicht etwas unsicher, vielleicht auch etwas lächelnd. Das Foto unscharf.

Sie steckte die Fotos zurück in den Umschlag und war verwundert, wie viel fremdes Leben sie jetzt kannte. Eine Frau, einen Mann und das Wissen um eine Ehe, um das abgeschnittene Haar. Es war vor der Hochzeit abgeschnitten worden, sie war sich sicher. Es irritierte sie zugleich, wie viel Nähe sie zu der Frau mit dem gleichen braunen Haar, mit den ähnlichen Gesichtszügen empfand, und sie legte den Seidenschal mit dem Haarzopf vorsichtig in die Stofftasche im Deckel des Koffers.

Dann nahm sie unschlüssig noch das Foto des alten Paares in die Hand, drehte es auf die Rückseite. 5. Mai 1932, ein Datum, eine goldene Hochzeit vielleicht. ‚Sie werden nicht mehr leben. Wer überlebt in diesem Alter diese Zeit?‘, dachte sie und legte die Fotografie zurück in den Koffer.

Noch einmal wollte sie hineingreifen in den Koffer, nur noch ein Mal. Sie zog einen Aktendeckel heraus, in dem ein Blatt Papier lag, ein ausgefülltes Formular. Die vielen klein geschriebenen Informationen waren im trüben Deckenlicht schwer zu entschlüsseln. Doch sie fand heraus, dass die Frau, deren Ähnlichkeit mit ihr so offensichtlich war, den Anspruch auf ein *Finnenhaus* in Flintbek hatte. Sie und der Ehemann. Ein Mietvertrag im Umschlag, vorbereitet und einseitig, ihre Unterschriften fehlten. Nach Fertigstellung sollten sie in das Finnenhaus einziehen. Nach Fertigstellung und nach Abschluss des Mietvertrages, so wies es das Formular aus. Unterschrieben und gestempelt. Das Datum der Ausstellung verwischt, 1944 konnte sie schwach entziffern; sie vermutete 44.

Wo der Ort Flintbek liegt, wusste sie nicht, auch nicht, was Finnenhäuser sind. Sie legte alles, was sie herausgenommen und betrachtet hatte, in den Koffer zurück, klappte den Deckel zu, zog den Gürtel des Mantels, der bis jetzt die Tasche am Körper gehalten hatte, aus den Schlaufen und legte ihn um den Koffer, zog ihn straff. Unter dem Griff verknotete sie den Gürtel zusätzlich, schob Koffer und Tasche unter die Wolldecke. Sie würde diese Nacht allein in diesem Raum bleiben. So hoffte sie. Sie hoffte auch, dass es keinen Fliegeralarm mehr geben würde in dieser Nacht. Sie drehte den Lichtschalter und kroch zu Koffer und Tasche. ‚Mein Koffer!‘ Sie schlief ein mit dem beruhigenden Gefühl, den Griff des Koffers in der Hand zu halten. Und sie schlief ein mit der Ahnung, jemandem sehr nahe zu sein. Diese Frau aus dem Koffer, diese Margot Wichmann, geboren 1912, dunkelhaarig, mit ersten Gesichtszügen. Eine schlanke Gestalt, Körpergröße 168 cm. Augenfarbe grün. Wie sie.

Achtsam ging sie vor in den nächsten Tagen, fand das Haus der in der Kennkarte angegebenen Adresse in der Lützow-straße zerstört. Sie fügte zusammen: Der Koffer war nicht abgeholt worden. Ein halbes Jahr war es her, seit Margot Wichmann den Koffer abgestellt hatte. Lebte sie noch? Irgendwo? Sie musste prüfen. Sie musste sicher sein, dass es Margot Wichmann in der Lützowstraße nicht mehr gab.

Und sie bereitete sich auf das neue Leben vor.

Zunächst fragte sie sich durch nach einem Frisiersalon, fand ihn in der Holtenauer Straße, nicht weit entfernt vom Bunker, hielt dem Friseur das Foto hin und sagte: „So wie auf meinem Foto möchte ich die Haare wieder geschnitten haben."

Er erklärte umständlich, dass die Mode jetzt eine andere sei, merkte aber ihre Entschlossenheit, betrachtete dann das Foto sorgfältig und schnitt ihre Haare so wie auf dem Foto. Sie hatte ihn nicht aus den Augen gelassen während des kurzen Gesprächs und auch nicht, während er die Haare schnitt, wollte prüfen, ob er zweifelte, sah, dass er sein rechtes Bein nachzog, bei mancher Bewegung sein Gesicht schmerzhaft verzog. Vor allem aber hatte sie auf seine Reaktion auf das Foto gewartet. Er hatte nicht gezögert, als er das Foto sah. Schließlich betrachtete er zufrieden den Haarschnitt.

„Jetzt sind sie wieder genau so jung wie auf dem Foto", er beugte sich zu ihr und als wolle er ein Geheimnis vor den anderen Frauen im Salon hüten, flüsterte er: „Es ist nicht mein Beruf. Man tut, was man kann."

Als sie sich im Spiegel betrachtete, lächelte sie dem Friseur zu. Sie war zufrieden.

Bombenangriffe und die Stunden in Luftschutzkellern und Bunkern bekamen für sie eine neue Dimension. Jeder Aufenthalt dort ließ es ihr wahrscheinlicher erscheinen, dass es die Frau, deren Koffer sie jetzt besaß, nicht mehr gab. Sie war sich sicher, nach und nach, sie musste nur bedachtsam warten.

Sie wagte sich in einen Luftschutzkeller nahe der Lützowstraße. Aufmerksam hatte sie die anderen im Keller beobachtet, aber niemand beachtete sie, niemand achtete auf ihren Koffer mit den blanken Verschlüssen, der dennoch mit einem Mantelgürtel verschlossen gehalten werden musste. Sie hatte sich zurechtgelegt, dass sie von einem Aufenthalt auf dem Lande bei der Familie des Ehemannes erzählen würde. Aber niemand hatte gefragt. Den Gedanken an einen Ehemann und die Möglichkeit, dass er Margot Wichmann suchen könnte, schob sie beiseite. Die Lützowstraße war zerstört, der Hinweis auf das Haus in Flintbek allein in ihrem Koffer. Wer sollte davon wissen? Sie wird das Leben führen, das sich in dem Koffer verbarg.

Und mit Staunen stellte sie fest, dass sie keine Bedenken verspürte, dass es sich wunderbar leicht anfühlte, die andere Frau aus dem Koffer zu sein. Der Haarzopf, die Fotos, alles fügte sich sehr logisch und unkompliziert zu einem Leben zusammen, das sie leben könnte. Nahm sie den Haarzopf in die Hand, faszinierte sie das Gefühl, der Frau aus dem Koffer nahe zu sein, und sie verlor nach und nach die Scheu, entdeckt zu werden. Das Bild der Frau, die sie einmal gewesen war, damals in Berlin, konnte verblassen. Die Frau, die in der Zentrale die Akten geführt hatte, alles von der Tiergartenstraße wusste, die Protokolle geschrieben und abgeheftet hatte in Ordner, deren Verwaltung sie allein leitete. Die von den grauen Bussen wusste, die wusste, was in Hadamar geschah, in Hartheim oder Sonnenstein. Die in der *Traube* mit *ihm* getanzt und seine energische Hand in ihrem Rücken gespürt hatte. Und es nicht mehr ertrug, nachdem sie diese Hand unter dem alten Gesicht gesehen hatte.

Sie würde die Erinnerung an die Frau, die nächtlich Ängste quälten, die ein Lied vergessen wollte, loswerden können.

Im Mai dann kam das Ende. Gerüchte, britische Soldaten wären vor der Stadt, man wisse sie schon bei Bordesholm, sorgten für Erleichterung und Schrecken. Nicht die Russen hatten Bordesholm erreicht, nur die Engländer. Das war die Erleichterung, doch auch sie waren Feinde.

Und ein Satz flüsterte sich durch Bunker und Keller: „Genießt den Krieg, der Friede wird schrecklich!" Sie war entschlossen, dass dieser Satz für sie keine Bedeutung haben sollte. Als die deutschen Soldaten die Versorgungsdepots der Marine öffneten, war sie eine der Ersten, die für sich sorgte.

II. Margot

Allmählich werde ich ruhiger. In die Ahnung von Schokolade hinein spreche ich leise die Namen und Daten. Immer wieder. Das beruhigt.

Ich wiederhole, immer wieder spreche ich es für mich: „Ich heiße Margot Wichmann. Margot Wichmann. Frau Wichmann wird heute eine Fahrkarte kaufen. Sie will nach Flintbek fahren. Margot."

Leise spreche ich diese Sätze, nenne mir den Namen, die Adresse, immer wieder.

„Ich bin Margot Wichmann, Lützowstraße."

Ich trage meine Tasche jetzt lose über die Schulter gehängt. Der Mantelgürtel hält den Kofferdeckel. Die Schließen hatte ich aufbrechen müssen, weil der Koffer verschlossen war. Noch vor einigen Wochen hatte der Gürtel die Tasche mit allem, was nötig war, an den Körper gebunden. Jetzt sind andere Zeiten, Friedenszeiten. Mein Staubmantel raschelt bei jedem Schritt, wenn die Tasche am Stoff entlangfährt. Blechteller und Löffel fehlen. Jetzt fühle ich den Umschlag mit den Papieren, wenn ich die Tasche an meinen Körper drücke. Und die Kennkarte von Margot Wichmann, geboren in Kiel am 3. April 1912. Meine Kennkarte. Die Zuweisung für das Finnenhaus. Und ich heiße Margot Wichmann, geborene Zweigstatt, wohnhaft gewesen in der Lützowstraße, ausgebombt.

Es riecht rußig. Der Staub schließt meine Nase. Über mir die eisernen Verstrebungen in den Kuppeln des Bahnhofs, die Gläser zumeist zersprungen und heruntergefallen auf den Beton des Bodens. Wenn es regnet, wird der Beton dunkel werden von der Nässe, dort, wo die Oberlichter zersprungen sind. Vielleicht wird die Nässe sich auch über den Boden verteilen. Es sind kaum noch Gläser in den eisernen Feldern der Kuppeln. Meine Augen suchen Glassplitter. Sie sind weggefegt. Der Krieg vorbei.

Es hatte viele Nachrichten gegeben, die Menschen haben nicht daran geglaubt, jedenfalls nicht gleich. Jetzt gibt es ein offizielles Datum. Es ist Frieden.

Ich schlafe fast durch in der Nacht; keine Bomber mehr, nur noch die Unruhe in den Bunkerräumen, in den Fluren, auf den Treppen. Zu viele Menschen in engen Räumen. Jeder hat sein Bett und den Platz darunter, ich auch. Unter dem Bett ist der Platz für alles, was mir gehört.

Ich hüte meinen Besitz, den blauen Stoff aus der Kleiderkammer und die Wolldecken aus dem Depot der Marine. Es war gut, sofort dem Gerücht zu folgen. Es gab Stoffe und Wolldecken. Es gab warme Unterwäsche für Männer. Es war nicht erlaubt, sich etwas zu nehmen; die Soldaten hatten selbst die Türen geöffnet, man sagt, ohne Befehle der Vorgesetzten. Der Friede soll nicht schrecklich werden, anders als alle sagten, als der Krieg zu Ende ging; nicht für mich.

Und ich habe meinen Koffer. Den Haarzopf, eingewickelt in das Seidentuch. Die Papiere habe ich bei mir, das Geld und den Schmuck eingenäht in die Unterwäsche. Alles andere liegt unter der Bunkerliege. Der blaue, feste Stoff wird gut sein für irgendetwas, irgendwann. Ich weiß meinen Besitz sicher, man wechselt sich ab mit der Wache. Es geht nicht anders, jeder hat seine Erledigungen. Das schafft Vertrauen, jeder für jeden.

40

Unter dem Kuppeldach die große Vorhalle. Vor jedem der Geleise auf dem Bahnhof eine Schranke, dazwischen die Fahrkartenschalter, Holzhäuschen mit einem kleinen Fenster auf den Durchgang gerichtet, aus dem die Fahrkarten verkauft werden. Nur durch diesen schmalen Gang kommt man hindurch auf den Bahnsteig. Vor den Schranken Menschen, unschlüssig wartend. Mal schiebt sich eine kleine Gruppe zum Ausgang, dann wieder zurück zur Schranke. Bald löst sie sich auf, verteilt sich, bildet sich wieder neu. Ich spüre die Unschlüssigkeit, die Beliebigkeit, sehe die Teilnahmslosigkeit in den Gesichtern. Ich wende mich ab. Ich will nicht in diese Gesichter sehen.

Dann sehe ich vor einem Schalterhäuschen eine kleine Menschenansammlung. Es wird Fahrkarten geben!

Aber noch bevor ich den Schalter erreiche, löst sich die Gruppe auf. In den mir entgegenkommenden Gesichtern lese ich Enttäuschung, Zorn. Das Kind dort an der Hand der Frau lässt sich fortziehen, ohne Widerspruch und mit einer faden Gleichgültigkeit in dem kleinen Gesicht.

„Es ist wegen der Sprengung. In den nächsten Stunden fährt kein Zug."

Jemand sagt es, vielleicht sagt er es zu mir. Das ist also die Erklärung. Ich hatte schon davon gehört, dass die Engländer die Werft gänzlich zerstören wollen. Gerüchte aus dem Bunker, die jetzt Wirklichkeit zu werden scheinen. Der Bahnhof liegt in der Nähe der Werft.

„Wird heute die Werft gesprengt?", frage ich zurück und merke, dass mir niemand antwortet. „Wird die Werft gesprengt?", frage ich in den kleinen Schalterraum hinein.

Der Schalterbeamte reagiert nicht, ich habe Unmut erzeugt mit meiner Frage.

Schnell füge ich hinzu: „Ich habe schon verstanden. Es ist nur, weil ich nach Flintbek muss."

Ohne mir zu antworten, schließt der Schalterbeamte das kleine Fenster, und ich höre ihn seitlich aus dem Häuschen heraustreten. Sein Schlüsselbund scheppert, er geht.

Die anderen haben sich zerstreut, ich will nach Flintbek, ich rufe ihm nach: „Lohnt es zu warten?"

Er antwortet nicht, ich sehe, wie er seine Schultern hochzieht und fortgeht.

Weiter entfernt, in Ausgangnähe am Treppenabgang, steht die Frau mit dem Kind, dessen Gesicht sich mir vor Minuten eingeprägt hat. Das Kind lehnt sich an die Frau und es scheint, als schlafe es im Stehen. Ich beobachte, wie die Frau ihren Kopf wendet, als suche sie jemanden. Sie wartet. Auf wen wartet sie, warum geht sie nicht? Das Kind ist müde. Sie sollte gehen – und sie tut es nicht. Ihr Blick wandert durch die Vorhalle. Vielleicht weiß sie etwas, was meine Entscheidung zu bleiben oder zu gehen beeinflussen könnte.

Ich stelle mich zu ihr und erfahre aus dem müden Gesicht, dass niemand Genaues weiß. Vielleicht sprengen sie, vielleicht kommt ein Zug. Man weiß nie.

Das Kind steht an die Mutter gelehnt und schläft.

Ich lasse die Frau mit ihrem Kind, sie weiß nichts, ich habe den Eindruck, dass sie nicht sprechen will, jedenfalls nicht mit mir. Ich beschließe zu warten. Jetzt bin ich hier, habe meinen Koffer und die anderen Dinge sicher untergebracht, ich werde bleiben, mich auf den Treppenabgang nahe dem Ausgang setzen und die Schalterhäuschen beobachten. Solange Menschen im Bahnhof sind, wird nichts geschehen. Man würde den Bahnhof räumen, wenn gesprengt wird. Schließlich ist Frieden. Aber ich muss aufmerksam sein, die Menschen beobachten die Schalterhäuschen. Es kommt oft anders als vermutet. Vielleicht fährt ein Zug. Rechts im Schienenbett steht einer. Er ist kurz, so kurz, als wolle er sich unter dem überdachten Teil des

Bahnhofs verstecken. Weiter draußen verteilen sich unzählige Schienenstränge; es könnten viele Züge fahren, aber nur einer steht im Schienenbett.

Als das Kind aufzuwachen scheint, geht die Frau. Das Kind folgt ihr, ein kleiner, alter Mensch. Sein Anblick berührt mich. Ich muss ihm nachschauen und ich muss an den Jungen im Keller denken, den Jungen mit der Wolldecke in der Hand, über den Kinderwagen gebeugt. Ich fühle eine traurige Schwere, und plötzlich, wie für den Bruchteil einer Sekunde in die Gedanken geschnitten, spüre ich in mir das alte Gesicht, sehe die geschlossenen Lider und seinen Handschuh unter dem Kinn. Nur für den Bruchteil einer Sekunde.

Für Augenblicke bin ich benommen, das Bild klingt nach in mir, ich suche die Realität des Bahnhofs. Ich fokussiere meine Augen: dort die Treppen, die leeren Schienen, oben die glaslosen Kuppeln. Das ist meine Realität und ich muss nach Flintbek kommen, irgendwie. Es wird Zeit, dass ich nach Flintbek komme, ich bin um ein halbes Jahr verspätet. Es hatte ein halbes Jahr gedauert, bis ich zu dem Koffer kam. Und es hat gedauert, bis ich mir sicher war, Margot Wichmann sein zu können. Jetzt weiß ich es, jetzt muss ich nach Flintbek.

Der Bahnhof füllt sich, immer mehr Menschen finden sich unter dem löchrigen Dach ein, stehen da, gehen unschlüssig umher. Es ist seltsam ruhig unter den Dachkuppeln, der Zug dort hinten still, die Lokomotive keucht nicht, sie wird nicht fahren. Kaum jemand spricht. Eine stille Spannung liegt unter den Kuppeln. Die Stille scheint nicht hinaus zu wollen. Es scheint, als warteten alle auf ein Ereignis.

Als ich mich umdrehe und zu dem Schalterhäuschen blicke, sehe ich, dass eben noch unschlüssig umhergehende Menschen eilig auf das Häuschen zurennen. Ich sehe, wie der Schalterbeamte die Tür auf der Rückseite des Holzhäuschens öffnet. Er wird Fahrkarten verkaufen, es wird ein Zug fahren! Ich werde noch heute nach Flintbek kommen.

Menschen drängen, schieben, stoßen. Ich habe es geschafft, ich habe eine Fahrkarte und einen Sitzplatz im Zug in der Nähe der Tür. Ich rieche Schweiß und Schmutz, der Geruch bedrängt mich. Die Menschen stinken, wahrscheinlich genau wie ich. Wo hätte ich mich waschen sollen? Das Wasser im Bunker ist rationiert. Ich versuche mich auf meine Tasche und meine Hände zu konzentrieren. Ich bin Margot Wichmann, geborene Zweigstatt. Hier in der Tasche ist meine Kennkarte und hier der Brief der Behörde. Das Wohnungsamt hat es bestätigt, Margot Wichmann hat das Anrecht auf ein Finnenhaus. Margot Wichmann, geboren am 3. April 1912, muss nur noch den Vertrag unterschreiben. Ich fahre in Richtung Hamburg, werde in Flintbek aussteigen und zum Amt gehen.

Der Zug wird langsamer, dann plötzlich wieder schneller. Ruckend versuchen die schwitzenden Körper Halt aneinander zu finden. Ich lege meine Hände um die Nase und atme ein. Der Geruch meiner eigenen Hände hilft, den Geruch der anderen Menschen zu verdrängen. Gesprächsfetzen erreichen mich: In Wellingdorf gebe es einen einträglichen Schwarzmarkt. Wie kommt man nach Wellingdorf? Die Bauern nähmen alles, was klimpert. Besonders Schmuck. Eier für Schmuck. Und auch Mehl. Fett gebe es nicht, das behalten sie. Ich denke daran, dass ich noch Reichsmark habe. Und Schmuck. Ich habe eine goldene Uhr. Wenn ich mit dem gebeugten Arm leicht gegen meine Seite drücke, spüre ich die in die Unterwäsche genähten Taschen. Ich spüre die Reichsmark, den Schmuck, die goldene Uhr, Bezugsscheine. Wo liegt Wellingdorf?

Der Zug verlangsamt seine Fahrt, ein dumpfer, lang gezogener Pfiff, dessen Kraft sich verliert, dann ein ächzendes Rucken. Stille. Die Menschen schweigen erschrocken.

„Das war's für heute", die Bemerkung greift in die Stille. Sie bleibt ohne Antwort. Jemand lacht einsam.

Ich schaue aus dem Fenster. Weithin Felder und Knicks, verstreut einige Bauernhöfe. Die Sonne steht hoch, es wird früher Nachmittag sein. Zwölf Kilometer von Kiel nach Flintbek. Wie weit ist der Zug bis jetzt gefahren? Die Menschen im Waggon scheinen dieselben Gedanken zu haben. Der verbleibende Fußweg wird erregt diskutiert. Ich versuche aufzuschnappen, wo der Zug steht. Versuche mir meinen Fußweg zu denken und fürchte, das Amt nicht mehr geöffnet vorzufinden. Im Amt wird zugeteilt, ich muss hin. Meine Schuhe. Sommerschuhe für Berliner Straßen, Schuhe für gute Zeiten, für Spaziergänge, aber nicht geeignet für einen Fußweg über Äcker, über sandige Straßen. Wo werde ich die Nacht verbringen?

Und ganz plötzlich und schmerzlich unerwartet zerschlagen ein Dröhnen und ein Hammerschlag die eilfertige Beredsamkeit. Ich schrecke zusammen. Weitere Schläge folgen, rhythmisch fast, langsam und rhythmisch. In die erste Erstarrung hinein mischen sich Schreie, Weinen und laut gerufene Worte der Beruhigung. Die Menschen und der Zug stellen sich – einem Foto gleich – vor meine Augen. Ich sehe aufgerissene Münder, haltende, zerrende Hände, Körper in gebückte Haltung fallend. Und noch während das Bild mir vor Augen steht, erkenne ich diese Geräusche wieder. Nur langsamer sind die Schläge jetzt. Ich schätze die Entfernung, sehe aber keinen Lichtstrahl. Die späte Sonne wird die Lichtsäulen der Flak verschluckt haben, nur ihre Geräusche dringen herein.

Die Tür zum Waggon wird hastig aufgerissen, der Zugschaffner pfeift grell in die Hysterie und in die erschreckte

Stille brüllt er: „Anordnung der Engländer, sie verschießen die Munition!"

Dann stürzt er wieder hinaus, schiebt sich am Zug entlang. Ich sehe seine Mütze eng unter dem Abteilfenster verharren und sich weiter vorwärtsschieben zum nächsten Waggon. Im Zug wäre er sicherer vor den Metallsplittern. Doch im Zug stehen die Menschen dicht gedrängt. Es wäre für ihn nicht möglich, hindurchzukommen. Die Menschen im Waggon sind in ungläubigem Entsetzen. Für einen Moment hat auch mich die Angst vor einem erneuten Bombenangriff gepackt. Dann höre ich klackende Geräusche auf dem Dach des Zuges. Ich spüre, dass ich den Geräuschen einen Namen geben kann und damit eine Erklärung: Die Metallsplitter der Geschosse hageln auf das Abteildach.

„Es ist nur die Flak", höre ich mich sagen.

Die Türen der Waggons werden geöffnet, irgendwann. Die Sonne steht tief, als die meisten Menschen aus dem Zug sich auf den Fußweg machen. Einige bleiben. Das Amt wird geschlossen sein. Also werde ich im Zug auf dem Boden des Waggons schlafen, vielleicht kann ich mich sogar auf eine Bank legen, der Zug ist nicht mehr voll. Noch bleibe ich sitzen auf meinem Platz nahe der Tür und horche auf die Stille zwischen den Menschen im Waggon.

Nach einiger Zeit, die Dämmerung hat bereits eingesetzt, beginnen sie miteinander zu reden. Die Menschen sehen sich nicht an in der Dämmerung im Waggon. Sie sprechen nacheinander in die Stille hinein, seltsam geordnet, als habe jemand ihnen das Wort erteilt. Ich schweige und höre, und ich erfahre, wie ich nach Wellingdorf kommen kann, dass das Amt in Flintbek dem Bahnhof gegenüberliegt, wo die Ausgabestellen für Möbel aus den ausgebombten Häusern in der Stadt sind und dass die Möbel Brandstellen haben. Und sie nennen die Namen der Bauern im Umkreis der Stadt, die ‚reell' sind.

Als ich mich auf eine der Bänke lege und meine Hände vor die Nase halte, riechen sie unangenehm nach Eisen. Zu lange habe ich mich an dem metallenen Haltegriff der Vorderbank festgehalten. Der Krieg ist vorbei – warum fühle ich ihn noch?

„Vielleicht sind die anderen jetzt schon in Flintbek", bemerkt eine schläfrige Stimme, und ich denke an meine Schuhe, meine Sommerschuhe aus Berlin.

In der Nacht schlafe ich kaum. Obwohl meine Tasche unter meinem Kopf liegt, verlässt mich während der Nacht das Gefühl nicht, ich müsse wachsam sein. Ich höre das vorsichtig leise Öffnen und Schließen der Waggontür, wenn jemand hinausgeht. Auch ich gehe hinaus, um mein Brot zu essen, das in meiner Manteltasche steckt. Zu den Papieren hatte ich es nicht legen wollen aus Sorge, dass es die Papiere verschmieren könnte.

Die Frühjahrsnacht ist kühl und klar, von den Ereignissen am Tage spüre ich nichts mehr. Ein stiller Friede liegt über der dunklen Landschaft. Es tut gut, die frische Nachtluft einzusaugen, ohne Staub, ohne Ruß, ein klarer, befreiender Atemstrom. Ich gehe wenige Schritte den Schienenwall hinab. Zu weit darf ich nicht gehen, gerade so weit, dass ich noch das leise schnaufende Geräusch der Lokomotive hören und die Waggontür öffnen könnte. Margot Wichmann will nach Flintbek. Ich sehe vor mir den Flecken auf dem Brief der Behörde, der das Datum der Ausstellung verwischt hat. Es könnte nützlich sein, dass das Datum verwischt ist. Vielleicht muss ich nicht darauf antworten, weshalb ich erst jetzt komme, ein halbes Jahr später. Oben auf dem Brief die Namen, Margot Wichmann, geborene Zweigstatt. Geboren am 3. April 1912.

Und ein weiterer Name: Wolfgang Wichmann. Geboren. Ich weiß, dass ich auch diesen Namen kennen muss.

Vielleicht fragen sie danach. Ich weiß die Geschichte von Wolfgang Wichmann. Sie ist kurz. Und sie ist glaubhaft. Aus dem Krieg ist er nicht zurückgekommen. Einfach nicht zurückgekommen, mehr ist nicht bekannt. Den Gedanken, dass er kommen könnte, aus dem Krieg zurückkommen könnte, schiebe ich fort. Selbst wenn es ihn noch gibt, diesen Wolfgang Wichmann, wird er mich nicht finden können. Er wird mich nicht finden, weil er mich nicht finden soll. Und gleichzeitig spüre ich in einem feinen Strang meiner Gedanken, dass er die amtlichen Wege kennen wird, dass er in Kiel nachfragen könnte. Das Rathaus ist unversehrt, dort gibt es Abteilungen, auch welche für Heimkehrende und Suchende. Ich dränge den Gedanken beiseite, er soll mich nicht hindern. Der Brief, der mir die Berechtigung erteilt, in ein Finnenhaus zu ziehen, liegt in meiner Tasche, allein in meiner. Morgen bin ich auf dem Amt, dem Bahnhof gegenüber, und ich werde meine Papiere vorlegen. Meine.

Bahnhof Flintbek. Die Waggontür wird von einem Soldaten geöffnet. Ich trete zuerst aus dem Waggon, ich habe nahe der Tür gesessen, die anderen folgen. Ein Engländer. Ich kenne sie. Ich kenne ihre Sprache. In Berlin war ich den Engländern schon begegnet. Vom Gefangenenlager ins Haus am Wannsee kamen die, die Deutsch sprechen konnten. Ein eleganter Ort, das Seehaus, konfisziert und unschuldig als *Radiotechnische Versuchsanstalt* benannt. Sie übersetzten in ihre Sprache. Was der Führer sagte, sollte die Welt erfahren. Und *wir* erfuhren, was man in England wusste. *BBC* sendete es, die Engländer übersetzten und wir werteten aus. Und ständig wuchs unsere Angst. Irgendwann dann schafften wir die Akten aus dem Keller der Zentrale. Die *BBC* wusste, wie schnell die Frontlinien sich verschoben. Sie waren Feinde. Sie waren optimistische

Feinde, die im Sonderdienst Seehaus auf unser Ende warteten. Ich kam zurecht mit ihnen. Mehr durfte nicht sein. Sie waren Gefangene.

Das Gesicht des Feindes vor mir lächelt. Die Mütze seitlich am Kopf heruntergezogen. Es ist Krieg. Es war Krieg. Kann Krieg Spaß machen? Das lächelnde Gesicht und die fröhlich schräge Mütze. Der Engländer breitet seine Arme aus, als wolle er uns empfangen. Dann schiebt er die Arme nach vorn, streckt seine Hände. Er steht breitbeinig in seinen Stiefeln. Ich registriere, dass die Stiefel kurze Schäfte haben, deutsche Stiefel sind höher. Ich verstehe, wir sollen stehen bleiben.

„Identity-Card!"

Ich verstehe.

Die Unruhe in der Gruppe hinter mir bemerke ich. Offenbar bin ich die Einzige, die die Sprache des Soldaten versteht. Ich will auf das Amt, ich will keine Verzögerung. Entschlossen drehe ich mich zur Gruppe.

„Er will unsere Kennkarten sehen."

Ich zuerst. In meiner Tasche liegt die Kennkarte von Margot Wichmann. Als ich sie übergebe, erkenne ich in einem hinteren Winkel der Bahnhofsüberdachung weitere Soldaten. Ihre Gewehre sind auf uns gerichtet. Schnell schaue ich auf die Mütze. Ein Abzeichen am Rand, darüber das fröhlich schräge Ding. Er öffnet meine Kennkarte, betrachtet das Bild. Ich fühle Hitze unter meinem Mantel. Nicht ausweichen, den Blick aushalten. Sein Blick wechselt vom Foto zu meinem Gesicht, zurück und noch einmal von der Kennkarte in mein Gesicht. Er lächelt, kommt näher, noch einen Schritt näher. Ich zwinge mich, nicht den Atem anzuhalten. Weiteratmen, ruhig, an die Abendluft der vergangenen Nacht denken. Ich spüre, wie er an meinem Mantelärmel zupft und sich zu mir neigt.

„Margot Wichmann. Sie sprechen Englisch?"

Er ist bemüht um die deutschen Wörter. Er riecht gut. Ich atme ein. Dann tritt er zurück, zieht ein kleines Notizbuch aus seiner Hosentasche und notiert Angaben aus meiner Kennkarte.

„Das nennt man wohl *Feindberührung*."

Ich höre eine Stimme hinter mir und registriere den bissigen Ton.

Der Soldat lächelt wieder, als er sagt: „Margot Wichmann versteht mich, sie spricht Englisch." Er wiederholt den Namen. Mich beschleicht die Angst, er könnte den Namen überprüfen wollen. Warum sagt er nicht einfach: „Sie." Margot Wichmann. Wenn er „Margot" sagt, dehnt er das A, es klingt fast wie ein O. Vielleicht mag er es, meinen deutschen Namen auszusprechen, vielleicht nur das.

Jetzt lächelt er wieder. Darf ich auch lächeln? Ihn anlächeln? Den Feind anlächeln? Sein Gesicht wird ernst. Er will wissen, was ich in Flintbek tun werde. Ich erkläre kurz. Nicht zu viel erkläre ich, denn es könnte alles anders kommen. Noch weiß ich nicht, was sein wird.

Es wird ab jetzt Kontrollen an den Ortsausgängen geben, erklärt er. Ich übersetze für die anderen. Der englische Soldat schreibt in sein Notizbuch. Aus seinem Tun schließe ich, dass er alles protokolliert. Aber er hat gelächelt. Ich will die Gelegenheit nutzen, jetzt mache ich einen Schritt auf ihn zu, einen kleinen nur, er soll es nicht bemerken. Ich tue es, während er schreibt. Mein Haar soll locker sein, ich zupfe die Welle vorn über die Stirn, eine Haarlocke, von der ich weiß, dass sie besonders kleidsam wirkt. Er schaut von seinem Notizbuch auf, ich ahne ein leichtes Zwinkern im rechten Auge, ein anerkennendes Zwinkern ist es, höre ein leises Pfeifen aus seinen angespitzten Lippen. Es fühlt sich gut an, der Blick, das leise Pfeifen, die Anerkennung, die ich in beidem spüre. Er ist ein Engländer. Engländer sind mir nicht fremd.

Als er mir die Kennkarte zurückgibt, sagt er: „Ich bitte Margot Wichmann, für die anderen zu übersetzen." Wieder das A, das wie ein O klingt.

Ich übersetze und vermeide den Blick der anderen.

Später kann auch ich gehen. Ich spüre, dass er mir nachschaut. Es tut gut. Er ist ein Engländer. Vielleicht ist auch das gut.

Ich überquere die Bahnschienen.

Die anderen haben sich zerstreut. Der Zug ist fort, weitergefahren in Richtung Hamburg. Hamburg, die große Stadt; der Gedanke an Berlin streift mich. Berlin. Was ist aus *ihm* geworden, was aus der Zentrale, aus den Akten, aus meiner Wohnung? Ich erschrecke. Nicht jetzt an Berlin denken, nie mehr an Berlin denken! Ich bin Margot Wichmann, niemand anders! Es gibt kein Berlin, ich kenne kein Berlin. Mein Atem wird eng, Angst kriecht mir in die Adern, füllt mich aus, lähmt mich. Kein Berlin jetzt! Ich bin Margot Wichmann, geborene Zweigstatt! Ausgebombt in Kiel. In Kiel. Herrgott, in Kiel!

Ich spüre, ich muss warten, bevor ich in das Amt gegenüber gehen kann. Das Geburtsdatum fällt mir nicht ein. Es steht in der Kennkarte, ich sehe nach, stecke die Kennkarte zurück in die Tasche. Vor mir das rote Backsteingebäude, das Amt in Flintbek. Der Engländer kann mich sehen vom Bahnhof aus. Ich schaue zurück zum Bahnhof. Dort steht er und beobachtet mich. Dem unbändigen Bedürfnis, meine Schienbeine zu reiben, widerstehe ich. Ich versuche durchzuatmen. Es gelingt nicht, die Angst schnürt die Brust zu. Es wird mir klar, dass ich in dieser Verfassung nicht hineingehen kann in das Amt. Rechts erstreckt sich ein großes weißes Gebäude an der Straße, dem Amt schräg gegenüber. Wenn ich dort hinübergehe, kann er mich vom Bahnhof aus nicht mehr sehen.

So gelassen wie möglich gehe ich auf das weiße Gebäude zu. Ich bin erleichtert, als ich es erreiche, und bücke mich, um meine Schienbeine zu beruhigen. Dann gehe ich noch ein kleines Stück die Straße hinauf. Ich rieche Schokolade, ein zarter Hauch von Schokolade. Es kann nicht sein, es gibt keine Schokolade. An die Wand gelehnt warte ich, dass mein Atem wieder ruhig wird. Ich zwinge mich, an das leise Pfeifen des Engländers zu denken, an seinen gespitzten Mund, an den Bunker, in dem ich meinen Besitz unter dem Bett weiß, und an den Zug, an alles, was hier und jetzt Bedeutung hat. Berlin ist vorbei. Allmählich werde ich ruhiger. In die Ahnung von Schokolade hinein spreche ich leise die Namen und Daten. Immer wieder. Das beruhigt. Seine Geschichte, geblieben im Krieg, und meine Geschichte, die Geschichte der Margot Wichmann. Vor allem ihre Geschichte. Meine Geschichte.

Ich fühle mich ruhiger. Kätnerskamp, dem Bahnhof gegenüber das Amt, das rote hohe Backsteingebäude. Aus dem Augenwinkel sehe ich, dass der Engländer mit den anderen Soldaten spricht. Ihre Gewehre haben sie seitlich am Körper abgestellt.

Die Eingangstür zum Amt kann ich nur schwer aufdrücken. Dicht gedrängt stehen Menschen in dem kleinen Raum hinter der Tür. Einige erkenne ich aus dem Zug. Ich winde mich seitlich vorbei, versuche zu der Tür zu gelangen, die ich der Eingangstür gegenüber hinter den Körpern an der gegenüberliegenden Wand entdecke. Unmut schlägt mir entgegen, Zorn. Aber ich muss hinein in das Amt. Wo soll ich bleiben über Nacht? Ämter werden geschlossen über Nacht, in Flintbek und überall. Irgendwie schaffe ich, die sich immer wieder schließenden Rücken zu überwinden. Und als ich wieder den Satz höre, jetzt mit noch heftigerem Zynismus ausgesprochen als vorhin auf dem Bahnhof, geschieht es. *Feindberührung*, das ist das Wort, das aus meinem Unmut Energie werden lässt.

„Eine Nachricht vom Engländer", höre ich mich laut sagen und hinzufügen: „Ich soll sofort eine Nachricht vom Engländer überbringen."

Ich drücke die Klinke der Tür, sie öffnet sich, ich schließe sie sofort wieder. Für Momente werden die Stimmen im Vorraum hinter mir lauter, ebben dann wieder ab. „Eine Nachricht vom Engländer." Wer will es wissen von denen da draußen? Ich habe mit dem Engländer gesprochen, sie verstehen seine Sprache nicht. Ich bin ein Stück weiter.

Im Flur steht eine Holzbank. Ich setze mich und fühle Erleichterung. Irgendwann wird jemand aus einer der Türen treten und nach meinem Anliegen fragen.

Es ist ruhig hier im Gang vor den Büroräumen. Auch draußen ist es ruhiger geworden. Ich warte. Geheiratet im Dezember 1943. Geboren im April. Margot Wichmann. Ich warte.

Der Flur ist sehr gepflegt. Unerwartet in diesen Zeiten. Frische weiße Farbe an den Wänden, die Decke eingefasst mit einem Rundputz dort, wo die Wand in die Decke übergeht. Sauber und ordentlich. Zwischen den Türen hängen Bilderrahmen. Sie sind leer. Die Papprückwände gähnen in den lang gestreckten Raum. Der Engländer drüben am Bahnhof fällt mir ein. Mir wird klar, weshalb die Rahmen leer sind. Es gibt noch keine neuen Bekanntmachungen für die Rahmen. Vielleicht werden die Engländer sie füllen. Wer sonst? Ich lege meine Tasche neben mich auf die Bank, behalte den Henkel in der Hand. Wenn die Tür aufgeht, muss ich schnell sein. Ich muss bereit sein. Ich spüre, wie die Unruhe zurückkommt. Der Flur ist lang, ich werde herumgehen und die Schilder an den Türen lesen, ich will wissen, wer hinter den Türen sitzt. Es stehen Namen auf den Schildern, vielleicht werde ich klopfen. „Guten Tag", werde ich sagen, „hier ist das Formular, ich habe Anspruch auf ein Finnenhaus. Mein Name ist Margot Wichmann." Die angespannte Stille des Flures drängt sich mir auf. Ich muss handeln, bevor meine Unruhe noch größer wird. Ich klopfe. Eine Tür nebenan öffnet sich.

„Der Bürgermeister ist nicht zu sprechen."

Ich sehe, dass unter dem Namensschild ein weiteres angebracht war. Vier kleine Bohrlöcher unter dem Namensschild. Was wird auf dem entfernten Schild gestanden haben, was jetzt nicht mehr lesbar sein darf? Ich erschrecke, als die Tür heftig geschlossen wird, noch ehe ich erklären kann, dass ich Margot Wichmann bin und mir ein Finnenhaus zusteht. Die verschlossene Tür, vor der ich jetzt stehe, macht mich zornig. Ich ziehe den Umschlag aus der Tasche, klopfe kurz, warte. Nichts rührt sich. Mein Zorn treibt mich an, ich öffne die Tür.

„Es verändert sich alles. Alles." Die Stimme der Frau hinter dem Schreibtisch klingt scharf. Ihr Rücken gerade. Aufgerichtet wiederholt sie: „Alles."

Und ich nehme den Klang dieses Wortes wahr und weiß, dass das Wort sie einmauern wird in ein Bild von der Welt, mit dem sie allein bleiben wird in ihrer Zukunft. Ich weiß, ihr ‚Alles' wird es nicht mehr geben, aber sie wird es aufbewahren in ihrem aufrechten Rücken. Draußen sind Engländer, sie stehen am Bahnhof und es wird Kontrollen geben. Niemand wird von Flintbek nach Kiel fahren können ohne Kontrolle. Und vielleicht füllen bald die Engländer die Bilderrahmen im Flur draußen. Ich lege meinen Umschlag auf den Schreibtisch. Die Frau blickt ungläubig zu mir, so als seien ich und mein Papier keine Wirklichkeit.

„Sind Sie zuständig?" Meine laute Frage.

Zögerlich nimmt sie den Umschlag in die Hand, zieht langsam die Papiere hervor. „Zuständigkeiten?", ihre Stimme fragt eher, als dass sie antwortet.

Ich warte und mit dem Warten wächst in mir meine Hoffnung. Sie wird mich nicht rausschicken aus dem Raum. Sie wird sich die Papiere, den Vertrag durchlesen und sie wird mir das Haus zuweisen, so wie es dort steht. Ich sehe, wie sie den Zeigefinger ihrer linken Hand auf das Datum oben am Rand des Papiers legt. Aus der Schublade unter ihrem Schreibtisch zieht sie mit der freien Hand Aktenmappen, wählt eine aus. Ich erkenne die Länge der Absätze, ohne sie lesen zu können. Ein Duplikat. Sie wird das Datum erkennen. Ich sehe, wie sie mein Formular zur Seite schiebt, sich bückt und aus einem Fach unter ihrem Schreibtisch einen Bogen Papier entnimmt.

„Name", ihre Stimme hat ihre Schärfe wiedergewonnen.

Ich antworte, ohne zu zögern. Ich bin Margot Wichmann. Geboren. Wohnhaft gewesen.

„Hausnummer, Stockwerk."

Ich erstarre. Stockwerk. Ich muss schnell antworten. Das hatte ich nicht bedacht. Weit oben, denke ich, da brennt es am stärksten. Ich sehe für Bruchteile von Sekunden das herabgefallene Dach und den Schutt vor dem Haus in Kiel. Sehe die Schornsteine in den hohlen Giebeln stehen. Einen Straßenzug lang. Wie viele Stockwerke hatte das Haus in der Lützowstraße? Ich weiß es nicht.

„Dritter Stock", höre ich mich sagen.

Sie fragt weiter, ihre Stimme kalt und scharf. Dann die Frage, weshalb ich erst jetzt komme. Also doch: Sie hat die unleserliche Stelle im Formular, dort, wo das Datum steht, mit dem Durchschlag in der Aktenmappe verglichen.

„Es ist ein halbes Jahr her", höre ich sie fragen, ihre Stimme klingt misstrauisch, dann fügt sie nach einer kleinen Pause hinzu: „Länger sogar."

Ich hatte gehofft, dass die Stelle im Formular nicht zu lesen sein wird, aber ich habe dennoch mit dieser Frage gerechnet. Auf dem Lande sei ich gewesen, bei der Familie meines Mannes. Meine Hilfe wurde gebraucht. Es gab Lazarette dort. Ihr Blick wird weicher für Momente.

„Die Häuser sind alle bewohnt. Sie sind zu spät."

Ich spüre die Möglichkeit. Ich habe gesehen, wie sie auf das Wort Lazarett reagiert hat. Ihre Mundwinkel haben fast unmerklich gezuckt, seitlich nur ganz kurz gezuckt. Ich schiebe nach: „Es war eine harte Arbeit im Lazarett. Ich bin keine Krankenschwester. Und ich habe es trotzdem gemacht."

Unsere Blicke treffen sich. Meine Chance.

Wir verharren.

Dann kommt es unvermittelt scharf und laut: „Kinder?"

Ich erstarre.

„Kinder. Das gehört zu den Bedingungen. Ausgebombt und Kinder."

Eine Seitentür des Büros öffnet sich unvermittelt. Kinder. Das habe ich nicht bedacht. Ich wusste nicht, dass Kinder zu den Kriterien gehören. Das Stammbuch weist keine weiteren Eintragungen aus. Keine Kinder. Keine Eintragung. Auch nicht in der Kennkarte. Dort müssten sie vermerkt sein. ,Keine Kinder', schießt es mir durch den Kopf. Ich spüre, wie sich meine Kehle zusammenzieht. Ich werde nicht antworten können.

Ihre Frage hallt nach, die Anspannung, mit der sie auf meine Antwort gewartet hat, verlässt schlagartig ihren aufgerichteten Körper, als ihr Blick sich auf einen Mann richtet, der aus einer Tür an der Rückwand des Raumes herausgetreten ist und auf uns zukommt.

Ich gewinne Zeit. Der Mann groß, kräftig, im Anzug fast feierlich gekleidet. Mit kleinen, hektischen Schritten, die nicht zu seiner Statur zu passen scheinen, eilt er an mir vorbei. Ich sehe an den Seiten und im Nacken kurz ausrasiertes Haar, fast geschoren. Der scharfe Seitenscheitel schneidet sich in das Haar.

Kurz blickt er mich an: „Sie haben mit dem Engländer gesprochen. Ich habe es vom Fenster aus gesehen."

Warum sagt er das? Er wartet nicht auf eine Antwort und beugt sich über den Schreibtisch. Ich höre, wie beide flüstern, die Frau einen Aktenordner aus dem Schrank hinter dem Schreibtisch zieht. Da geschieht es wieder, das Geschehen friert ein, einem Bild gleich, nimmt mich heraus aus dem Moment: Sie sitzt am Schreibtisch, gerade, starr; ich höre Flüstern, es ist weit weg; ich verstehe nichts; meine Ohren sind gefüllt von einem gleichförmigen Surren.

Ich weiß nicht, wie lang ich dagestanden habe mit dem Surren in meinem Kopf. Vielleicht sind es nur Augenblicke gewesen, denn als das Knistern von Papier an mein Ohr dringt, hat sich die Situation nicht verändert. Der Mann beugt sich noch immer geschäftig über den Schreibtisch. Er greift in den Aktenordner, blättert unruhig. Ich sehe, wie die Frau seine unruhigen Hände beiseitedrängt und mit einer heftigen Bewegung etliche Blätter aus dem Ordner reißt. Sie hätte nur die Heftschiene zu öffnen brauchen. Ein kurzer, hastiger Seitenblick von beiden auf mich, sie zögert, dann legt sie sorgsam, betont sorgsam, die ausgerissenen Blätter auf eine freie Stelle ihres Schreibtisches. Ich wundere mich. Sie wird sie so nicht wieder einheften können. Und als hätte ich sie ertappt, streift mich noch einmal ein flüchtiger Blick. Dann streicht sie mit den Händen über die Papiere, so als wolle sie sie glätten.

„Wir rufen Sie gleich wieder auf." Da ist sie wieder, die scharfe Stimme.

Ich gehe aus dem Zimmer, setze mich auf die Holzbank. Der Vorgang im Aktenordner wird ab jetzt unvollständig sein. Plötzlich begreife ich, dass hier etwas unvollständig bleiben soll. Die Erinnerung an Berlin, an die Tiergartenstraße und Hadamar kann ich nicht mehr verdrängen. Ich muss die Erinnerung an die Akten im Hof zulassen, Akten, die ich hinuntergetragen hatte 1941 und die ich wieder hinaustrug 1945, Aktenzeichen für Aktenzeichen. Vorgänge, die nicht mehr nachvollziehbar sein sollten, wie der Aktenvorgang hier in diesem Amt in Flintbek. Was hätten die herausgerissenen Seiten verraten? Ich durchschaue die Situation nicht, aber der Vorgang wird mir klar. Etwas wird vernichtet, etwas anderes muss die Akte füllen. Und ich begreife, dass sie mir das Haus geben müssen. Die Akte wird wieder gefüllt werden. Auch ohne Kinder. Ich bin am Ziel. Ich warte.

Als der Mann aus der Tür in den Flur tritt, hält er einen Briefumschlag in der Hand. Mit einer fahrigen Bewegung überreicht er mir den Umschlag. Meinem Blick hält er nicht stand. Eine Haarsträhne ist ihm in die Stirn gefallen, er versucht sie mit der freien Hand zurückzuschieben.

„Jetzt haben wir alle Häuser besetzt. Ich habe mich als Bürgermeister persönlich gekümmert."

Dann höre ich seine hastigen, kurzen Schritte im Flur. Die Frau erscheint mit dem Mietvertrag. Ich sehe, dass das Datum nicht stimmt. Der April ist lange vorbei. Ich unterschreibe, höre ihren scharfen Schritt und die Tür zum Vorzimmer des Bürgermeisters ins Schloss fallen. Den Mietvertrag halte ich in der Hand und den Briefumschlag, ich ertaste einen Schlüssel.

Ich verlasse das Amt durch einen Nebenausgang, hinter mir liegen der Bahnhof und das rote Backsteingebäude. Im Umschlag mein Schlüssel und der Zettel mit dem, was ich wissen muss: den Namen der Straße, die Hausnummer. Es ist Abend geworden.

„Zichorie, Kindchen", und wie zur Betonung der Besonderheit noch einmal: „Zichorie." Dabei betont sie die letzte Silbe und spricht nur das „i". Ich möchte ihr sagen, dass es ein Fehler ist, das Wort so auszusprechen, möchte sie berichtigen, möchte ihr sagen, dass es Zich-o-ri-e heißt – und tue es nicht.

Ich schlafe unruhig in dieser ersten Nacht, das Haus ist mir fremd. Ich kenne seine Geräusche nicht. Irgendwann zähle ich die Fußbodendielen. Eine dünne Papiertapete zeichnet Schatten von Blumen an die Wände. Wenn ich gegen die schrägen Wände drücke, gibt das dünne Holz nach. Die Familie von unten gab mir gestern eine Wolldecke für die erste Nacht im Finnenhaus.

„Die Federbetten sind weg", sagten sie und gaben die Wolldecke. „Sie haben die Wohnung oben."

Sie wiesen auf die schmale Treppe, die vom unteren Flur nach oben führt.

„Die Toilette benutzen wir gemeinsam, hier im Vorflur, gleich hinter der Eingangstür. Für Papier sorgt jeder selbst."

Für das Papier sorgt jeder selbst. Ich war einige Treppenstufen hinaufgegangen, als ich sie sagen hörte: „Wir gehen früh schlafen." Ich hörte kein Türschließen und wartete. Im dunklen unteren Flur sagte die Frau: „Wir heißen Neubert. Morgen können wir uns unterhalten. Ich sagte schon, wir gehen früh schlafen."

Dann schloss sich die Wohnungstür.

Heute habe ich Sauerampfersuppe gekocht. Es ist gut, eine eigene Küche zu haben, es ist gut, dass die Bunkertage vorbei sind. In der schmalen Speisekammer gleich rechts in der Küche fand ich einen Kochtopf. Meinen Blechteller habe ich auf den kleinen Küchentisch gestellt, den Löffel danebengelegt. Ein gedeckter Tisch. Sauerampfersuppe riecht gut. Den Geruch habe ich lange in der kleinen Küche behalten. Die Fenster habe ich nicht geöffnet, damit der Geruch in der Küche bleibt. Auch unten in der Wohnung riecht es nach Sauerampfersuppe. Mein Magen antwortet dem Geruch der Suppe, er knurrt leicht.

Noch esse ich nicht. Unten werden sie die Suppe gegessen haben, ich höre sie das Geschirr abwaschen. Also haben sie gegessen. Ich werde essen, wenn sie mit dem Abwasch fertig sind. Es ist gut zu essen, wenn die anderen nichts mehr haben.

Später, nach dem Essen, werde ich still sitzen bleiben und die Geräusche der Suppe in meinem Magen hören.

Dass ich Sauerampfersuppe kochen konnte, habe ich Frau Neubert aus der Wohnung unten zu verdanken. Wir haben gemeinsam den ersten Sauerampfer aus den Eiderwiesen geholt. Und die Wurstbrühe vom Schlachter. Das war gestern. Es lässt sich gut an mit der Familie unten. Der Mann kommt spät nach Hause, ich habe ihn noch nicht wieder gesehen seit der ersten Nacht im Finnenhaus, nur gehört während der späten Abende. Die zwei Jungen sind fast erwachsen, auch sie sind meistens fort, kommen bei Dunkelheit nach Hause. Ich habe beobachtet, wie sie das Haus nicht vorn durch den Eingang betreten, sie klingeln nicht, schließen auch die Haustür nicht auf, sie gehen durch den Kellerniedergang im Hof in den Keller und waschen sich dort.

Es lässt sich gut an, die Frau ist hilfsbereit und ich bin freundlich. Ich hatte nie vorher Sauerampfersuppe gekocht.

Donnerstags gibt es Wurstbrühe beim Schlachter. Woher sie wüsste, dass es Brühe gibt, habe ich Frau Neubert gefragt.

„Es steht dran. Unten an der Straße am Rosenberg steht es dran, gegenüber vom Schlachter, Kindchen, in dem Anschlagkasten", hat sie geantwortet.

Ich erinnere mich. Als ich vom Amt zum Haus ging mit dem Schlüssel im Umschlag, war ich an dem Anschlagkasten vorbeigekommen. Die Reste des gelbschwarzen Plakats hingen heraus. Ich kannte es aus dem Bunker. „Feind hört mit." Später wird der Schlachter seine Benachrichtigung hineingehängt haben. Vielleicht hat „Donnerstag Wurstbrühe" draufgestanden. Ich werde auf die Anschläge im Kasten achten. Ich merke mir: Rosenberg.

Frau Neubert und ich hatten uns abgewechselt beim Anstehen am Donnerstag. Es war ihr Vorschlag gewesen: sie die erste Schicht, ich die nächste. Es dauerte drei Stunden etwa, bis die Brühe ausgeteilt wurde, ich habe gesehen, wie eine Frau umfiel. Langsam sich um sich selbst drehend, fiel sie um mit ihrer Kanne in der Hand. Ich sah, dass sie sich drehte, ganz leicht drehte, dann sank sie auf die Knie und fiel zur Seite. Sie hatte die Kanne im Fallen nicht losgelassen, die Öffnung hatte sich in den Sand geschoben, ich sah feinen Staub im Inneren der Kannenöffnung. In dem Teller mit der Wurstbrühe werden kleine Sandkörner liegen. Sie wird den Rest aus dem Teller nicht essen können. Vielleicht wird sie ihn aus dem Teller trinken, damit die Sandkörner nicht zwischen den Zähnen knirschen. Jetzt lag sie im Sand, bleich, das Kleid viel zu groß für ihre magere Gestalt, es hatte sich um die Taille gewunden und sah aus, als hielten nur die Ärmel es an ihrem schmalen Körper fest. Ich konnte mich nicht rühren in dem Moment, als es passierte. Ich sah die liegende Frau. Die fröhlich-bunten Blumen des Kleiderstoffes saugten die kleine Gestalt auf.

Sie verschwand in den Blumen. Erst als die anderen sie aufrichteten, sah ich sie wieder, blass und klein in einem Meer aus Blumen. Jemand holte Wasser aus dem Hause des Schlachters. Die Frau blieb lange im Sand sitzen, den Blick gesenkt, als schämte sie sich dafür, dass ihre Kraft nicht ausgereicht hatte zu warten. Die anderen hoben sie sitzend weiter, sie machte nicht den Versuch aufzustehen.

Ich kannte kein Gesicht in den langen Reihen, ich habe sorgfältig in die Gesichter gesehen und registriert, dass ich niemanden hier kenne, Frau Neuberts Kanne gehalten und gewartet. Ich werde stehen bleiben. Ich werde nicht umfallen. Wir werden uns die Brühe aufteilen.

Unruhe entstand in den Reihen. Vielleicht würde es keine Wurstbrühe heute geben. Das Gerücht kam auf, als mir die Beine zu zittern begannen. Nicht umfallen. Ich konzentrierte mich auf meine Schuhe. Wenn ich den rechten Fuß etwas nach vorn schob, hob sich das Leder und der Strumpf zeigte sich. Ich schob den Fuß, zog ihn zurück. Immer wieder, die Zeit sollte vergehen. Das Loch zwischen Leder und Sohle würde größer werden, wenn ich noch länger meinen Fuß zwischen Leder und Sohle hinausschob. Ich ließ es sein, rollte meine Zehen nach innen und dachte an den Markt in Wellingdorf. Dort werde ich Schuhe kaufen. Bis dahin müssen diese halten. Wenn es wirklich keine Brühe mehr gibt? Warum anstehen?

Niemand ging.

Vorn am Kopf der Reihe keine Bewegung. Dann stand Frau Neubert neben mir.

„Sie sagen, es gibt keine Brühe heute", sagte ich und hoffte, wir könnten mit der Kanne zurück in das Finnenhaus gehen.

„Kindchen", Frau Neuberts Blick verdunkelte sich, „Kindchen, das sagen sie, damit die Brühe reicht. Wir werden warten. Unser Platz hier in der Schlange ist gut, wir sind weit vorn. Noch wird nicht verteilt. Kindchen, du riechst die Brühe doch!"

Wir warteten gemeinsam. Als die Tür zum Schlachthaus sich öffnete, stand die Sonne hoch. An diesem Tag reichte die Brühe für alle. Ein warmer, dumpf drückender Geruch strömte in die Reihen der Wartenden, ich hielt den Atem an, mir wurde übel. Aus dem großen Brühbottich schöpfte der Schlachter in die Kannen. Hinten vor der gekachelten Wand hingen die Würste, zu kaufen gegen Marken und Geld. Für die Brühe brauchte man nur Geld, keine Marken. Ich habe Marken, will sie aufsparen. Vorerst gab es die Brühe, die in der Kanne wie Schmutzwasser aussah. Aus dem Augenwinkel sah ich die magere Frau im geblümten Kleid. Sie war abgeholt worden. Eine ältere Frau trug die Kanne, das geblümte Kleid ging unsicher nebenher, es schwankte.

Später teilten wir die Brühe auf, später holten wir Sauerampfer von den Eiderwiesen. Sie wusste, wo der Sauerampfer stand. Ich kannte die Pflanze nicht einmal.

„Kindchen", sagte Frau Neubert.

Ich werde mir eine eigene Kanne besorgen für Wurstbrühe. Und Schuhe. In Wellingdorf ist der Schwarzmarkt. Die Kontrollen sind jetzt nicht scharf. Mit Glück kommt man in den Zug. Wellingdorf soll nicht weit sein vom Bahnhof. „Kindchen", hatte Frau Neubert gesagt. Es stört mich, sie das sagen zu hören, aber ich weiß, das ist der Preis, den ich zahlen muss. Sie sagt ‚Kindchen' und hilft mir. Sie fragt nicht, zeigt mir, was ich zum Überleben brauche, gibt mir Blätter vom Maggikraut aus ihrem Garten. Die Suppe hat sehr gut geschmeckt. „Damit schmeckt auch Wasser", hat sie gesagt und gelacht. Ich werde mir eine eigene Kanne besorgen, ich will das ‚Kindchen' vermeiden, so gut es geht. Und ich werde ihre Hilfen nutzen. In Berlin gab es keinen

Sauerampfer, kein Maggikraut. Jetzt bin ich hier. In diesem Haus, in dieser Siedlung. Holzhäuser hinter niedrigen Zäunen, in der Mitte geteilt durch eine Hecke, zwei Türen, zwei Fenster zu jeder Seite. Die schmale Straße, ein sandiger Bürgersteig mit Kantsteinen, der den Gehweg von der Straße trennt. Die braunen Häuser in gleichmäßiger Reihe und gleichem Abstand, eine beruhigende Ordnung. Zwei Eingänge, also zwei Familien. So hatte ich gedacht an dem Abend, an dem ich den Schlüssel in dem Umschlag fühlte. Es kam anders. Zwei Räume für jede Familie. Für mich zwei, für die Familie unten zwei. Der andere Eingang noch einmal für zwei Familien. Oben sind die Wände schräg, unten gerade, wir teilen uns die Toilette unten. Und den Keller. Ein Badeofen im Keller. „Luxus, Kindchen, Luxus", hatte am anderen Morgen Frau Neubert aus der unteren Wohnung gesagt. Um die Häuser herum Frühlingsgärten, gegraben, zum Wachsen vorbereitet. Schmale Trittwege zwischen Beeten, aus denen es zart grünt. Ich weiß nicht, was da wächst. Ich kenne keine Gartenpflanzen. Frau Neubert wohl. Deshalb werde ich das ‚Kindchen' ertragen. Vorerst.

Drinnen im Haus fühlt es sich klein an und eng, die schmale Treppe, der schmale Flur. Oberhalb der Treppe, direkt hinter der Tür, die eigentlich eine Zimmertür ist, das Wohnzimmer. Das milchige Glas in den Türfüllungen stört mich, obwohl man nur Schatten dahinter erkennen kann. Ich habe es geprüft, und trotzdem: Der Flur fühlt sich sehr nah an. Im Zimmer zur Straße stehen Bettgestelle, zwei nebeneinander und ein einzelnes. Im Wohnzimmer ein braunes Sofa, dessen Fransen bis auf den Holzboden hängen, daneben die kleine Küche. Ich habe meinen Koffer unter das Sofa geschoben, die Fransen hüten jetzt sein Geheimnis. Die Tür zum Flur kann ich abschließen. Es gibt einen Tisch im Wohnzimmer, zwei Stühle. Darüber eine mit Kleiderstoff bezogene Lampe. Zwei Löcher im Stoff lassen das Licht der Glühbirne hindurch, zeichnen helle Flecken an die Wand. Die Lampe ist zu groß für diesen kleinen Raum. Ein Ofen von der unteren Wohnung bei Neuberts könnte meine beiden Räume oben heizen. Ich weiß nicht, ob es im Winter so sein wird. In der kleinen Küche gibt es noch einen Ofen mit Herdringen für die Kochtöpfe. Meine Sauerampfersuppe hat darauf gestanden. Ich werde den Ofen in der Küche heizen, wenn es kalt wird. Jetzt ist es fast sommerwarm.

Es gibt etwas Brennstoff im Keller. Briketts, ordentlich gestapelt, zwei und zwei im Wechsel, damit der kleine Stapel nicht umstürzt, und etwas Holz. Die Mengen sind klein. Das Holz wird gerade zum Kochen im Küchenofen den Sommer über reichen.

„Das ist Ihr Anteil", hatte Frau Neubert gesagt, als wir unten in dem Keller standen. Ganz unvermittelt hatte sie an meinem Kleiderärmel gezerrt, zerrte hin und her, und ich erschrak über die Heftigkeit ihres Griffs. Sie vergaß das ‚Kindchen', schaute mich scharf an und sagte: „Nur dieser Teil." Sie wies mit dem ausgestreckten Finger auf den kleinen Holzstoß und die zwei Reihen Brikett. Dann ging sie durch den Keller hinaus auf den Hof. Ich hatte sie fragen wollen, wem das Holz gehört hat. Wem die Möbel oben in der kleinen Wohnung. Jetzt war sie gegangen und ich hatte nicht gefragt. Hatte ihr scharfer Ton meine Fragen verschluckt? Gibt es etwas Dunkles, das ich nicht kenne? Etwas, das mit dem seltsamen Geflüster, mit dem Herauszerren der Blätter in der Amtsstube beim Bürgermeister zu tun hat? Die Bettgestelle oben, das Sofa, die Beete, aus denen es zart grünt und die mir zugeteilt sind, müssen irgendwann eine Erklärung finden. Jemand hatte in den Betten geschlafen, auf dem Sofa gesessen. Und es kann nicht lange her gewesen sein, dass jemand Saat in die Beete gestreut hat, aus denen jetzt zarte Pflänzchen kriechen, die ich nicht kenne und die Frau Neubert mir erklären wird. Ich blieb allein zurück im Keller mit meinen Fragen.

Später sah ich Frau Neubert im Garten hacken, ihre Bewegungen waren kurz und heftig. Gebückt zog sie Unkraut aus den Beeten. Woran erkennt sie, was herausgerissen werden soll? Jedes Büschel warf sie in einen Eimer, den sie auf den schmalen Trittweg zwischen den Beeten hinter sich gestellt hatte. Dabei schüttelte sie ihre Hand heftig, so als klebe das Büschel Grün an ihrer Hand. Ihr Rock hatte sich hinter dem zugebundenen Schürzenbund verwickelt und war hochgerutscht. Sie schien es nicht zu bemerken, rupfte, zerrte und zog den Eimer hinter sich her. Ihre Wollstrümpfe endeten unter dem Knie, waren aufgerollt zu einer Wulst, darüber gab der Rock bei jedem Bücken den Blick frei auf ihre blassen Schenkel. Diese Frau dort nennt mich ‚Kindchen'. Ich werde es hinnehmen, denn hinter ihrer gebückten Gestalt sah ich zwei feine grüne Streifen in der dunklen Erde. Sie weiß, was in der Erde bleiben soll, was später Nahrung sein wird. Deshalb werde ich es hinnehmen.

Es ist nicht einfach, die eisernen Bettgestelle auseinanderzunehmen. Drei Bettgestelle, zwei zu viel. Als ich die Bettteile die Treppe hinunterschaffe und im Flur unten abstelle, höre ich, wie sich jemand hinter der Tür der unteren Wohnung zu schaffen macht. Das Kopfteil lehnt bereits unten an der Wand im Flur. Als ich das niedrigere Fußteil dazustelle, sehe ich einen Schatten hinter dem Milchglas ihrer Wohnungstür. Die Liegefläche des Gestells ist das Schwierigste. Die Sprungfedern klemmen die Finger, es ist unmöglich, einen festen Griff zu bekommen. Die scharfen Metallkanten schneiden in die Handflächen. Angestrengt versuche ich, über die schmale Treppe mit ihren Windungen in den unteren Flur zu gelangen. Meine Kraft reicht nicht, das Gestell aufzurichten, ich kratze mit dem Eisen Löcher in die dünne Tapetenwand. Eine Sprungfeder quetscht mir den Finger, seltsam weiß ist die Stelle und für Augenblicke ohne Schmerz. Dann beginnt es zu bluten. Mir steigen Tränen auf, es tut entsetzlich weh, ich schlucke und setze mich auf eine Treppenstufe. Das Gestell versperrt den Abgang, ich werde nicht einmal auf die Toilette unten im Flur gehen können, um meine Hand über den Ausguss zu halten. Das Blut wird in das Holz der Treppe eindringen und Flecken hinterlassen. Mein Kleid wird blutig.

„Sie sollten das Bett oben stehen lassen. Wenn Ihr Mann zurückkommt …", höre ich Frau Neubert sagen, und ich bemerke wohl, dass sie ihre Stimme in einer Höhe lässt, die bedeutet, dass sie den Satz nicht zu Ende gesprochen hat, dass in dem Satz ein Ton mitschwingt, der Ausdruck deutlichen Zweifels ist.

„Ihr Mann." Es durchfährt mich. Weiß sie etwas? Ich sage nicht, dass er im Krieg geblieben ist. So hatte ich es mir doch zurechtgelegt. Im Krieg geblieben, irgendwo an der Front. Drängend wird mir klar, dass ich erfahren muss, was sie von mir weiß und was ich wissen muss von ihr, was hier geschehen ist in diesem Haus, in dieser kleinen Wohnung.

Plötzlich packt sie unvermittelt fest zu, schiebt das Gestell zurück, richtet es auf – und es gleitet durch den schmalen Abgang hinunter in den Flur. Sie hat meinen blutenden Finger nicht bemerkt. Ich werde die Flecken auf der Treppe aufwischen. Das andere Bett wird keine Schwierigkeiten machen, es ist ein Kinderbett.

Die Quetschwunde blutet stark. Ich reiße einen Streifen aus dem Laken meines Bettes. Es ist das einzige Laken, das ich besitze. Ich wickle den Stoffstreifen um meinen Finger und strecke den Arm nach oben. Die Wunde schmerzt heiß, ich setze mich auf das Bett. Mein Arm wird schwer, ich lege mich hin, so ist es leichter, ich kann den Arm anwinkeln und ihn abstützen. Der weiße Stoffstreifen färbt sich rot. Ich spüre, wie mein Arm hinuntersackt, ich habe nicht die Kraft, ihn aufrecht zu halten. Ich spüre die kratzige Matratze unter mir, das dünne Laken, das mich vor dem stechenden Rosshaar nicht schützen kann, und ich fühle Schwere und den kommenden Schlaf.

Mich weckt das Pochen in meinem Finger. Das Blut hat den Lappen durchtränkt und das Laken verschmiert. Ich reiße noch einen Streifen aus dem Laken, wickle vorsichtig den Verband vom Finger. Es pocht heftiger, der Finger ist heiß. Die Wunde verklebt, sie beginnt wieder zu bluten, als ich den Verband löse. Rasch umwickle ich den Finger neu und strecke den Arm in die Höhe. Es soll aufhören zu bluten, es macht mir Angst. Draußen ist es dunkel, unten in der Wohnung still. Ein mächtiges Bedürfnis nach Hilfe spüre ich. Berlin. Sofort hätte ich Hilfe gehabt. *Er* war Arzt, für alle in der Zentrale, für alle im Ministerium wäre Hilfe da, es gab Krankenzimmer. Sofortversorgung für alle, die in den Abteilungen ihre Arbeit taten. Ich fühle mich sehr allein jetzt, mein Herz schlägt heftig. Ich atme tief durch, langsam und tief ein und aus, gehe durch mein Wohnzimmer, gehe vorsichtig durch diesen kleinen Raum, vermeide das Knarren der Dielen. Dann setze ich mich auf einen der Stühle. Meine Augen haben sich an das Dunkel gewöhnt, das Weiß des Lakenstreifens leuchtet im Dunkeln, ich lege die Hand auf den Tisch und warte darauf, dass das Weiß sich rot färbt. Ich schalte das Licht an, nur ein winziges Fleckchen hat sich in dem Verband abgezeichnet; ich werde ruhiger.

Ruhig atmen, ein und aus. Kein Blut mehr. Endlich. Berlin. Meine Wohnung, hohe Räume, Stuck an der Decke. Das Bild über dem roten Sofa.

„Ein echter Leistikow", hatte er gesagt, als es jemand mit in die Tiergartenstraße brachte. „Wir hängen ihn über das rote Sofa", bestimmte er.

Ich widersprach nicht, damals. Das Bild, der *echte Leistikow*, hatte mir Angst gemacht; dunkle Wälder, ein nächtlicher See, finstere Schatten von hoch aufragenden, schwarzen Bäumen im Vordergrund am Ufer. Tröstlich allein der helle Mondfleck in der Mitte des Bildes. Doch die dunklen Schatten verunsicherten mich. Undurchdringlich ihr Schwarz. Ich hätte gern ein Menschenbildnis gehabt, aber das Bild zeigte finstere Natur. Wenn ich auf dem roten Sofa saß, hatte ich das Bild im Rücken. Ein *echter Leistikow*. Ich hatte nie gefragt, woher das alles kam, was sie in der Zentrale und im Ministerium untereinander verteilten und an dem ich teilhatte.

Ich atme tief, sehe den viel zu großen Lampenschirm von der Holzdecke hängen, sehe die Blumentapete an der dünnen Holzwand, die ich eindrücken kann und die sich von dem Druck meiner Hände biegt. Der Lichtschein, der durch eines der Löcher im Lampenstoff dringt, fällt auf eine Blüte im Tapetenmuster, leuchtet sie aus, diese unscheinbare, blassrosa Blüte, ein Punkt in der Mitte scharf und schwarz. Mir schwindelt, ich schließe die Augen; meine Berliner Wohnung, die Rosette an der Zimmerdecke, die Kristalllampe darunter; sehe die Schale auf dem Esstisch; er hatte sie mir geschenkt. Auch die Schale war eines der schönen Dinge, die in der Zentrale die Runde machten. Er brachte sie eines Abends mit. „Ich habe deinen Blick gesehen, als die Schale in die Zentrale kam", sagte er und stellte sie auf den Esstisch. Gewundene Ranken, deren Blätter nach oben strebten, umfassten die Schale, aus denen sich an einer Seite der Körper einer wunderschönen Frau herauswand. Ihr langes Haar verschlang sich am Rand der Schale mit den Blätterranken. Wenn ich die Augen zusammenkniff, es im Zimmer dämmrig war, schien es mir, als drehte die Schale sich, als wolle die wunderschöne Frau sich hinaustanzen aus der Schale. Nur die Blätterranken hielten sie fest. Ich tat nie etwas in diese Schale, alles und jedes hätte sie entwürdigt.

„Du kannst sie benutzen, sie ist aus Bronze, sie wird dir nicht zerbrechen", hatte er erklärt. „Sie kann nicht zerschlagen."

Blätter, die sich drehen und ranken. Blätter und Steine, sie rutschen, Staub wirbelt. Ich höre Heulen, rhythmisches Krachen, sehe die Schale sich auflösen und schmelzen zwischen staubigem Schutt und Steinen.

Ich schrecke hoch. Alles ist still um mich herum. Dunkelheit draußen. Mein Finger pocht. Meine Hand liegt auf dem Tisch; ich sehe das hochgewellte Furnierholz der Tischplatte; ein blasser, runder Rand dort, wo eben noch meine Schale getanzt hatte. Ich sehe die dunklen Fensterhöhlen, es gibt keine Fensterbank. Ich werde nie Blumen auf die Fensterbänke stellen können in diesem Haus.

Rhythmisch und heftig pocht es in meiner Hand. Mein Herzschlag in meiner Hand. Ich stehe auf von meinem Stuhl, beginne im Zimmer auf und ab zu gehen. Die Dielen knarren, unten schläft die Familie Neubert. Rücksicht, ich brauche sie noch, diese Familie. Für Sauerampfersuppe und Wurstbrühe. Ich darf sie nicht verfrüht wecken, sie nicht verärgern. Ich trinke Wasser aus der Leitung und kaue lange auf dem Rest Brot, den ich in ein Tuch gewickelt in der Speisekammer verwahrt habe.

Endlich höre ich unter mir in der Wohnung Geräusche. Ich höre das Ascherütteln im Küchenofen, das Toilettenwasser rauschen. Dann verlässt Herr Neubert das Haus. Meine Beine sind bleischwer, mir ist übel. Meine Hand schmerzt entsetzlich.

„Kindchen", höre ich Frau Neubert rufen, als ich die Toilettentür hinter mir schließe, um wieder zurück in meine Wohnung zu gehen.

„Kindchen, Sie sind ganz blass!"

Sie zerrt mich fort aus dem Flur, schiebt mich durch ihre Wohnungstür hinein in ihre Küche. Ich will mit ihr sprechen, es gelingt mir nicht, es fehlt die Kraft für Worte. Irgendwann muss ich mit ihr reden, ich will wissen, was hier geschehen ist, doch jetzt spüre ich nur Dankbarkeit, als ich sehe, dass sie einen kleinen Stoffbeutel mit Lindes Kaffee füllt und in eine Kanne hält, unter ihre Schürze greift, mit dem Schürzenstoff ihre Hand umwickelt und nach dem Wasserkessel greift. Beim Geräusch des sprudelnd blubbernden heißen Wassers rinnt mir der Speichel im Mund zusammen. Heißer Kaffee. Dunkelbrauner Kaffee ergießt sich in eine Tasse, die Frau Neubert mir in die unverletzte Hand geschoben hat.

„Zichorie, Kindchen", und wie zur Betonung der Besonderheit noch einmal, „Zichorie."

Dabei betont sie die letzte Silbe und spricht nur das „i". Ich möchte ihr sagen, dass es ein Fehler ist, das Wort so auszusprechen, möchte sie berichtigen, möchte ihr sagen, dass es Zichorie heißt – und tue es nicht. Dann schiebt sie mich vor sich her bis zu einer Chaiselongue im Wohnzimmer, drückt mich energisch auf die Polster und legt ein Kissen unter meinen Kopf. Ich lasse es geschehen und liege da, sehe dieselben Tapeten wie oben in meiner Wohnung. Allmählich wird mir wohler. Später beschreibt sie mir den Weg zum Arzt, am Amt vorbei und dann über die Bahnschienen. Ich kann mir den Weg vorstellen, ich bin ihn gelaufen an dem Tag, an dem man mir die Schlüssel für das Haus gab. Auf dem Rückweg soll ich versuchen, etwas einzukaufen. Es soll noch Rüben geben und Brot, wenn ich Glück habe. Am Bahnhof vorbei, links über die Brücke und weiter. Der Arzt hat ein Schild am Haus. „Wirst schon sehen, wo der Arzt ist, Kindchen."

Ich sehe es. Vor der Haustür stehen Menschen. Ich will an ihnen vorbeigehen in das Haus.

„Wir warten hier alle!", werde ich barsch zurückgerufen.

Mir fehlt die Kraft zu widersprechen, ich kann nicht sagen, dass ich Schmerzen habe, um schneller in das Behandlungszimmer zu kommen. Meine Verletzung ist schwer, könnte ich sagen, ich habe unerträgliche Schmerzen. Aber ich stelle mich wortlos in die Reihe zu den anderen. Mit jedem, der das Haus verlässt, schieben sich die Wartenden auf die schwere braune Haustür zu. Als ich die Treppen zum Aufgang erreiche, setze ich mich auf die Stufen. Irgendwann werde ich hineingelassen.

„Zahlen Sie?"

Ich hatte Geld mitgenommen, wollte sofort zahlen. Ich war so sicher, mir damit einen schnellen Zugang verschaffen zu können. Jetzt hat es Stunden gedauert, jetzt strecke ich dem Arzt meine schmerzende Hand entgegen. Schweigend wickelt er den Lappen vom Finger.

Ich sehe eine breite Narbe, die vom Wangenknochen fast bis zum Mundwinkel reicht. Ich habe diese Narben schon in Berlin gesehen, viele der Ärzte hatten solche Narben. „Wir haben darauf geachtet, dass es nicht zu schnell zuheilt. Schmissig, der Schmiss", hatte er im Institut in Berlin lachend mir erklärt. Seine Narbe war noch breiter gewesen als die des Arztes, der jetzt schweigend handelnd vor mir sitzt. Alle hatten die Narbe auf der linken Wange. Weil Rechtshänder auf die linke Wange schlagen, hatte er mir erklärt. Er schien stolz, damals.

Erst jetzt nehme ich die Frau wahr, die über ein Waschbecken gebeugt steht. Sie richtet sich auf, versucht ihre zu kleine Strickweste über die Taille zu ziehen und geht auf einen weißen Schrank zu. Er scheint das einzige Möbelstück in diesem Behandlungszimmer zu sein, das an eine Arztpraxis erinnert. Die Frau öffnet ihn, greift nach einer Schüssel und stellt sie auf den Behandlungstisch. Dann streicht er vorsichtig mit einem Holzstab eine Salbe auf meine Wunde und wickelt einen weißen Verband um meinen Finger. Als er seinen Kopf aufrichtet, bin ich erleichtert, sein Gesicht kenne ich nicht.

„Glück gehabt, junge Frau."

Als er das sagt, sehe ich seine Augen. Offene Augen, die Narbe auf seiner linken Wange vergesse ich.

„Der Nächste", sagt er und geht zum Waschbecken.

Die Frau mit der zu kurzen Weste nickt ihm zu, sie hat die Aufforderung verstanden. Doch zuvor schreibt sie meinen Namen auf eine Karte.

„Margot Wichmann", sage ich. Ich nenne das Geburtsdatum. Und die Straße, in der ich wohne.

Als ich die Arztpraxis verlasse, hat sich die Schlange der Wartenden noch verlängert. Mein Arm liegt trostvoll und sicher in einem schwarzen Tuch am Körper, der Verband frisch aus richtigem Verbandsstoff. Ich hatte sofort gezahlt.

Weiße Villen säumen die Straße. Erst jetzt bemerke ich, wie schön dieser Straßenzug ist. Tiefer liegend die Gärten, abgesteckte Beete, Bohnenstangen, Kaninchenställe, Hühner in eingezäunten Gehegen. Die Gärten wollen nicht zu den Villen passen. Breite, brückenartige Stege führen hinein in die Haustüren der oberen Stockwerke. Die Beletage, die für die Herrschaften, die Wohnung darunter dunkel. Etliche englische Jeeps säumen den Straßenrand. Ich will mir den Straßennamen merken, finde kein Straßenschild. In Bahnhofsnähe dann an einer Hauswand, dort wo die Straßenschilder angebracht sind, ist die Hauswand beschädigt. Herausgebrochen das Straßenschild, ich sehe doppelte Bohrungen, zwei Schilder müssen hier übereinander angebracht gewesen sein, eines länger, eines etwas kürzer. Später erfahre ich, dass die Straße ‚Brückenstraße‘ heißt. Sie hat noch kein neues Schild, bis vor Kurzem hieß sie ‚Adolf-Hitler-Straße‘. Ich werde mir ‚Brückenstraße‘ merken.

Am Bahnhof stehen die Engländer. Es sind viele, sie postieren sich an den Schranken und auf dem Bahnsteig, einige stehen gegenüber vor dem Amt. Ich werde sehr bald nach Wellingdorf fahren müssen. Es könnte bald zu spät sein, es sind zu viele Engländer auf dem Bahnhof.

Als ich am Amt vorübergehe, wende ich meinen Kopf zur anderen Seite. Sicher sitzen sie dort hinter der Gardine, der Bürgermeister und die Sekretärin mit dem aufrechten Rücken. Ich möchte sie nicht sehen und sie sollen mich nicht sehen. Der Gedanke, dass Margot Wichmann die Kriterien für ein Finnenhaus nicht erfüllt, beschleicht mich. Sie hätte Kinder haben müssen. Sie hat keine.

Es gelingt mir, beim Kaufmann in Bahnhofsnähe eine Steckrübe zu bekommen. Brot würde morgen wieder geliefert. Aber es gibt Ersatzkaffee. Die Marken werden sorgfältig aus meinem Bogen geschnitten und auf einen anderen, etwas größeren Bogen geklebt. Nachweise für alles. Jedes Zettelchen bedeutet, ein bisschen satt sein. Es riecht süßlich aus dem Klebstofftopf. Der kleine Pinsel, der seitlich in einer Ausbuchtung steckt, ist mit Klebe verschmiert. Ich kann nicht widerstehen. Die Verkäuferin guckt erstaunt, als ich nach dem Klebstofftöpfchen greife.

„Es riecht gut; es riecht, wie eine Süßigkeit schmeckt“, sage ich und stelle ihn wieder zurück auf den Verkaufstresen. Es ist lange her, dass ich Süßes gegessen habe. Speichel füllt meinen Mund. Später werde ich den Rest meiner Sauerampfersuppe essen und morgen eine halbe Steckrübe kochen. Die andere Hälfte ist für Neuberts. Sicher bekomme ich wieder Maggikraut.

Das gelbschwarze Plakat „Feind hört mit" ist aus dem Anschlagkasten gänzlich herausgerissen. Jemand hat auch die kleinsten Fitzel entfernt. Ich entdecke ein Stück Papier. Mit Bleistift hat jemand darauf geschrieben: „Suche Kinderwagen." Morgen werde ich einen Zettel hineintun: „Suche Federbett." Meinen Namen und die Straße werde ich hinzufügen.

Es zieht sich ein Flüstern durch die Straßen, durch die Häuser. Niemand weiß genau, woher das Gesagte kommt, es ist plötzlich da. Ich habe gelernt, das Flüstern zu hören.

Ich brauche Schuhe, ich muss nach Wellingdorf. Im Zug damals hatte ich erfahren, dort sei der Schwarzmarkt einträglich. Meinen Ring mit dem Topas trenne ich aus der Tasche in meiner Unterwäsche. Unbedingt brauche ich Schuhe, ich werde ihn hergeben müssen, obwohl ich ihn gern behalten hätte. Sein warmer, transparenter Glanz, die feine Einfassung aus Gold. Ich dränge mein Bedauern zur Seite und lasse mich beruhigen von dem Gedanken an neue Schuhe. So selbstverständlich hatten die Menschen im Zug darüber gesprochen, als würde man einkaufen, vor einen Tresen treten und sagen: „Ich hätte gern ein Paar Schuhe." Dabei weiß ich, dass es Kontrollen gibt, dass der Handel auf dem Schwarzmarkt nicht erlaubt ist. Und doch: Es tun so viele und ich werde beobachten und sehen, was die anderen tun. So wird es gehen.

Die Züge sind überfüllt. Wartend beobachte ich den Bahnhofsvorsteher. Seine laute Stimme übertönt das Schnaufen und Husten der Lokomotive, das Schreien der Menschen, die sich in und auf den Zug drängen. Sie liegen auf den Dächern, stehen auf den Trittbrettern. Ich sehe einen Güterzug fahren, er fährt durch den Bahnhof, auf den schwarzen Kohlen liegen Menschen; einige haben sich gegen die Waggonwand gedrückt, klammern sich fest. Es ist nur ein schmaler Halt, keine Sicherheit.

Ein Personenzug steht im Bahnhof auf dem zweiten Gleis. Er könnte abfahren, er ist längst überfüllt. Der Bahnhofsvorsteher scheucht, brüllt, schiebt die Menschen hinunter von den Trittbrettern. Andere dürfen hinauf. Er bestimmt, wer mitfährt und wer nicht. Er bestimmt, wann es Karten gibt und wann nicht. Seine neue Macht. Und seine laute Stimme. Ich sehe, wie er seinen Rücken selbstzufrieden streckt. Hinter seinem Rücken schwingt ein Gummiknüppel leicht hin und her. Dabei wippen seine Hacken unmerklich auf und ab. Er versucht, den Blick eines Engländers zu erreichen, so, als wolle er die Bestätigung für die Richtigkeit seines Handelns.

Aber sie reagieren nicht auf den Bahnhofsvorsteher; es scheint, als gäbe es keine Kontrollen; die Engländer stehen da; die meisten von ihnen schauen weg und er brüllt.

Irgendwann bin ich in den Zug gekommen. Ich denke an den Bahnhofsvorsteher, an seine laute Stimme und daran, dass es eine andere Stimme gibt, die man nicht so leicht hört. Man muss lernen, sie zu hören. Es zieht dann ein Flüstern durch die Straßen, durch die Häuser. Niemand weiß genau, woher das Gesagte kommt, es ist plötzlich da. Ich habe gelernt, dieses Flüstern zu hören. „Die Depots sind geöffnet", hatte es damals geflüstert und ich hatte es gehört, deshalb habe ich den blauen Stoff und die Wolldecken.

Auch vor Wochen im Amt, als ich den Berechtigungsschein vorzeigen musste, haben sie sehr leise geflüstert – und ich ahnte vage, was sie gesagt haben. „Wir schließen die Lücke in den Akten", haben sie geflüstert, sehr gedämpft, ich sollte es nicht hören. Dann haben sie den Ordner wieder ins Regal gestellt. Das Flüstern war sehr leise gewesen, eine Ahnung nur, aber ich kam ans Ziel.

Ich habe gehört, was sie nicht gesagt haben. Welche Lücke ich gefüllt habe, weiß ich nicht. Noch nicht. Ich muss es erfahren, irgendwann. Frau Neubert muss es wissen. Warum frage ich nicht?

Der Zug rattert. Ich fahre in Richtung Kiel. Auf dem Bahnhof kontrolliert niemand, obwohl überall englische Soldaten stehen. Sie haben zu tun, leiten und drängen Gruppen zerlumpter, dreckig aussehender Männer zu den Geleisen. Ich sehe, viele haben auf der zerschlissenen Kleidung ein blaues Rechteck, darauf den weißen Schriftzug *Ost*.

Ich erfrage den Weg nach Wellingdorf, nur nach dem Ort frage ich. Ich weiß, ich muss vorsichtig sein.

Und da ist es wieder, das Flüstern. Noch vor der Gablenzbrücke höre ich es. „Zigaretten", flüstert es, immer wieder „Zigaretten". Dann das Wort „Mehl", fast wie ein Hauch hört es sich an. „Zucker" ist ein schärferes Wort, es ist lauter, auch wenn es leise gesprochen wird. Aber ich höre nicht das Wort „Schuhe".

Was soll ich flüstern? Ich denke an den Goldring mit dem gelblich-grünen Stein. Mein Entschluss steht fest.

„Topas", flüstere ich, immer wieder: „Topas."

Es ist ein schönes, weiches Flüsterwort: Topas. Das O und das A klingen wie zarte Freude, und das S singt ganz leicht aus dem Wort heraus. Topas. Niemand reagiert auf mein Wort.

„Topas für Schuhe", flüstere ich.

Jemand zieht mich zur Seite, ein Stück hinter eine Ruinenwand.

„Schuhe kriegst du bei Karstadt."

Ich muss lachen. Bei *Karstadt* – als wenn ich in die Straßenbahn steigen, eine Fahrkarte für die Innenstadt lösen und dann ins Kaufhaus gehen könnte. So wie früher, früher in Berlin.

„Oben am Markt", sagt der junge Mann, der mich hinter die Ruinenwand gezogen hat, und weist mit einem Kopfnicken zurück in Richtung Bahnhof.

„Brauchst du was?", flüstert er und öffnet seinen Mantel.

Ich sehe im Innern viele Taschen, eingenäht in den Futterstoff des Mantels, leicht ausgewölbt und offenbar gefüllt.

„Süßware", nickt er und schaut mich fragend an.

Ich schüttele den Kopf.

„Schuhe, nur Schuhe", und schiebe zum Beweis der Notwendigkeit meinen Fuß in dem zerschundenen Leder nach vorn, so dass der Strumpf sichtbar wird.

„Wenn du Süßwaren brauchst, ich bin immer hier", sagt er und geht zurück auf die Straße.

Ich sehe, wie er sich in die umhergehenden Menschen einreiht. Eine unruhige, wachsame Prozession, immer wieder unerwartet durchbrochen von jemandem, der die Richtung wechselt. Vereinzelt verschwinden sie hinter den Resten eines Hauses, tauchen unvermittelt wieder auf, reihen sich erneut ein in die Umhergehenden. Die sich begegnen, weichen einander nicht aus, sie scheinen fast unmerklich aufeinander zuzugehen, so als wollten sie sich begrüßen, aber ich weiß, sie flüstern sich die Worte zu, die begehrlichen Worte wie Mehl, Zucker, Zigaretten, Kaffee. Mein Wort ist nicht unter den geflüsterten.

Ich fühle, wie meine Fußspitze sich unter den Schutt geschoben hat, und ziehe den Fuß zurück. Es ärgert mich: Ich muss mich immer wieder bücken, um kleine Steinchen aus meinem Strumpf zu zupfen. Bei jedem Schritt schiebt sich mein Fuß in Sand und Geröll.

Wie weit wird es sein bis zum Markt?

Ich versuche meinen Ärger mit dem Gedanken zu verdrängen, dass ich den Schwarzmarkt schon vor der Gablenzbrücke fand, ich nicht bis Wellingdorf laufen musste.

Vom Bahnhof in die Innenstadt, den Menschen nach. Ich habe erfahren, dass es gut ist, den Menschen zu folgen. Es laufen alle dorthin, wo es etwas gibt.

Einige Häuser zwischen der Gablenzbrücke und dem Bahnhof scheinen unversehrt, ich sehe Gardinen in den Fenstern. Daneben wieder die Ruinenfelder, dann wieder ein Haus, mehrstöckig und unbeschädigt. Es erinnert mich mit seinen an den Fensterreihen entlanglaufenden Friesen an mein Wohnhaus in Berlin. Es wird ähnlich aussehen, wenn es noch steht. Wer wird darin wohnen? Der Leistikow wird über dem roten Sofa hängen. Ich spüre den Geruch meiner Wohnung in der Nase, es riecht nach Seife, ein wenig nach Seife und irgendwie mild und warm.

Wohin jetzt?

Ruinen, so weit ich blicken kann. Die wenigen unversehrten Häuser hinter mir, rechts der Bahnhof. Die Bürgersteige verschüttet, die Menschen gehen auf der Straße, versuchen den wenigen Autos auszuweichen, die sich durch das Geröll einen Weg bahnen. Etliche Militärfahrzeuge fahren auf den Straßen, englische Militärfahrzeuge. Weit hinten sehe ich das Wasser, zwei hoch aufragende Speichergebäude in der Nähe und am anderen Ufer des Hafens einige Kräne. Sie haben die Werft noch nicht gesprengt, die Kräne stehen noch, aber sie bewegen sich nicht.

Etwas links halten, ich erkenne jetzt Straßenbahnschienen. Ich habe sie fahren sehen, die Straßenbahn, damals, während meiner ersten Tage in dieser Stadt. Sie haben mir den Weg gezeigt, damals. Vom Bahnhof in die Innenstadt – so muss es sein, so macht es Sinn. Ich folge den Schienen. Schuhe gibt es bei Karstadt. Ich glaube nicht recht an diese Möglichkeit, aber die kleinen Steinchen, die sich schmerzhaft in meinem Strumpf festsetzen, treiben mich vorwärts.

Wo soll es hier ein Kaufhaus geben? Ich beginne zu zweifeln. Trümmerfelder, ausgebrannte Häuser, wohin ich sehe. Dann erkenne ich auf der anderen Seite eines engen Platzes Frauen, die Steine aus dem Geröll sammeln und unweit einer Ruine stapeln. Einige schlagen Mörtelreste ab. Ich würde diese Arbeit nicht machen, es staubt; die Frauen haben eine Reihe gebildet, durch diese Reihe wandern die Steine, bis sie auf den Stapel gelegt werden können. Sie scheinen fröhlich zu sein, diese Frauen; ich würde diese Arbeit nicht machen. Tücher haben sie über ihr Haar geschlagen; es muss schwer sein, den Staub herauszuwaschen. Er wird klebrig, wenn die Kopfhaut schwitzt. Mein Mantel war verschmiert, damals, als ich an der Hauswand eingeschlafen war und die Abendfeuchte den Staub klebrig gemacht hatte. Die Frauen arbeiten in der Sonne, in der prallen Sonne. Leichter, heller Staub treibt wie Puder im Sonnenlicht.

Ein langer, schmaler Schatten liegt auf dem Platz, ich sehe eine zerstörte Kirche, ihr Turm hoch aufgerichtet, ohne Turmhelm. Durch die hohen Fenster kann ich das Innere des Kirchenschiffs erkennen, es fehlt das Dach, die Sonne fällt gleißend hinein. Die Frauen haben mich meine Schuhe vergessen lassen.

Schuhe gibt es bei Karstadt.

Jetzt sehe ich: Inmitten der Zerstörung steht ein Möbelwagen. Als gäbe es all die Zerstörung nicht, steht dieser Wagen dort, all den Trümmern zum Trotz, als hätte sich jemand entschlossen umzuziehen, auszuziehen aus diesen ausgehöhlten Fassaden. Widersinnig. Ich höre das Lachen der Frauen.

Meine Schuhe, ich will Schuhe.

„Schuhe gibt es bei Karstadt am Markt", hatte der Mann an der Gablenzbrücke gesagt. Dies muss der Marktplatz sein, er ist ungewöhnlich klein. Der Schutt der zerschlagenen Häuser hat ihn auf eine kleine Mitte zusammengeschrumpft. In diesem freien Flecken der Möbelwagen, daneben ein kleiner Tisch, auf dem eine Registrierkasse steht. Ich sehe, sie verkaufen wirklich Schuhe aus diesem Wagen heraus. Dieser Möbelwagen *ist* Karstadt, diese Registrierkasse *ist* Karstadt. Von der Treppe aus, die an der schmalen Seite des Wagens in das Innere hineinführt, verkaufen zwei Frauen Schuhe. Eine Menschenmenge um sie herum, und ich sehe, wie die Frauen in dem Möbelwagen verschwinden und mit Schuhen in der Hand wieder herauskommen. Sie rufen Schuhgrößen in die Menge. Sie halten Schuhe in die Höhe, so dass die Herumstehenden sie sehen können. Seitlich steht ein langer Tisch, auf dem Schuhe ausgestellt sind. Vielleicht sind es die schöneren?

Ich dränge mich durch, hin zu dem Tisch. Gibt es Farben, unterschiedliche Farben? Ich weiß nicht, welche Farbe ich nehmen soll. In Berlin gibt es bunte Schuhe, weiße. Hier sehe ich nur braune, einige schwarze sind dabei. Ich wünsche mir eine Farbe. Ich will eine Farbe.

Als ich gehe, habe ich braune Schuhe in der Hand. Sie haben einen Absatz, immerhin. Vorn eine Lasche, die mit einer Spange gehalten wird. Das Ende der Lasche ist zugespitzt und unter der Spange leicht gewellt. Die Spange des rechten Schuhs glänzt golden, am linken Schuh ist sie angerostet. Ich konnte mit Reichsmark bezahlen. Und mit einem Bezugsschein. Ich weiß, dass ich damit nicht im Garten arbeiten werde. Aber ich will sie, diese Schuhe. Das Leder ist blank. Wenn ich mit der Hand über die Schuhspitzen streiche, fühlen sie sich fest und weich zugleich an. Leder. Sie lassen sich biegen. Wenn ich die Spitze und die Hacke gegeneinanderdrücke, biegen sie sich. Ich könnte die Ferse bis zur Spitze biegen, aber ich tue es nicht.

Vielleicht bekomme ich in der Siedlung Holzschuhe. Es soll welche mit Riemen geben. Für die Arbeit im Garten.

Später lege ich meine neuen Schuhe in den Koffer unter dem Sofa.

„Kindchen, Sie brauchen heile Schuhe", sagt am nächsten Tag Frau Neubert, und ihr Mann flickt die alten. Zuvor hat er ein Lederstückchen auf die Spitze genäht, dann die Naht an der Sohle wieder geschlossen. Mein Fuß rutscht nicht mehr aus dem Schuh, ich trage ihn wieder – und irgendwann bekomme ich Holzschuhe mit Riemen. Ich kann auch barfuß im Garten arbeiten; es wird Sommer.

Meine neuen Schuhe tun mir gut. Ich weiß sie im Koffer. Mitunter ziehe ich den Koffer unter den Fransen des Sofas hervor und nehme meine Schuhe in die Hand. Ich streiche über das weiche Leder, rieche am Leder. Die Schuhe tun mir gut. Manchmal ziehe ich die Schuhe an und gehe ein paar Schritte über den Holzfußboden. Und bevor ich den Koffer schließe und zurückschiebe in sein Versteck, streiche ich über den Haarzopf. Ich wickle ihn aus dem Seidenschal und streiche über das geflochtene Haar. Margot Wichmann.

Der Tag ist lang. Der Alltag braucht lange Stunden für alles, was getan werden muss. Ich besorge Steckrüben, sie sind billig. Manchmal gibt es Fett, einmal sogar Butter. Wenn die Wasserversorgung ausfällt in der Siedlung, kommt der Wasserwagen. Es ist ein weiter Weg zurück mit den Eimern. Viel Wasser war herausgeschwappt aus meinem Eimer, als ich am Finnenhaus ankam. Meine Beine nass, meine Schuhe auch.

„Kindchen", hatte Frau Neubert gesagt, „Sie müssen ein Brett auf das Wasser legen."

Ich tat es; mit dem Brett auf der Wasserfläche schwappte es nicht mehr.

Meine goldene Uhr habe ich nicht mehr, dafür ein warmes Federbett. Ich habe nicht damit gerechnet, dass es so schnell kommt. Erst vor wenigen Tagen hatte ich meinen Zettel in den Anschlagkasten gehängt. Noch brauche ich es nicht, es ist Sommer. Im Winter wird es gut sein, das warme Federbett zu haben. Von einem Bauernhof in Böhnhusen war jemand mit einem Leiterwagen gekommen und hat das Federbett gebracht. Er hatte meinen Wunsch nach dem Federbett im Anschlagkasten am Rosenberg gelesen. Ich vermisse meine goldene Uhr nicht, zuletzt habe ich sie nicht mehr getragen. Nicht die Uhr vermisse ich, nur ihren Wert. Sie war das Wertvollste, was ich hatte. Meine Reichsmark werden weniger, ich spüre es sogar, wenn ich mit dem Arm gegen die kleine Tasche in der Unterwäsche drücke. Und jetzt fehlt auch die Uhr. Aber ich habe das Federbett für den Winter. Und den Goldring mit dem Topas. Niemand hatte auf dem Schwarzmarkt verstanden, was ich flüsterte, und ich bin froh darüber. Für die Schuhe habe ich mit Reichsmark bezahlt.

Als ich das Federbett ins Haus trug, sah ich Frau Neubert hinter der Gardine. Sie bemerkte meinen Blick und verschwand vom Fenster.

Ich hatte erfahren, dass der Bauer aus Böhnhusen mit seinem großen Leiterwagen nach Kiel fahren würde. Er hatte es mir zugeflüstert, als er das Federbett brachte. Die Nachricht erreichte nicht viele. (Es ist gut, wenn nicht viele das Flüstern hören, das sichert die Chance, erfolgreich zu sein, zu den Ersten zu gehören, die Möbel aussuchen dürfen.) Ich konnte mitfahren, ich hatte Glück. Der *Reichsnährstand* leistete die Spanndienste. Unentgeltliche Fahrten. Viele sind ohne Möbel nach Flintbek gekommen, Flüchtlinge aus dem Osten und Ausgebombte aus der Stadt. So wie Margot Wichmann. Möbel werden gebraucht. Und wer sollte sie holen, wenn nicht die Bauern? Sie haben Wagen, sie haben Pferde. Einige sogar Lastwagen.

„Die haben's reichlich im Krieg gehabt und jetzt erst recht", kommentierte Frau Neubert. „Versuch mitzukommen, Kindchen, es fällt was für dich ab."

Vielleicht trägt jetzt eine Bäuerin meine goldene Uhr. Sie wird sie nicht bei der Arbeit auf dem Hof tragen. Vielleicht hat die Bäuerin die Uhr auch in einer besonderen Schachtel verwahrt und bindet sie nur um, wenn sie allein ist. So wie ich meine Schuhe anziehe, wenn ich allein bin. Sie darf nicht vergessen, die Uhr aufzuziehen.

Es gibt Sammelstellen für Möbel, die die ausgebombten Kieler nicht abgeholt haben. Eine Anordnung des Amtes. Jeder Bauer ist mal dran. Unentgeltlich. Ich habe ihm etwas gezahlt von meiner Reichsmark. Deshalb kam ich mit, ich habe geholfen beim Beladen. Jetzt habe ich Bestecke, fünf Messer, sechs Gabeln und sechs Löffel. Ob sie versilbert sind, kann ich nicht erkennen, ich vermute es. Sie sind unten am Griff verziert und gefallen mir. Zarte Ranken winden sich hoch bis zur Messerschneide, bis zu den Gabelzinken. Ich kann sie fühlen, wenn ich meine Hand um Messer und Gabel lege.

Und ich habe einen Schrank für mein Wohnzimmer. Nur auf der Rückseite des Schrankes kann ich dunkle Brandspuren erkennen, etwas an der Seite auch. In meinem Wohnzimmer steht er gleich rechts neben der Tür, dorthin reicht das Fensterlicht nicht so stark, ich sehe die Brandspuren kaum. Sie wirken wie Schatten.

Und allmählich mischt sich in meine Irritation hinein das gute Gefühl, selbst eine Entscheidung getroffen zu haben. Eine gute Entscheidung. Dieses Leben gehört mir, ich muss es nur durchschauen können.

Im Keller habe ich gesehen, dass Neuberts Brikettstapel höher wird. Und ich habe herausgefunden, dass es immer dann geschieht, wenn die beiden Jungen bei Dunkelheit zurückkommen. Dann waschen sie sich im Keller. Ich bin nach ihnen hinuntergegangen und habe die Briketts gezählt. Es werden mehr. Auf Neuberts Stapel. Und mir wird klar, sie klauen.

Ich habe einen von ihren Briketts in den Badeofen geschoben. Sie haben es nicht bemerkt. Vielleicht werde ich die Jungen bezahlen, damit sie mir auch Briketts besorgen. Noch ist Sommer, ich werde später fragen. Kohlenzüge fahren immer, im Winter erst recht.

Wenn ich von oben aus meinem Küchenfenster in die Gärten schaue, ist alles grün. Meine Beete sind direkt am Zaun zum Nachbargrundstück. Jemand hatte sie eingesät, auch aus meinen Beeten wächst es. Dicht wächst es überall. In jedem Garten zwei Holzpfähle, zwischen denen eine Teppichstange liegt, breit genug, einen großen Teppich zu halten.

Ich habe keinen Teppich, ich werde keinen Teppich darüberlegen können, um ihn zu klopfen. Jetzt noch nicht.

Ein großes Viereck an braunen Holzhäusern umschließt die Gärten. Nur ganz schmale Wege gibt es zwischen den Beeten, ein etwas breiterer führt hin zu einem Gartenschuppen. Herr Neubert hat aufgerollten Maschendraht mitgebracht, Pfähle eingeschlagen und den Draht gespannt. Es soll Küken geben. Wir werden also Hühner haben. Vielleicht legen sie Eier. Frau Neubert wird sich um die Küken kümmern. Wenn ich in das Grüne schaue, verflüchtigt sich für Augenblicke die Erinnerung an Staub und Schutt, die Erinnerung an das schützende Viereck zwischen den hohen Häusern, hinter denen Brand und Hitze wüteten. Die Erinnerung an meine erste Nacht in Kiel. Grün wuchert jetzt vor meinen Augen, üppig und voll, dass es meine Augen sättigt und müde macht. Jetzt bin ich hier.

Wohlig fühlt sich die grüne Müdigkeit an, die Sicherheit in diesem Haus, Margot Wichmann in ihrem Versteck. Ich werde auf die Gartenernte warten. Im Keller wird alles gelagert werden. „Möhren werden in Sand gelegt", sagt Frau Neubert. Und ihre Kanne steht auf den Treppenstufen für mich und für sie. Nur Briketts gibt sie nicht.

Vor dem Küchenfenster in meiner Wohnung ist ein breites Holzbrett angebracht, eine Arbeitsfläche, darunter Türen, ein kleiner Schrank. Ich lehne mich dagegen, das Holzbrett hält mich. Ein kleiner Schrank, in dem ich eine Abwaschschüssel aus Emaille vorfand, als ich in das Haus kam. Ein eingetrockneter Lappen lag darin, als hätte jemand gerade seinen Abwasch beendet und die Schüssel unter das Brett gestellt. Die Schüssel, die Bettgestelle, das Sofa mit Tisch und Stühlen, die Lampe. Wer hat das hineingestellt in diese kleine Wohnung, die jetzt meine ist? In meinen Gedanken die kleine Wohnung, die mir jetzt Sicherheit und ein wenig Wohlsein gibt, vor meinen Augen das volle, satte Grün, von dem ich im Winter leben werde. Den Daumen meiner Hand fühle ich in einem Astloch des

Brettes, das eine kleine Delle hinterlassen hat; der Knast war herausgefallen, irgendwann. Wenn ich meine Hand schräg halte, passt mein Daumen hinein. Ich spüre das Brett vor mir, ich lehne mich an, ich fühle wohlig, dass ich vor und zurück schwanke; das Grün, das üppige Grün.

Und fast unmerklich kriecht ein störendes Gefühl in mir hoch, von meinen Füßen in die Beine, füllt mich an, füllt meinen Kopf. Meine Augen fokussieren sich, sie finden etwas in dem Grün. Ich sehe Frau Neubert gebückt zwischen den Pflanzen. Ihre blassen Schenkel sehe ich nicht, sie hockt gebückt hinter den hohen Stangen, an denen Bohnen sich hochwinden. Ich habe sie erst jetzt gesehen. Ob sie schon länger dort in den Beeten war, ohne dass ich sie bemerkt habe?

Jetzt richtet sie sich auf, stemmt ihre Hände in den Rücken, reckt sich. Sie schaut auf das Nachbargrundstück, ich sehe die Nachbarin. Beide Frauen blicken sich an, ein kurzer, fast unmerklicher Blick – ein hastiger Ruck geht durch Frau Neuberts Körper, der mich daran erinnert, wie sie das Unkraut aus der Erde zieht. Dann geht sie eilig hinaus aus dem Grün, über den Hof hinab in den Keller.

Ich beuge mich vor und suche die Nachbarin aus der anderen Haushälfte. Eine Spannung zittert zwischen dem Grün; die Nachbarin steht unbeweglich und schaut zum Kellerabgang, dort wo eben Frau Neubert verschwunden ist. Dann geht ihr Blick nach oben, wohl hat sie mich am Fenster gesehen.

Warum weiche ich zurück? Was habe ich gesehen, was ich nicht hätte sehen dürfen? Ich habe zwei Frauen gesehen, die sich nicht begrüßen, sich wohl bemerken, aber sich nicht grüßen. Mir wird bewusst, dass auch ich mit der Nachbarin noch nie gesprochen habe, dass ich Frau Neubert nie mit der Nachbarin habe sprechen sehen. Ich fühle das Grün zittern. Etwas ist geschehen, eben in dem

Garten. Ich spüre, dass es mich etwas angeht, und gehe hinunter, nehme im Keller eine Gartenhacke in die Hand. Frau Neubert begegnet mir nicht. Im Garten begrüße ich die Nachbarin.

„Es ist schon Sommer, wir sind uns noch nicht begegnet – Margot Wichmann", füge ich hinzu und warte.

Die Nachbarsfrau wird mein Alter haben, vielleicht ist sie etwas älter. Sie trägt den um den Kopf gewickelten Schal, den ich bei den Frauen auf dem Trümmerfeld am Kieler Markt gesehen hatte. Jetzt kann ich aus der Nähe erkennen, wie der Schal gewickelt ist. Es gefällt mir, eigentlich. Aber ich habe keinen Schal, den ich wickeln könnte. Ich habe den Seidenschal im Koffer unter dem Sofa, aber in dem liegt mein Haarzopf, der von Margot Wichmann. Meine Haare sind kurz, sie lassen sich leicht waschen, sie sind stark, meine Haare, sie brauchen nur Wasser. Die Nachbarin wischt mit der freien Hand über ihr Gesicht, die Erde hinterlässt eine Schmutzspur.

Ich lache vorsichtig: „Jetzt haben Sie Ihr Gesicht schmutzig gemacht."

„Reimann", sagt sie kurz und versucht den Schmutz mit dem Schürzenstoff aus dem Gesicht zu wischen.

„Das geht nicht ohne Wasser", sage ich und lache wieder. Jetzt lächelt sie auch.

„Reimann", wiederholt sie, als hätte ich sie nicht verstanden. „Beide Namen mit einem ‚-mann'", stellt sie fest, „nur dass wir keine Männer haben."

Ich hätte über diesen Satz lachen sollen. Aber es geht nicht, denn jetzt weiß ich, dass sie mich wahrgenommen hat, sie hat auf mich geachtet, hat gesehen, dass ich allein in der Haushälfte wohne. Ohne Mann, ohne Kinder. Ihre hatte ich schon gesehen beim Spielen im Garten. Sie sind klein noch, die Kinder. Sie wohnt legal hier in dem Haus, sie hat Kinder.

Ich schwanke zwischen dem eben noch empfundenen Gefühl von Nähe zu dieser Frau, die mir am Gartenzaun gegenübersteht, und der Angst, sie könnte meine Wahrheit kennen.

Plötzlich lächelt sie, ihren Kopf dreht sie kaum sichtbar in Richtung Haus und ich spüre ein Einverständnis, als sie die Gartenbeete verlässt. Ich folge ihr auf der anderen Seite des Gartenzauns. Sie sagt nichts, geht zu dem Kellerabgang ihrer Haushälfte. Und bevor sie die erste Stufe hinabsteigt, winkt sie kaum merklich. Dabei spüre ich, dass ihr Blick für kurze Augenblicke zum Küchenfenster der Frau Neubert geht. Sehr kurz war der Blick, aber ich habe ihn gesehen. Ich folge ihr und habe die deutliche Gewissheit, dass Frau Neuberts Blick in meinem Rücken ist.

An diesem Tag erfahre ich, weshalb in meiner Wohnung drei Bettgestelle standen, weshalb der Garten bestellt ist, weshalb der Lappen in der Emailleschüssel eingetrocknet lag. Ich erfahre es von Frau Reimann. Ich erfahre, dass Reimanns und die andere Familie die ersten Familien waren, die in die Finnenhäuser einzogen. Zwangsarbeiter hatten die Keller gebaut, das hatte gedauert, der Beton musste trocknen. Die Holzhäuser waren dann schnell fertig, ganze Wände wurden geliefert aus Finnland. Sie hatten sich den Bau der Siedlung angesehen, waren damals mit den Fahrrädern und den Kindern rausgefahren in dieses Dorf. Am Ostufer der Stadt nahe der Werft war das Leben gefährlich geworden wegen der Bomben.

Die Kinder oben höre ich spielen, artig und ruhig, das Spielzeug schonend.

„Die Kinder", sagt Frau Reimann, als müsse sie sich dafür entschuldigen, dass sie zu hören sind. „Sie haben ja keine."

Ihre Augen richten sich auf die Wand, die unsere beiden Haushälften trennt, für Augenblicke verharren sie dort, als wollten sie hindurchschauen. Ich folge ihrem Blick, hindurch durch die geöffnete Tür ihres Wohnzimmers in den Flur. Die Treppe führt vom Flur hinauf in die obere Etage ihrer Haushälfte. Auf der anderen Seite der Trennwand die Treppe zu meiner Wohnung. Dazwischen die gemeinsame Wand, die beide Haushälften trennt und auf meiner Seite beschädigt ist, seit ich das Bettgestell in den Keller getragen habe.

„Ich kann nichts anbieten", sagt sie, „die Kinder brauchen viel."

Ich schrecke zusammen, in meinen Gedanken war ich hinauf in meine Wohnung gegangen, hinaus aus der Wohnung der Nachbarin. Ihr Satz holt mich zurück.

„Es ist gut so, wir haben ja alle nichts", antworte ich, um nicht über Kinder sprechen zu müssen. Ich schaue mich um in dem Wohnzimmer der Nachbarin. Ich sehe eine hölzerne Eckbank. „Schön", sage ich und zeige auf die bemalten Wangen der Eckbank.

„Mein Mann hat sie gebaut, früher – während des Krieges. Da kriegte man noch was."

Ich sehe im Gesicht der Frau, wie weit ihre Gedanken zurückgehen.

„Er fuhr mit dem Fahrrad zur Werft, jeden Tag", beginnt sie langsam. „Dann kam der Tiefflieger. Er verfehlte sein Ziel. Der Militärtransport blieb unversehrt. Sie sagten, dass er ganz allein auf der Chaussee war, es muss ein Zufall gewesen sein, dass es ihn traf, sagten sie."

Ich sehe ihr Leid, es berührt mich und ich schweige.

Und als hätte die Erinnerung an dieses Geschehen sie zurückgetragen in diese Zeit, beginnt sie zu erzählen. Sie erzählt von dem Kollegen ihres Mannes auf der Werft, der mit seiner Frau und dem Kind oben im Nachbarhaus gewohnt hatte. Dort, wo ich jetzt wohne. Ein guter Kollege.

Ich höre zu, ich höre auf den Klang ihrer Stimme, höre keinen Groll, nur unendliche Trauer. Und gleichzeitig spüre ich eine Spannung, die mich erfüllt. Könnte ich jetzt erfahren, was in meiner Wohnung geschehen ist, bevor ich dort einzog?

„Ihre Wohnung oben hatten sie bewohnt", wiederholt sie langsam, in ihre Gedanken versunken. Dass er einen Volksempfänger hatte, setzt sie fort, den er manchmal auf den Boden trug. Und obwohl er auf den Suchknopf die Hinweismarke geklebt hatte, die ihn daran erinnern sollte, dass das Abhören von Feindsendern ein Verbrechen war, hatte er *BBC* gehört. Andere Sender auch, alle, die die Wahrheit gesagt hatten, damals. „Er hatte es nur mir erzählt, nur ich wusste, niemand sonst, nur ich und seine Familie." Dass der Krieg nicht mehr lange dauern würde, dass es bald vorbei sein würde, hatte er erfahren von der *BBC*.

Ich muss an die Übersetzer im Haus am Wannsee denken, die Fröhlichkeit der Engländer, die die Feinde waren und die Nachrichten der Feindsender übersetzten, und daran, dass auch sie damals wussten, der Krieg würde bald vorbei sein.

„Damals war mein Mann schon tot. Vielleicht hätte er etwas verhindern können", holt die Nachbarin mich fort aus der Villa am Wannsee. Dann schweigt sie und schaut mich an. Sie mustert mein Gesicht, schaut auf meine Hände. Wir schweigen. Ich spüre, dass sie versucht herauszufinden, wie ich auf das Erzählte reagiere. Ihr aufmerksamer Blick beunruhigt mich nicht, ich fühle eine große Nähe zu der Frau, von der ich soeben eine unerhörte Begebenheit erfahren habe, die mir ein großes Geheimnis zuträgt.

Die Kinder oben laufen herum, ich höre die Dielen knarren, ich höre es poltern. Sie sind laut jetzt, die Kinder.

Neuberts werden mich auch hören, streift es mich kurz, und ich sage:

„Jemand muss es gewusst haben."

„Ja, jemand muss es gewusst haben, jemand hat das rufende Klopfen der *BBC* gehört", und in ihrer Stimme höre ich die Gewissheit darüber, wer es gewusst hatte.

„Eines Tages standen sie hier vor der Tür, die von der Gestapo mit ihren Helfern. Ob wir wüssten, dass der Nachbar auf dem Dachboden Feindsender hört. – Nein, wir wüssten es nicht, können es uns auch nicht vorstellen. Sogar die Kinder haben sie befragt. – Ob er das Verbotsschild aufgeklebt hat, wollten sie wissen von den Kindern. Ich habe alles versucht, nein, wir wüssten nicht, ob er überhaupt einen Volksempfänger hat. Nein, ich wüsste genau, dass er keinen hat."

Sie schaut mich an: „Alles habe ich versucht, aber wenn ..." Sie stockt.

„Wer sollte es denn noch gewusst haben?", ich frage es und weiß die Antwort bereits.

„Sie sind dann nach nebenan gegangen, haben geklingelt. Ich habe gehört, es war der Klingelknopf für oben. Sie haben nicht unten geklingelt. Nicht bei Neuberts. Die haben sie nicht befragt, nicht an diesem Tag. Dann habe ich sie die Treppe hochgehen hören, ihre Stiefel auf der Holztreppe habe ich durch die Wand dröhnen hören. Andere haben am Wagen gewartet, mit ihren langen Mänteln und den Stiefeln. Als die Familie das Nötigste gepackt hatte, wurden sie weggefahren, das Ehepaar und auch das Kind."

„Wohin?"

Die Antwort ist ein Schulterzucken.

Es durchfährt mich. Wenn sie wiederkommen? Der Krieg ist vorbei, die Zeiten normalisieren sich. Sie haben den Anspruch, sie haben das Kind.

„Werden sie zurückkommen?"

Meine Frage verunsichert mich selbst. Was wird geschehen, wenn die Familie wiederkommt? Es sind viele Wochen vergangen, sie sind nicht gekommen, beruhige ich mich. Und ich sage: „Sie sind nicht gekommen bisher. Und ich wohne jetzt in der Wohnung."

Ich erschrecke über meine Feststellung. Wie wird dieser Satz ankommen bei der Frau, die mir gegenübersitzt und mich mit ihrer Traurigkeit anschaut?

Ich sehe, dass mein Satz keine Reaktion hervorruft. Nur ein leichtes Schulterzucken bemerke ich, und vielleicht hat sie auch den Kopf ganz leicht geschüttelt. Sie werden nicht zurückkommen. Ich weiß, es gab Zuchthausstrafen dafür, sie sollen auch welche getötet haben deswegen. Vielleicht kommen sie nicht mehr wieder zurück in dieses Haus, in dem sie großes Leid erfahren haben und in dem die Familie lebt, die offenbar dafür verantwortlich ist.

Durch den Keller gehe ich zurück in meine Haushälfte und schaue mich um. Der Badekeller, das Holz und die Briketts unter der Treppe, links mein Kellerraum, dort die Tür zu Neuberts Keller. Sie steht leicht geöffnet; vielleicht hat Frau Neubert ihre Gartengeräte gerade hineingestellt. Mir wird bewusst, dass sie alles Nötige haben, die Neuberts. Bezogen ist das Finnenhaus zu einer Zeit, als das Leben der Werftarbeiter gesichert werden sollte, hier haben sie gelebt ohne Bomben und in der Gewissheit, das Nötigste in ihrem Garten zu ernten. Sie haben nichts verloren, die Möbel sind mit ihnen hierher in das sichere Haus gekommen, vielleicht auch das Gartengerät.

Ich drehe den Lichtschalter. Ich sehe Werkzeuge in den Regalen, und in der Ecke, ganz oben unter der Kellerdecke im Regal, sehe ich den Kleinempfänger, die *Goebbels-Schnauze*, das Radio für die kleinen Leute, für *Grüße in die Heimat* und für die Siegesnachrichten. Den Volksempfänger habe ich in Neuberts Wohnung flüchtig gesehen, als ich auf der Chaiselongue mit dem verletzten Finger lag, die runde Lautsprecheröffnung, mit Stoff abgeklebt, die drei Knöpfe darunter. Ich habe auch leises Sprechen am Abend gehört und Musik und dem keine Bedeutung gegeben; viele hatten Volksempfänger. Ob damals niemand daran gedacht hatte, dass Langwellen reichten, um die Wahrheit zu verteilen? Nicht nur in Berlin im Seehaus am Wannsee haben sie die Wahrheit gehört, auch hier, weit weg von dem Ort, wo man hätte Entscheidungen treffen können. Und erschreckend wird mir bewusst, dass all das, was ich habe zurücklassen wollen, auch hier in diesen Holzhäusern lebt.

Ich habe Ersatzkaffee, ich werde mit der Frau aus dem Nachbarhaus Kaffee trinken, oben in meiner Wohnung, in meinem Wohnzimmer. Wir werden uns auf die Stühle am kleinen, runden Tisch setzen. Und ich werde ihr die Geschichte der Margot Wichmann erzählen. Das Wichtigste, Einzelheiten werde ich nur erzählen, wenn sie danach fragt. Ich darf nichts verwechseln, nichts vergessen aus dem Leben der Margot Wichmann. Ich habe viel erfahren heute, ich will nicht, dass mein Leben zerschlagen wird. Margot Wichmann hat mit all dem nichts zu tun. Nichts. Sie ist ausgebombt worden in der Lützowstraße, vielleicht im dritten Stock.

Und allmählich mischt sich in meine Irritation hinein das gute Gefühl, selbst eine Entscheidung getroffen zu haben. Eine gute Entscheidung. Dieses Leben gehört mir, ich muss es nur durchschauen können. Ich bin dazu bereit. Wichtige Informationen habe ich heute bekommen. Die Lücke in meinem Wissen um dieses Haus und meine Wohnung, um die Aktenordner im Amt in Flintbek werde ich bald schließen können.

Ein Vorwand, um die Wohnung der Neuberts zu betreten, fällt mir schnell ein: Ich werde nach Gartengerät fragen und nach Pflanzen, die ich nicht kenne. Das müsste Frau Neubert versöhnen, schließlich hat sie mich zur Nachbarin gehen sehen. Vom Küchenfenster aus kann man den Hof einsehen, den Kellerabgang nicht. Sie muss aber gesehen haben, dass ich hinüberging, über den Hof hinüber zur Nachbarin. Ihren Blick in meinem Rücken habe ich gespürt.

Mein Klopfen an Neuberts Tür wird nicht beantwortet, kein „Herein, Kindchen", keine Bewegung hinter der Milchglasscheibe. Ich klopfe noch einmal, heftiger diesmal, höre dann Schritte. Aus der Küche der Wohnung höre ich Frau Neubert zur Tür kommen, sie öffnet, ich spüre ihren Zweifel, ihre Unsicherheit. Ich könnte meine Frage hier an der Tür stellen, doch ich möchte hinein in die Wohnung. Der Volksempfänger steht am Eingang zur Küche auf einem kleinen Tischchen, eine Spitzendecke darunter.

„Wegen der Pflanzen möchte ich fragen", sage ich, „die dort im Beet an der Teppichstange."

Möglichst ungenau fragen, so dass sie nicht weiß, welche Pflanze ich meine. Sie ist irritiert, fragt zurück. Ich schüttele den Kopf.

„Soll ich sie zeigen? Vom Fenster aus kann ich sie zeigen."

Sie tritt zurück, unsicher und unschlüssig. Es ist eindeutig, sie hat mich zur Nachbarin gehen sehen.

„Frau Reimann hat mir ihre Kinder gezeigt, liebe Kinder", sage ich wie beiläufig, als ich mich an ihr vorbei in die Wohnung winde. Der Suchknopf am Volksempfänger zerkratzt, kleine Fetzen weißen Papiers kleben hartnäckig auf der Fläche des Drehknopfes. Ich zeige in den Garten: „Diese da."

„Das ist doch das Maggikraut", antwortet sie. Ihre Stimme klingt unsicher, fast fragend. Sie fügt kein ‚Kindchen' hinzu.

Oben in meiner Wohnung lege ich mich auf das Sofa. Die Milchglasscheibe meiner Wohnungstür irritiert mich. Zu nah fühle ich mich dem Flur, der Treppe und der Wohnung unten.

Ich gehe hinüber in das andere Zimmer, lege mich auf das Bett, auf die Wolldecke, die ich tagsüber über das Bett breite. Es ist meine Wolldecke, Frau Neuberts habe ich zurückgegeben. Das beruhigt mich. Und es beruhigt mich, in meinem Schlafzimmer zu liegen. Jetzt ist das Wohnzimmer zwischen mir und dem Flur, so fühle ich mich besser, und ich beginne, klare Gedanken zu fassen.

Der Volksempfänger könnte der der abgeholten Familie sein. Der zerkratzte Suchknopf, die Reste des aufgeklebten Papiers. Letzte Gewissheit habe ich nicht, jeder wird nach dem Krieg den Hinweis entfernt haben. Wer will daran erinnert sein, dass Feindsender zu hören mit Zuchthaus bestraft wurde? Die Feinde sind jetzt unter uns. Sie leben hier in diesem Dorf unweit von Kiel. „Margot Wichmann", hat der Engländer gesagt und an meinem Mantelärmel gezupft. Angaben aus meiner Kennkarte hat er aufgeschrieben in sein Notizbuch. Weiß er 'was von der ausgewiesenen Familie? Was wissen die Engländer? Was weiß er von mir? Ich spüre, dass das gute Gefühl von Sicherheit und Gewissheit nicht mehr bei mir ist, und ich will nie mehr das ,Kindchen' sein.

Und ich denke an die Neuberts, die ausgestattet mit allem unter mir wohnen. Es muss damals noch während des Krieges einen Umzug mit Wagen und Möbeln gegeben haben. Ich stelle mir einen Umzugswagen vor, kleiner als der auf dem Marktplatz in Kiel, kleiner, aber vollgefüllt mit allem, was die Familie besitzt. Die *Goebbels-Schnauze* fällt mir ein. Im Keller oben im Regal, jetzt unbenutzt und verstaubt. Der billige Sender für die kleinen Leute, nur fähig, die Propaganda in die Städte zu schreien. Ich spüre, dass ich der Wahrheit näher komme. Meine Hände schwitzen, meine Narbe am Finger beginnt zu jucken. Eine starke Gewissheit sagt mir: Der Volksempfänger unten in der Wohnung der Neuberts hatte der Familie gehört, die zuvor in meiner Wohnung lebte. Er war in die Wohnung der Neuberts gekommen, nachdem sie die Familie verrieten. Die *Goebbels-Schnauze* konnte in das obere Regal im Keller gestellt werden, das bessere Radio kam in die Wohnung. Es war gewissermaßen die Belohnung dafür, dass sie denunziert hatten. Und während meine Gedanken die Vergangenheit in diesem Hause rekonstruieren, steht es mir plötzlich klar und deutlich vor Augen: Sie haben die Familie, die vor mir in den oberen Zimmern lebte, denunziert, Frau Neubert, die mich ‚Kindchen‘ nennt, und ihr Mann, der mir meine Schuhe genäht hat. Mit denen ich die Badewanne teile und deren Briketts ich nehme, ohne dass sie es merken.

Ich weiß, dass ich nie wieder die Milchkanne für Wurstbrühe und Milch auf die Treppe stellen werde. Dass die Pflanzen im Garten in ihrem Grün zittern werden. Und ich werde die Angst nicht los, dass die Familie zurückkommen könnte. Sie war berechtigt für diese Wohnung, ich nicht. Margot Wichmann nicht.

Ich versuche mich zu konzentrieren. Was war geschehen im Amt, dort, wo ich die Zuweisung bekam, wo man mir den Schlüssel gab für dieses Haus, für diese Wohnung?

Ich sehe den Raum vor mir, die Frau mit dem geraden Rücken, den Bürgermeister. Ich sehe die Papiere auf dem Schreibtisch, herausgerissen und glatt gestrichen, die Lochung am Rand zerrissen. ‚Sie können nicht mehr eingeheftet werden‘, hatte ich gedacht, damals in dem Zimmer.

Und fast erleichternd setzt sich die Wahrheit zusammen: Die herausgerissenen Blätter sind an dem Tag im Amt ersetzt worden durch meine!

Das Flüstern zwischen dem Bürgermeister und der Frau hinter dem Schreibtisch, das ich bisher nur ahnend in Worte bringen konnte, wird lauter jetzt: Die Lücke, die die fortgejagte Familie hinterlassen hatte, habe *ich* gefüllt, alle Häuser sind jetzt besetzt. Die Familie mit dem Volksempfänger ist in den Ordnern nicht mehr vorhanden; ich bin vorhanden. Dem Bürgermeister kann nichts mehr nachgewiesen werden. Kein Engländer wird aufdecken können, dass es einmal eine andere Familie gab, abtransportiert, weil sie Feindsender gehört hatte, denunziert und verraten und hinausgejagt. Ich habe nur den Platz eingenommen. Ich war zur richtigen Zeit gekommen, um die Denunziation durch die Neuberts und den Bürgermeister zu vertuschen. Man hat die Wohnung mir gegeben und nicht gefragt, ob ich die Kriterien erfülle, weil die Engländer schon am Bahnhof standen, weil ich mit einem von ihnen gesprochen hatte.

Ich habe von allem nichts gewusst, bin zufällig mit einem Zuweisungspapier gekommen, als die Engländer vom Fenster des Bürgermeisters aus zu sehen waren, und jetzt bin ich vorhanden in den Akten, vollständig und eingeheftet. Margot Wichmann wohnt in der rechten Finnenhaushälfte oben. Unten wohnen Neuberts, Mann, Frau und zwei Söhne. Und in der linken Haushälfte wohnt Frau Reimann mit ihren vier Kindern.

So ist es in den Unterlagen im Amt festgeschrieben.

Ich mache einige Schritte, kleine, vorsichtige Schritte gehe ich. Die Dielen knarren nicht, so leicht ist mein Schritt, er federt. Ich schreite, ich weiß nicht wohin, ich gehe und fühle meine Füße, ich fühle mich.

Ich habe jetzt zwei eigene Kannen. Es hatte geklingelt abends. Meine Klingel hörte ich lauter, die von unten leiser, aber beide schrillten zugleich, und ich hörte Frau Neuberts eilige Schritte, während ich noch zögerte. Noch immer verstört mich Überraschendes und macht mich für Momente unsicher. Noch immer brauche ich das kleine bisschen Zeit, um mich zu vergewissern, Margot Wichmann zu sein.

Frau Neubert war bereits wieder auf dem Weg zurück in ihre Wohnung, als sie im Vorbeigehen knapp bemerkte: „Ein Hausierer."

Die Haustür hatte sie halb geöffnet gelassen, sie hatte mich auf der Treppe stehen sehen. Ich öffnete die Haustür ein bisschen weiter, draußen auf der oberen Treppenstufe standen Milchkannen, ich erkannte in der Dämmerung die Tragegriffe. Einige hatten einen Holzgriff um den Metallbügel. Seltsam gerade waren sie, diese Kannen.

„Das waren mal Geschosshülsen; gibt ja nichts", sagte der Mann, der hinter den Kannen stand und auf sie hinunterblickte, als zählte er sie. Ich sah sein Fahrrad, das er ein kleines Stück den Gehweg zur Haustür hinaufgeschoben und gegen die Hecke gelehnt hatte. Auf dem Gepäckträger war ein großer Wäschekorb befestigt. Er folgte meinem Blick hin zu dem Wäschekorb.

„Da sind noch mehr drin, ich kann sie zeigen." Und als müsste er die Qualität der Kannen preisen, fügte er hinzu: „Dicke, solide Schweißnähte."

Ich nahm zwei. Eine wird für Wurstbrühe sein, die andere, die kleinere, für Milch. Ich mag es nicht, wenn die kleinen Fettaugen von der Brühe auf der Milch sich ausbreiten wie Flecken. Deshalb wollte ich zwei Kannen.

Der Hausierer war unzufrieden: Ich wollte mit Geld bezahlen, er hätte lieber getauscht.

Meinen Schmuck gebe ich nicht her, aber das Geld wird immer unbeliebter. Es wird getauscht, nicht gezahlt. Wer etwas hat, gibt es her für etwas, was er haben muss. Im Anzeigenkasten am Rosenberg hängen täglich neue Zettel. Auch an der alten Eiche vor der Kirche hängen unzählige. „Suche zehn Einweckgläser – biete ein volles nach der Ernte" und „Langschäfter, Größe 46, gegen Block- oder Leiterwagen abzugeben" steht auf den Zetteln. Obwohl ich nichts tauschen will, lese ich die Zettel. Ich stelle mich zu den anderen Menschen, zu den Dörflern, zu den Flüchtlingen. Wenn ich zwischen ihnen stehe, Wünsche auf den Zetteln lese, gibt es mir das Gefühl dazuzugehören.

„Na, einen Kochtopf wird ja wohl jemand haben zum Eintauschen", sage ich und sehe, wie die anderen nicken. Sie nicken und keiner weiß, dass ich nur den einen Kochtopf in meiner Küche habe.

Manchmal lachen wir gemeinsam über die seltsamen Tauschwünsche. „Zahnersatz neu gegen 220-Volt-Heizofen." Ich habe nur meinen Schmuck, und beinahe hätte ich meinen Topas für Schuhe hergegeben.

Als ich meine beiden Kannen in die Wohnung trug, spürte ich Freude. Jetzt habe ich zwei eigene Kannen. Ich ließ etwas Wasser hineinlaufen und stellte sie auf den Kü-

chentisch. Morgen früh würde ich sehen, ob die Schweißnähte wirklich solide sind.

Frau Neubert stellt ihre Kanne jetzt nicht mehr auf die
Treppe. Sie weiß, dass ich eigene habe. Aber sie weiß auch,
dass ich lange bei der Nachbarin war. Es ist jetzt anders
zwischen uns, sie sagt nicht mehr ‚Kindchen‘, sie ahnt, dass
ich etwas weiß von der Vergangenheit in diesem Hause. Es
hatte einige Tage gedauert, dann standen zwei Teller, zwei
Tassen und eine Kaffeekanne auf der Treppe. Ich fragte
nicht, woher die Dinge kamen, ich trug sie hoch in meine
Wohnung, dorthin, wohin sie gehörten. Als Frau Reimann
von nebenan später die Tassen in meiner Wohnung sah,
nickte sie.

„Es sind die Tassen, ich erkenne sie wieder, ich erkenne
das blaue Muster", sagte sie, als sie sie in die Hand nahm.
In ihre Gedanken versunken hielt sie die Tasse in der geöffneten Hand. Dann fügte sie hinzu: „Fühlt sich an wie ein
Becher. Es gibt noch mehr davon. Es gibt auch Essteller."

Es blieb bei der unausgesprochenen Übereinkunft: Frau
Neubert stellte Tag für Tag etwas auf die Treppe, mal einen
Kochtopf, schließlich die Essteller mit dem blauen Muster. Auch ein scharfes Küchenmesser war dabei. Das wird
wichtig sein, wenn die Ernte im Garten beginnt. Frau Neubert stellte Dinge auf die Treppe, die sie aus der Wohnung
oben genommen hatte, als die Bewohner abgeholt worden
waren. Ich bin mir sicher, dass es so ist, ich habe es an ihren Augen abgelesen. Wir begegneten uns, unvermeidlich
mussten wir uns anschauen. Da habe ich ihre ablehnende
Angst, ihre Unsicherheit gesehen. Für Momente hatte es
mich gereizt, sie zu fragen, wie all die Dinge in ihre Wohnung gekommen waren, aber mir wurde sofort klar, dass
ich dies nicht sagen dürfte, dass meine Sicherheit in diesem Hause, in dieser Wohnung trügerisch sein könnte. Ich
weiß nichts über die Verbindung der Neuberts zum Bür-

germeister. Ich wollte kein Risiko; so ließ ich es geschehen, wie Frau Neubert es wollte. Sie schenkte mir täglich etwas, ich nahm die Geschenke an. Das war mein Vorteil, und so war es gut für sie, so war es für sie kein Eingeständnis, waren nur gut gemeinte, hilfreiche Geschenke. Das war die Übereinkunft, über die wir nie sprechen werden.

Dann blieb die Treppe wieder leer. Mein Wohnzimmerschrank hatte sich gefüllt mit Tassen und Tellern. Das so schön verzierte Besteck aus der Sammelstelle in Kiel legte ich dazu. Das einfache, blecherne Besteck, das auf der Treppe gelegen hatte, kam in die Schublade unter dem Tisch in der Küche. Es hatte nur einige Tage gedauert, bis ich einen vollständigen Hausrat hatte. Mir gehören jetzt auch weiße Bettlaken und zwei Bettbezüge. Sie sind besonders schön, die Wolldecke habe ich in den Bettbezug gezogen; noch brauche ich mein Federbett nicht. Als ich die weiß bezogene Decke auf dem Bett ausbreitete, sah ich einen wunderschönen Rhombus aus Spitze in der Mitte des Bezuges. Darin liebevoll eingestickt ein großes ‚P‘. Ich begann mir Nachnamen, die mit einem P beginnen, zu denken – und erschrak: Ich will es nicht wissen, ich will der Familie keinen Namen geben. Niemanden werde ich nach dem Namen fragen, der mit einem P beginnt! Ich bin die Mieterin der Wohnung im Finnenhaus, ich, Margot Wichmann. Wenn ich auf den weißen Bettbezug schaue, sehe ich die braungraue Wolldecke durch die feine Spitze schimmern. Das sieht nicht schön aus, aber ich sehe das P nicht so deutlich.

Die Treffen mit der Nachbarin tun mir wohl. Was mir vorher Frau Neubert hilfreich zeigte, erfahre ich jetzt von Helga. Wir nennen uns beim Vornamen. Margot und Helga. Und fast könnte ich sie eine Freundin nennen. Fast. Denn ich weiß, dass ich immer für sie Margot bleiben muss, Margot Wichmann. Nie könnte ich ihr so nah sein, dass sie mich in meiner Wahrheit sehen dürfte.

Das ist nicht ihre Schuld.

Aber es ist auch nicht meine. Meine Entscheidung ist richtig gewesen. Man erzählt sich, dass Berlin völlig zertrümmert sei, dass es Verhaftungen gegeben habe. Und dass die Russen dort seien. Ich bin hier bei den Engländern. Hier geht es mir gut, Margot Wichmann geht es gut. Die Wohnung ist eingerichtet, sonnabends kann ich baden. „Luxus, Kindchen!", hatte Frau Neubert damals gesagt. Die Nahrung für den Winter wächst draußen im Garten, die dicht stehenden Häuser werden dafür sorgen, dass alles bis zur Ernte in der Erde bleibt, irgendjemand aus der Siedlung hält Wache. Dann und wann gibt es Steckrüben, manchmal auch Butter. Ich wundere mich darüber, wie lange ich nicht an Berlin gedacht habe.

Helga hat mir Papier geschenkt und einen Bleistift. Ich habe es bei ihr auf dem Tisch gesehen, dann habe ich sie darum gebeten. „Es wird Schiefertafeln für die Kinder geben, wenn die Schule wieder beginnt", hat sie gesagt und mir einzelne Blätter geschenkt.

Wenn ich in meiner Wohnung allein bin, wenn Helga gegangen ist oder ich von ihr zurückkomme, schreibe ich mir auf, was ich erzählt habe. Ich habe gemerkt, dass ich Daten vertauscht hatte im Gespräch.

„Wie war es auf dem Lande bei der Familie des Mannes in Süddeutschland?", wollte sie wissen, und ob wir eine gute Ehe hatten.

Nein, mit der Familie meines Mannes hätte ich gebrochen, sie wären nicht gut zu mir damals gewesen, besonders die Schwägerin nicht. Mehr gehungert als hier hätte ich dort. Besser, diese Verwandten gibt es nicht mehr; das ist sicherer. Nein, die Adresse habe ich vergessen. Aus, vorbei. Auch dieser Wolfgang – aus, vorbei. Kriegsehe, viel zu schnell geschlossen, er hatte die Ehe gewollt, es sollte mehr Urlaub geben für ihn, Heimaturlaub. Liebe? Ich weiß nicht. Ja, gewohnt in der Lützowstraße. Leutnant sei er gewesen, es gab viele Feste im Kasino, damals. Bekannte Sänger kamen, ja, und getanzt wurde. Ja, zu essen gab es damals noch gut im Kasino. 1943. Und schöne Kleider. Ja, ein Foto von der Hochzeit bringe ich mit, morgen. Nein, Liebe? Ich weiß nicht.

Ich muss sehr klein schreiben, damit viel auf den Bogen passt; es sind nur wenige Blätter. An den Holzstückchen im Papier hakt sich der Bleistift fest und ich muss aufpassen, dass die Spitze keine Löcher ins Papier reißt. Mit dem Messer, das auf der Treppe gelegen hatte, spitze ich den Bleistift an. Vorsichtig schiebe ich hauchdünne Holzspäne ab und reibe die Bleispitze etwas stumpf. Sie soll das Papier nicht verletzen. Die Holzspäne lege ich in den Küchenofen.

Mein Koffer liegt unter dem Sofa. Ich ziehe ihn hervor, löse den Mantelgürtel, der den Kofferdeckel hält. Schade, dass die Schließen kaputt sind. Sie sind herrlich blank. Herr Neubert hätte sie reparieren können. Jetzt ist es nicht mehr möglich. Ich klappe den Deckel hoch. Die schon beschriebenen Blätter habe ich zu dem Haarzopf gelegt. Das Seidentuch falte ich auseinander, ich werde die Blätter mit Ziffern versehen, damit ich die Reihenfolge behalte.

Margots Haarzopf liegt in meiner Hand.

Ich will die kleinen Blätter mit meinen Erinnerungstexten in eine Reihenfolge bringen. Ich lese und vergewissere mich neu. Als sie aufeinandergelegt und geordnet vor mir liegen, merke ich, dass ich den Haarzopf noch immer in der Hand halte. Und es ist mir, als hätte ich diesem Stück Erinnerung an Margot Wichmann die Geschichte ihres Lebens erzählt. Eine eilig erzählte Geschichte, eine, die die Fragen der Frau nebenan im Finnenhaus beantwortet, ein erdachtes und immer wieder neu konstruiertes Leben, das jetzt meines ist. Ein Leben mit Daten, Namen, Ereignissen, mit Ereignissen, die um das Leben als Frau eines Luftwaffenleutnants kreisen. Und mir wird klar, dass dieses neue, erdachte Leben eine gewisse Ähnlichkeit mit meinem vergangenen hat, nur dass es in Kiel gelebt wurde, im Kasino und in der Lützowstraße. Hatte die Luftwaffe ein Kasino in Kiel? Ich weiß es nicht, aber es verunsichert mich nicht. Helga wird danach nicht fragen. Sie kennt diese Welt nicht, die es auch gibt. Eine Welt außerhalb von Gartensaat und Ernte, außerhalb von Sorge um Kinder, Alltag und Hunger. Die Welt draußen, die es jetzt nicht mehr gibt, auch für Margot Wichmann nicht mehr gibt. Hier gibt es nur die kleine Welt innerhalb der dünnen Holzwände mit der Blumentapete, die meine Hände eindrücken können, und der Holzplatte in der Küche, in deren Astloch ich meinen Daumen legen kann. Die kleine Welt, in der es eine Frau Neubert gibt, die denunziert hat, und eine Helga, die diese große Welt draußen nicht kennt.

Ich lege sorgfältig meine beschriebenen Zettel mit dem Haarzopf zurück in die Tasche im Kofferdeckel. Dann wasche ich mir die Füße, trockne sie gründlich und ziehe meine zierlichen, braunen Schuhe mit der blanken und der rostigen Schnalle an. Wenn ich die Augen schließe, spüre ich die weichen Schuhe an meinen Füßen noch deutlicher. Ich stehe in meinen Schuhen auf dem Holzboden des Finnenhauses und spüre einen Schwindel im Kopf, der kommt, weil ich die Augen geschlossen halte. Vielleicht auch, weil ich Hunger habe. Ich mache einige Schritte. Kleine, vorsichtige Schritte gehe ich. Die Dielen knarren nicht, so leicht ist mein Schritt, er federt. Ich schreite, ich weiß nicht wohin, ich gehe und fühle meine Füße, ich fühle mich.

Das laute Schlagen der Haustür unten bringt mich jäh zurück. Ich stehe im Raum auf den Holzdielen, auf denen kein Teppich liegt, und schmerzhaft fühle ich eine Sehnsucht in mir, die mich hinausträgt aus diesem Zimmer mit seiner Blumentapete, mit seiner viel zu großen Lampe und den zu schmalen Fensterbänken, auf die ich nie Blumen stellen werde.

Die Nachricht ist von dem Gemeindeboten überbracht worden: Sofort und umgehend solle ich zum Bürgermeister kommen.

Mein Herzschlag erstickt mir die Stimme, als ich ihn nach dem Grund fragen möchte. Die Bilder aus dem Bürozimmer am Bahnhof kommen zurück, die schrille Stimme der Frau mit dem geraden Rücken höre ich, sehe den Bürgermeister mit seinen kleinen, hektischen Schritten durch den Raum gehen. Jetzt ist es raus, meine so frisch zusammengefügte Welt ist zerbrochen! Sie haben es entdeckt, sie haben herausgefunden, dass ich die Kriterien nicht erfülle! Vielleicht haben sie auch noch mehr herausgefunden.

Der Weg zum Bahnhof, zum Amt ist weit heute, meine Beine wollen ihn nicht gehen. Schwer dehnt sich der Weg.

Der Vorflur im Amt, vor wenigen Monaten noch verstopft von Suchenden, ist fast leer. Die Bilderrahmen im Flur sind wieder gefüllt. „Bekanntmachungen", lese ich. Im Rahmen ganz dicht an der Tür sehe ich das Bild eines Engländers, ich erkenne die schräge Mütze, also ist er ein Engländer, ich sehe Orden auf seiner Uniformjacke und lese seinen Namen darunter: Feldmarschall Montgomery. „Mein unmittelbares Ziel ist es, für alle ein einfaches und geregeltes Leben zu schaffen", lese ich. Dafür will dieser Mann mit den strengen Augen und zusammengekniffenen Lippen und der schrägen Mütze auf dem Kopf sorgen.

Kann Krieg Spaß machen?

Diese Mütze hier auf dem Bild sitzt gerader. Der Engländer auf dem Bahnhof hatte sie schräger auf den Kopf geschoben. „Margot", hatte er gesagt, als wir uns damals begegnet waren, und dabei hatte das A wie ein O geklungen. Es hatte weich geklungen, und er hatte gut gerochen. Ich lese weiter und wundere mich, tröstliche Dinge verspricht dieser Feind: Nahrung und Obdach. Vor allem Nahrung für alle. Das ist wichtig für mich. Ein Obdach habe ich, es ist ein gutes Obdach. In der Stadt schlafen sie in Bunkern, in zerbombten Häusern.

Ich gehe zum nächsten Bilderrahmen. Und noch während ich lese, wird mir klar, dass nicht geschehen darf, wovor ich Angst habe, das, weshalb ich Berlin verlassen habe. Ich lese: „Diejenigen, die nach internationalem Recht Kriegsverbrechen begangen haben, werden gesetzmäßig abgeurteilt und bestraft werden." Und noch in dem Moment, in dem mein Herz sich zusammenzukrampfen droht, wird mir klar: Margot Wichmann hat damit nichts zu tun, sie weiß nichts von Verbrechen, sie kennt keine Protokolle aus Hartheim und Grafeneck, Margot Wichmann nicht.

„Margot Wichmann?"

Ich hatte niemanden kommen hören und erschrecke. Ein kleiner, fast schüchterner Mann streckt mir die Hand entgegen: „Ich handele im Auftrag der Engländer."

‚Im Auftrag der Engländer.'

Er weist höflich mit der ausgestreckten Hand auf eine offen stehende Tür. Es ist der Raum, ich erkenne alles sofort, ich sehe die Regale, den Schreibtisch, auch die Ordner scheinen dieselben. Der Bürgermeister ist nicht da, auch die Frau mit dem geraden Rücken sehe ich nicht. An der Rückwand hinten im Zimmer steht ein kleiner Schreibtisch, auf einem Stuhl davor sitzt ein sehr junger Engländer in Uniform. Das Gewehr liegt quer über dem Tisch. Der Gewehrlauf ragt über die Tischplatte hinaus und ist auf die Wand gerichtet. Seine Arme stützt der Soldat auf die Knie, so als müsse er sich ausruhen. Er schaut nicht hoch, als ich den Raum betrete, es scheint, als schlafe er.

Meine Anspannung weicht, ich wage die Frage: „Ich bin zum Bürgermeister bestellt. Wo ist er?"

Der kleine, höfliche Mann hatte sich auf den Platz gesetzt, auf dem zuvor die Frau mit dem geraden Rücken gesessen hatte. Fast als müsse er für seinen Satz um Verzeihung bitten, sagt er: „Ich bin der Bürgermeister, Bürgermeister unter Kontrolle der Engländer."

Es durchfährt mich die Erkenntnis: Es gibt einen neuen Bürgermeister, einen, der die Vorgänge nicht kennt. Ich muss sichergehen und frage nach: „Und wo ist der alte Bürgermeister? Und wo ist die Frau, die hier gesessen hat?"

Es scheint mir, als richte dieser neue Bürgermeister sich auf. Seine Augenbrauen zieht er hoch, es bilden sich Falten zwischen seinen Augen, als er sagt: „Weg."

Ich höre das schlichte Wort ‚weg' und zwinge mich, meine Freude über dieses Wort zu unterdrücken. Fast beiläufig sage ich: „Ach." Ganz unverfänglich sollte es klingen: Ach.

Ich spüre den erstaunten, fragenden Blick des Mannes: „Kannten Sie ihn näher?", und begreife, dass er es anders gehört hat, dieses ‚Ach', dass es ihm mein darin verstecktes Gefühl verraten hat.

Schnell schiebe ich nach: „Nein. Nein, ich habe ihn nur einmal hier im Amtszimmer gesehen, kurz gesehen." Inständig hoffe ich, dass er nicht weiterfragt, dass er den Anlass dieser Begegnung nicht wissen will.

Er fragt nicht, er neigt sich zu mir, und fast verschwörerisch klingt es, als er zu mir sagt: „Untergetaucht. Er ist untergetaucht. Sie ebenso."

Jetzt ist es sicher: Dieser Bürgermeister kann nichts wissen. Es hat keine Amtsübergabe gegeben, keine dienstlichen Erklärungen. Weggelaufen, untergetaucht, versteckt.

Der Soldat an der Rückwand des Zimmers richtet sich auf. Seine Stiefel scharren auf dem Holzboden. Kurz nickt er, schaut zu uns, greift in seine Hosentasche und zieht ein Taschentuch hervor. Dann geht er durch den Raum, an uns vorbei, hinaus auf den Flur. Draußen höre ich ihn geräuschvoll schnäuzen. Der Soldat geht zum Naseputzen aus dem Raum, lässt sein Gewehr auf dem Tisch liegen. Als er wieder den Raum betritt, nickt er, ohne uns anzusehen, und setzt sich. Jetzt lehnt er sich nach hinten an die Stuhllehne und beobachtet uns.

Aber es irritiert mich nicht mehr, meine Angst ist verflogen. Ich habe die Situation durchschaut, es kann nichts mehr geschehen, es wird nichts geschehen. Ich denke an das Bild des Feldmarschalls und daran, dass darunter steht, er werde für ein geregeltes Leben sorgen. Ein geregeltes Leben. Dies ist der Anfang des geregelten Lebens, ich spüre es deutlich.

Und mit dieser Zuversicht höre ich, was der Bürgermeister mir sagt: „Die Engländer", sagt er, „die Engländer möchten, dass Sie übersetzen. Sie können doch Englisch sprechen? So hat man gesagt, einer der Engländer hatte Ihren Namen aufgeschrieben. Sie wohnen in der Siedlung? Das habe ich dann herausgefunden. Die Akten sind sauber geführt."

Ein kleiner Schreck durchfährt mich bei dem letzten Satz. Ich nicke, vielleicht nicke ich zu heftig. Aber er handelt im Auftrag der Engländer und einer hatte meinen Namen notiert. Das beruhigt mich. Und die Akten sind sauber geführt. Ich weiß, was das bedeutet.

*Ich ahne ihre Gedanken, ich werde
beim Feind arbeiten und ich werde
in einer Villa sein, tagsüber während der Arbeit. Und vielleicht
werde ich Pfirsichdosen bekommen.*

Oben am Ende der Straße sehe ich ihn. An diesem
Spätsommerabend steht die Sonne schon tief und die
Straße zwischen den Villen ist schattig. Aber ich bin sicher,
ich erkenne seine schief auf dem Kopf sitzende Mütze auch
aus der Ferne. Es ist immer noch sehr warm, obwohl es
schon Abend ist; er muss die Mütze trotzdem tragen, sie
gehört zur Uniform. ‚Er wird schwitzen‘, denke ich, während ich am Schlagbaum warte. Der Schlagbaum ist neu.
Als ich zum Arzt ging Anfang des Sommers, konnte ich die
Brücke am Eingang zur Brückenstraße einfach betreten.
Die Engländer waren da, sie standen auf dem Bahnhof,
ich erinnere mich, aber ich durfte über die Brücke gehen,
die Brückenstraße entlang bis zur Arztpraxis, dort, wo die
Straße stark einbiegt.

Jetzt haben die Engländer die Villen besetzt. Es sind die
schönsten Häuser des Ortes. Ich blicke hinein in die Straße, die Anhöhe entlang. Oben an der Straßenbiegung steht
der Engländer, der meinen Namen aufgeschrieben hatte.
Ich warte und halte meinen Passierschein in der Hand,
„Margot Wichmann is allowed to enter the military district". Margot Wichmann darf in den militärischen Sektor.
Es fühlt sich gut an, vor dem Schlagbaum zu stehen und
zu wissen, dass ich gleich hinüberdarf. Fast so, als gäbe es

ihn nicht. ‚Margot Wichmann is allowed to‘, das klingt gut, Margot darf, was andere nicht dürfen. Ich werde die Sprache der Feinde übersetzen, irgendwo dort in den Villen werde ich eine Schreibmaschine haben und übersetzen. Und vielleicht bekomme ich etwas dafür. Man erzählt, die Engländer haben Pfirsiche in Dosen.

Der englische Wachsoldat nimmt meinen Passierschein in die Hand und schaut dorthin, wo der Engländer oben am Ende der Straße steht. Sie geben sich ein Handzeichen, eine schnelle Verständigung, dann hebt er den Schlagbaum für mich.

Seitlich liegt der Bahnhof. Ich hatte bis jetzt nicht wahrgenommen, wie unruhig heiß, hastend, schreiend es zugeht vor dem Bahnhofsgebäude, auf den Geleisen, auch jetzt noch am späteren Tag. Vor mir liegt die ruhige, lang gezogene Straße mit der Steinbrücke hinter dem Schlagbaum. Ich weiß, dass sie jetzt wieder Brückenstraße heißt. Und dort am Ende der Straße, wo sie eine Linksbiegung macht und in den Wald zu münden scheint, steht er im Schatten der hohen Villen.

Ich fühle mich beobachtet, während ich den langen Weg über die Brücke, den leicht ansteigenden Weg hoch zu der Wegbiegung der Brückenstraße gehe. Er steht unbeweglich da und schaut mir entgegen. Hinter mir höre ich die Eisenbahn, höre ihr Quietschen und Bremsen, denke für Momente, dass es gleich auf dem Bahnhof noch hektischer werden wird, und bemühe mich, auf meinen von Herrn Neubert genähten Schuhen so federnd wie möglich zu gehen. Die Naht drückt an den Zehen. Ich hätte mich gründlicher waschen sollen. Der Sommer ist warm, vielleicht rieche ich. Heute Abend werde ich baden. Es ist noch nicht Sonnabend, aber ich werde baden, obwohl das Wasser kalt bleiben muss, weil noch nicht Sonnabend ist. Meine schwitzenden Handflächen versuche ich, so unauffällig wie möglich am Stoff meines Kleides zu reiben. Mein gutes Kleid hängt in meinem Schlafzimmer. Ich konnte ja nicht ahnen, dass ich zum Engländer gehe in die Villen. Ich werde neue Kleider brauchen für die Arbeit, ich habe noch Bezugsscheine. Wo kann ich Kleider kaufen?

Ich sehe, wie der Soldat kurz die Hand hebt, auf eine weiße Villa zeigt und in das Haus geht. Irgendwo hier ist auch die Arztpraxis, drüben der Wald, den man Eiderwald nennt. Ich folge dem Soldaten über die kleine Brücke, die von der Straße in das Haus führt. Tiefer unten sehe ich noch eine Etage des Hauses.

Irgendwann werde ich sehr langsam über diese Brücke gehen, ich werde den Weg hinein in die Villa genießen, irgendwann.

Jetzt folge ich dem Engländer schnell. Dies Haus wird mein Arbeitsplatz sein, erfahre ich, hier soll ich übersetzen. Schriftstücke, Verordnungen, Zeitungstexte, Texte aus dem Journal. Und für die Passierscheine werde ich im Lassenweg zuständig sein, zuständig unter Kontrolle der Engländer, in der Kommandantur im Lassenweg. Das Wort ist mir unangenehm: Kommandantur. Ich muss mich zwingen, den Gedanken beiseitezuschieben. Margot Wichmann hat damit nichts zu tun, es ist eine englische Kommandantur jetzt, diese deutsche Villa. Er hat bemerkt, dass das Wort mich erschreckte. Ich muss zusammengezuckt sein.

„Nennen die Deutschen es nicht so?", fragt er.

Ich schaue aus dem Fenster, sehe draußen tiefer liegende Gärten, gegenüber helle, weiße Villen.

„Kommandantur", wiederholt er, aber es klingt wie eine Frage.

Ich schaue seiner ausgestreckten Hand nach, sie zeigt auf eine der Villen unterhalb der Brückenstraße. Darüber liegt der Bahnhof, die Schienentrasse zwischen den Dächern der Villen sichtbar. Wer hat in diesem Dorf, in dem es Finnenhaussiedlungen gibt und alte Bauernhäuser, einst diese prächtigen Villen gebaut? Man hat erzählt in der Siedlung, dass die Bewohner in der alten Fabrik leben müssen, aus der Villa hinausgejagt mit wenigen Dingen. Jetzt sind die Engländer hier in diesen Häusern, in den schönsten Häusern Flintbeks leben sie und kontrollieren.

„Morgen, neun Uhr", sagt er.

Ich fahre aus meinen Gedanken hoch. Er sagt es, ohne ‚Margot‘ zu sagen, Margot mit dem A, das wie ein O klingt. Er zwinkert nicht, er spitzt nicht seine Lippen zu einem Pfeifen, er nickt, als er seine Mütze abnimmt. Sein Haar ist dünn und fahl, es ist nass geschwitzt, ich kann seine Kopfhaut sehen. Irritiert setzt er die Mütze wieder auf. Vielleicht hat er meinen Blick bemerkt. Ich möchte freundlich sein zu ihm und lächle vorsichtig. Morgen in der Kommandantur also, dort drüben. Als ich aus dem Zimmer gehe, spüre ich, wie er mir nachschaut.

Am Abend bade ich im kalten Wasser. Morgen erst werde ich's Helga erzählen, heute nicht.

Zeitig am anderen Morgen stehe ich auf der Brücke, es ist schon früh warm, es wird ein heißer Tag werden. Schnell bin ich am Bahnhof vorbeigegangen mit seinem Lärm, seinem Gedränge, hinein in die Ruhe der Brückenstraße. Meinen Passierschein habe ich dem Soldaten gezeigt, er hat ihn nur flüchtig angesehen; er wird sich erinnert haben, dass ich gestern schon in die Brückenstraße durfte. ‚She is allowed to!‘ Es fühlt sich gut an.

Mein Dienst beginnt um neun Uhr, es ist noch früh. Ich lehne mich auf die breite Steinbrüstung der Brücke und schaue hinunter auf den Lassenweg, der unter der Brücke entlangführt. Die Villen unter mir werfen Schatten. Einige Militärfahrzeuge stehen am Straßenrand. Ich bin allein im militärischen Bereich. Die Nähte der Schuhe drücken, ich stelle mich abwechselnd auf den linken und den rechten Fuß, so schmerzt es weniger. Vielleicht hätte ich meine neuen Schuhe von Karstadt anziehen sollen. Ich wollte sie schonen. Heute trage ich das bessere Kleid, ein feiner Streifenstoff; ich trug es damals in Berlin. Die Schulterpolster fehlen jetzt, ich habe sie rausgetrennt. Auch den hellen, weißen Kragen habe ich abgetrennt. Berliner Mode, ein wenig noch. Die Knöpfe sind geblieben, Knöpfe mit Perlmutteinlagen. Es gab einmal eine Gürtelschnalle dazu. Sie zerbrach irgendwann, jetzt hält ein Knopf den Gürtel.

Als ich zurückblicke, sehe ich einige Menschen jenseits des Schlagbaums stehen. Sie beobachten mich, ihre Blicke werden mir unangenehm. Sie stehen drüben, ich bin auf der anderen Seite. Ich ahne ihre Gedanken: Ich werde beim Feind arbeiten und ich werde in einer Villa sein, tagsüber während der Arbeit. Und vielleicht werde ich Pfirsiche in Dosen bekommen. Die hinter dem Schlagbaum sehen unverwandt auf mich – auf die, die in ihrem besten Kleid bei den Engländern arbeiten wird.

Es drängt mich, die Brücke zu verlassen. Langsam gehe ich von der Brückenmitte zurück, immer den Blick der anderen spürend. Endlich erreiche ich den Treppenabgang, der in den Lassenweg hinunterführt. Ich bin erleichtert, als ich die Steinstufen hinuntersteigen kann. Der militärische Sektor, keine lauernden Blicke mehr, Stille um mich herum. Mir wird wohler.

Am Fuße der Brücke riecht es moderig. Ich bleibe trotzdem für Momente unter der Brücke stehen; die sanfte Kühle des noch frühen Tages tut mir gut. Die Straße biegt zur einen Seite hinter der Brücke ab, aufsteigend windet sie sich nach rechts, ich sehe den Teil eines Schlagbaums. Dort ist die Straße also auch abgesperrt. Die andere Seite kann ich einsehen, eine sich lang hinziehende Straße, links die Villen, die Kommandantur der Engländer; dort werde ich heute arbeiten.

Ich kenne Engländer. Ich kenne die optimistischen Feinde aus Berlin, ich weiß, dass sie sich im Flur schnäuzen, dass sie in den schönen Villen wohnen. Einer hatte sich auf dem Bahnhof Notizen gemacht aus meiner Kennkarte. Er wird sich erinnert haben, als jemand zum Übersetzen gesucht wurde. Er hatte die Lippen gespitzt, als wollte er pfeifen. Das tat gut, damals auf dem Bahnhof. Die Erinnerung daran tut gut.

Über mir die Steinbrüstung, elegante Bögen, einer neben dem anderen. Reste weißer Farbe, sie wird einmal sehr schön gewesen sein. Aus dem Mauerwerk sind Steine herausgebrochen. Die Feuchtigkeit läuft in grünen Fäden aus den Löchern heraus.

Passierscheine gibt es im Amt am Bahnhof. Ab Mittag werden sie ausgegeben. Ich bereite sie vor in der Kommandantur der Engländer am Lassenweg, ein Stück Papier, unten rechts gestempelt, oben ein freier Platz für den Namen.

„Soll ich auf Englisch oder Deutsch schreiben?"

Der Engländer schaut mich für einen Moment an, dann sagt er: „It's up to you."

It's up to me. Vielleicht weiß er es nicht genau, vielleicht gibt es Vorschriften, die er noch nicht sicher kennt. Ich werde in beiden Sprachen schreiben, für die deutsche Kontrolle und für die englische. Ob es deutsche Kontrollen gibt? Ich weiß es nicht und den Engländer werde ich danach nicht fragen. Aber es wird besser sein, dass jeder lesen kann, wofür es die Erlaubnis gibt. It's up to me.

Mittags spreche ich mit den Menschen, die einen Passierschein brauchen. Sie haben Anträge gestellt, haben aufgeschrieben, weshalb sie das Dorf verlassen müssen. Ich übersetze für den englischen Soldaten, der neben mir sitzt.

Wenn er nickt, reiche ich ihm das Papier, er unterschreibt dort, wo der Stempel aufgedruckt ist, *Military Government*. Das Datum füge ich hinzu. Und die Begründung: ‚Ist berechtigt nach Kiel zu fahren, um Schutt zu räumen. In der Zeit von …‘ – ‚Ist berechtigt das Fahrrad zu benutzen für die Fahrt nach Techelsdorf als Haushaltshilfe.‘

Is authorized to …

It's up to me.

Der Engländer nickt, er nickt immer. Die Dörfler scheinen zu wissen, was geht und was nicht geht. Sie haben schnell gelernt. Weiter weg darf niemand, nicht nach Hamburg, wahrscheinlich auch nicht nach Berlin. Aber das hat niemand gewollt. Ich schreibe in den Passierschein hinein, was sie sagen; manchmal erweitere ich die Begründung, wenn ich weiß, dass es erlaubt wird. Ich schreibe ‚Schulensee‘ statt ‚Molfsee‘; das ist näher an der Stadt und weiter aus dem Dorf heraus. Der englische Soldat sucht die Orte auf der Landkarte und nickt. Es ist ihm einerlei, wie weit sie mit dem Bus fahren. Und von Schulensee fährt die Straßenbahn. Ich habe das Gefühl, dass einige mich dankbar anschauen. Anders als die Menschen vor dem Schlagbaum. Und wer weiß, wozu mir das eines Tages nützen wird? Ich lerne die Namen der Dörfler kennen, die mit einem Passierschein.

Den Engländer, der sich Notizen aus meiner Kennkarte gemacht hat, von dem ich glaube, dass er mir diese Arbeit vermittelt hat, habe ich heute nicht gesehen, ich war im Amt am Bahnhof und im Lassenweg. Morgen werde ich wieder in der Brückenstraße sein. Passierscheine gibt es nur an einem Tag in der Woche.

Er führt mich durch die Beletage am nächsten Tag. Ich lese seinen Namen auf der Uniform, doch ich werde ihn nicht beim Namen nennen. Er wird ‚mein‘ Engländer sein,

ansprechen muss ich ihn nicht, er tut es. Weitgehend aus-
geräumt sind die Zimmer der Beletage. Tische sind zu-
sammengestellt, Landkarten liegen ausgebreitet auf den
Tischen. Ich erkenne Kiel, die Förde, Flintbek und sehe die
roten Linien. Ich denke an den Schlagbaum und vermute
Kontrollbezirke. Die Gardinen, üppig über den Fenstern
gerafft, resedagrün, übrig geblieben aus einer Zeit, in der
hier gespeist, gelesen, gelebt wurde. Seidige Streifentapeten
an den Wänden, ausgeblichen, einige Stellen heller. Hier
werden Bilder gehangen haben. Ich sehe Nägel oben am
Rand der hellen Flecken in der Tapete.

„Hier arbeiten Sie." Er weist auf einen kleinen Tisch und
rückt den davor stehenden Stuhl zurecht. Er lächelt.

Ich auch.

Eine Schreibmaschine in der Villa vor einem Fenster in
der Beletage. Ein kleiner Stapel Zeitungen, das *Kiel Journal*,
die Zeitung der Militärregierung. Sie ist bereits gelesen, die
Zeitung; das sehe ich daran, wie sie gefaltet ist. Einige Artikel sind angekreuzt. Das sind die, die ich übersetzen soll.
Im Juli schon hatte es in Potsdam eine Konferenz gegeben.
Deutschland ist aufgeteilt. Auch Berlin. Es ist nichts Genaues gesagt, die Russen haben einen Teil von Berlin; sie
waren auf der Kuppel des Reichstags, das weiß ich. Die
Engländer werden es auch wissen. Ich übersetze. Engländer und Amerikaner wollen die Kapitulation Japans. Und
dann: Atombomben fallen. Die Börse in München arbeitet wieder. Ich übersetze. Es sind unsere Verbündeten, die
Japaner. Ich übersetze. Atombomben auf Hiroshima und
Nagasaki.

Es wird unruhig am Nachmittag, ich sehe englische Soldaten auf der Straße. Sie winken, lachen. Auch in der Villa wird es unruhig, zwei junge Engländer stürzen herein,
raffen die Landkarten vom Tisch. Aus ihren ausgelassenen

Wortfetzen höre ich es: Japan hat kapituliert. Es gibt ein Fest.

Ich stelle mir Hiroshima vor, ich suche das Bild in der Zeitung. Ein Pilz aus Wolken steigt empor, es muss aus einem Bomber fotografiert worden sein. „Über Hunderttausend Tote", lese ich in der Zeitung. Ich versuche mir die Zahl vorzustellen. Es gibt ein Fest. Heute gibt es ein Fest. Die schiefen Mützen, die lachenden Gesichter, Lachen und Rufen auf der Straße draußen. Als ich von der Zeitung aufschaue, steht er vor mir.

Sein Blick ist ernst. Ohne mich aus den Augen zu lassen, faltet er mit einer Hand die geöffneten Zeitungsblätter zusammen, er schließt für die Dauer seines Satzes die Augen, als er sagt: „The war is over." Es ist ein kurzer Satz. Als er seine Augen wieder öffnet, sieht er mich fragend an. Will er wissen, wie ich das erlebe, wie ich empfinde bei der kurzen Nachricht, dass der Krieg vorüber ist, jetzt endgültig vorüber ist, weil auch die Japaner kapituliert haben?

Ich lächle in seine fragenden Augen, denke an die große Zahl, die ich eben gelesen habe, und daran, dass es in Berlin das erste Konzert geben wird. Auch das stand in der Zeitung. Die Symphoniker werden Beethoven spielen. In Berlin.

Am Nachmittag kommt ein Jeep. Er bringt Kübel, in denen ich Verpflegung vermute. Ich sehe Whiskeyflaschen und Bier.

„Ich werde jetzt gehen", sage ich.

Er bestimmt, dass ich bleiben soll.

„The war is over – das ist ein Grund zum Feiern! Surely!"

Ich weiß nicht, was ich tun soll. Ich will ihn nicht verärgern; es ist so gut, hier in der Villa zu sein. Und ich bleibe.

Draußen sitzen junge Engländer auf der Straße an Tischen. Sie haben sie hinausgetragen, es ist sonnig und warm draußen. Auf einem der Tische liegt ein weißes Tischtuch, sein Damast glänzt in der Sonne, die zwischen den Dächern auf die Straße fällt. Aus den umliegenden Villen kommen junge Soldaten mit Tellern und Bestecken in der Hand, ausgelassen decken sie Tische. Gleich werden sie essen. Mein Magen krampft. Gleich werden sie essen. Ich schaue aus dem Fenster, sehe, wie sie zu dem Kübel gehen mit ihren Tellern. Mein Magen krampft.

„Margot", höre ich seine Stimme hinter mir.

Da war es wieder, das A, das wie ein O klingt. Margot.

Er schiebt meinen Stuhl vor den Arbeitstisch, ich soll mich setzen. Die Zeitungen liegen nicht mehr da, meine Schreibmaschine ist an eine Tischecke geschoben. Ich sehe einen Teller, verschwommen nehme ich bunte Blütenmuster auf dem Tellerboden wahr.

Ich setze mich, er nimmt meinen Teller auf. Draußen sehe ich ihn zum Kübel gehen, er kommt zurück, vor mir steht etwas Dampfendes. Nur am Rand des Tellers sehe ich die bunten Blüten des Tellermusters, sie verschwimmen vor meinen Augen. Es dampft in dem Teller, ich erkenne Gemüsestückchen, Möhren, Erbsen – sie sind sehr grün, ich habe noch nie so grüne Erbsen gesehen –, dazwischen Fleischstückchen, Kartoffeln. Und ich esse. Während ich esse, fühle ich Wärme. Ich fühle sie zuerst im Magen, und es ist mir, als fülle diese Wärme mich aus. Ich schmecke keine Rüben, ich schmecke den frischen Geschmack von Möhren. Mit der Gabel nehme ich eine der grünen Erbsen auf, zerdrücke sie am Gaumen. Sie platzt, und das weiche Mark löst sich in meinem Mund auf. So fühlt sich satt werden an, glaube ich.

Der Engländer ist inzwischen zum Fenster gegangen und beobachtet die jungen Soldaten. Mich schaut er nicht an, ich kann unbeobachtet essen, ein Möhrenstückchen auf die Gabel nehmen, dann ein Stückchen Kartoffel, dann

Fleisch, dann eine Erbse am Gaumen zerdrücken und ganz langsam satt werden.

Die Schokoladenriegel, die es als Nachtisch gibt, esse ich nicht. Ich stecke sie in meine Tasche. Für Helga oder für die Kinder. Ich bin satt.

Die jungen Soldaten sind von der Straße fort. Die Tischdecke flattert leicht, eine Ecke ist hochgeweht. Der Damast glänzt nicht mehr, der Tisch steht jetzt im Schatten. Aber ich sehe Flecken auf dem Tischtuch, Stückchen der Möhren erkenne ich und die blassen Flecken antrocknender Speise.

Unten im Keller grölen und lachen sie. Bier tragen sie nach unten in die Kellerräume. Hier in der Beletage bleiben die Whiskeyflaschen. Von meinem Stuhl aus kann ich in den Flur und in den Kellerabgang sehen. Oben sind die Offiziere, ich kann es an der Uniform erkennen; es ist wie bei den Deutschen. Ich traue mich nicht zu gehen. Rechtzeitig vor der Sperrstunde werde ich gehen, dann muss ich gehen. Bis dahin bleibe ich auf meinem Stuhl sitzen. Ich will ihn nicht verärgern, ich habe warmes, köstliches Essen bekommen. Vielleicht gibt es noch einmal Essen, vielleicht an einem anderen Tag. Ich werde mir diese Möglichkeit nicht verderben. Er hat mir Gutes getan, mein Engländer. Er wird für mich ,mein' Engländer bleiben.

Jemand streckt mir eine Bierflasche entgegen.

Nein, ich werde kein Bier trinken. Ich schüttele den Kopf.

Es wird etwas in den Keller hinabgerufen, ich höre es, verstehe aber nicht. Kurze Zeit später kommt ein junger Soldat herauf, ich höre seinen schweren Schritt, die Stiefel der Engländer haben kurze Schäfte. Auch sie sind laut auf Holztreppen. Der junge Soldat hat ein Glas in der Hand. Sie haben geglaubt, dass ich aus einem Glas trinken will.

Ich will kein Bier, ich will nichts trinken, nicht hier zwischen den Soldaten.

Oben am Kelleraufgang steht der junge Soldat mit dem Glas in der Hand. Ich sehe, dass er schwankt, und ich erkenne ihn wieder. Es ist der Soldat aus dem Amtszimmer, der da saß, als ob er schliefe, und der zum Schnäuzen aus dem Raum ging. Jetzt schwankt er, kommt auf mich zu. Es sieht aus, als würde er fallen.

Ich bleibe sitzen auf meinem Stuhl, ich kann nicht fort, kann nicht aufstehen.

Niemand beachtet ihn. Der Soldat erkennt mich, und sein Gesicht friert vor meinen Augen ein in Staunen und Ablehnung, die Augenlider langsam öffnend, die Stirn verschwitzt.

„Kein Bier", sage ich schnell. Ich möchte nicht, dass er in meine Nähe kommt. „No beer!", rufe ich lauter. Ich fühle es deutlich, er ist mein Feind. Ich drücke mich tiefer in meinen Stuhl, die Rückenlehne schiebt sich gegen den Tisch hinter mir. Weiter kann ich nicht zurück.

Dann sehe ich, wie zwei Offiziere auf den Betrunkenen zugehen. Jetzt springe ich auf von meinem Stuhl. Sie strecken die Arme nach ihm aus. Ich verstehe ihn kaum, den Feind, sein betrunkenes Englisch kommt unkontrolliert aus seiner Kehle. Aber ich verstehe den einen Satz: Sie ist eine Deutsche, sie will die Kapitulation nicht feiern. Scheiß Deutsche! „ Fuckin' German!" Die Wörter schreit er gurgelnd heraus, in seiner Hand zerbricht das Glas.

Mein Engländer bringt mich zum Schlagbaum. Ich habe das Gefühl, dass ihm der Vorfall peinlich ist. Er schaut mich nicht an, während wir nebeneinander die Brückenstraße entlanggehen, dann macht er eine fahrige Bewegung mit der Hand, so als wolle er etwas verscheuchen, nickt mir zu und gibt dem Soldaten am Schlagbaum ein Zeichen.

Wortlos geht er zurück. Ich drehe mich nicht nach ihm um. Das Ereignis in der Villa lässt mich schneller gehen, ich fühle den Schrecken in mir, aber gleichzeitig fühle ich die Gewissheit, dass ich die Situation für mich entscheiden konnte. Die anderen haben nach ihm gegriffen, sie haben ihn fortgeschafft. Und mein Engländer hat mich bis zum Schlagbaum begleitet.

Zurück in meinem Finnenhaus finde ich Schokolade in meiner Tasche. Es sind einige Riegel mehr, als ich selbst hineingelegt hatte. Mein Passierschein liegt auf zusammenggrafftem, weißem Stoff. Als ich ihn herausziehe, sehe ich, dass der weiße Stoff die Tischdecke mit den Speiseflecken ist. Ich wundere mich nicht, will mich nicht wundern. Ich denke an das warme Essen, an die Schokolade. Die Damastdecke werde ich waschen, und ich werde wieder hingehen zu den Engländern. Es war nur der eine, nur der eine Feind, der zum Naseschnäuzen aus dem Zimmer geht und mich eine ‚Scheiß Deutsche' nennt. Er ist mein Feind. Mein Engländer nicht.

Ich komme gut zurecht mit den Engländern, wie in Berlin. Damals, als sie unsere Gefangenen waren und für uns übersetzen mussten. Ich spreche ihre Sprache. Mein Engländer hat mich am anderen Morgen am Schlagbaum abgeholt. Er hat auf mich gewartet, vor neun. Er hat nichts gesagt von dem Abend zuvor, er ist mit mir schweigend die Brückenstraße entlanggegangen. Die hinter dem Schlagbaum haben uns nachgesehen, ich habe es im Rücken gespürt wie Frau Neuberts Blick, als ich zur Nachbarin ging, um zu erfahren, was in dem Finnenhaus geschehen war.

Mein Feind würde jetzt in Voorde arbeiten, erfahre ich, als wir die Wegbiegung und die Villa erreichen. Das ist weit genug entfernt. Ich bin erleichtert, ich habe gesiegt, ich habe die Situation für mich entschieden. Jetzt lächle ich ihn an, einvernehmlich. Mein Feind ist in Voorde. Ich bleibe. Mein Schreck ist vergangen, ich fühle mich gut. An diesem Morgen gehe ich sehr langsam über die kleine Brücke in die Villa hinein. Mein Engländer hat es anders gedeutet, hat geglaubt, ich hätte Angst. Fragend hat er an der Haustür gewartet. Ich lächle ihn an, als ich an ihm vorbei zu meinem Arbeitsplatz gehe.

Helga habe ich Tage nicht gesehen. Als ich zu ihr gehe mit der Schokolade, sagt sie leise: „Du bist beim Engländer."

„Ich bin beim Engländer", wiederhole ich und halte ihr die Schokoladenriegel hin.

Wir stehen uns in der Haustür gegenüber, eine lange Zeit.

„Die Kinder schlafen", sagt sie leise und tritt zurück, um mich eintreten zu lassen.

Die Schokoladenriegel halte ich in der Hand, ich fühle, dass sie weich werden, und lege sie auf den Wohnzimmertisch. Helga sitzt sehr aufrecht. Vorsichtig und fast abweisend schaut sie mich an, schaut auf die Schokolade, dann wieder auf mich. Ich begreife, sie kann den englischen Tiefflieger nicht vergessen, der über die Hamburger Chaussee flog.

„Der Krieg ist vorbei", sage ich und merke schnell, dass diese Tatsache für Helga bedeutungslos ist. „Helga", füge ich bittend hinzu und versuche ihr zu zeigen, dass ich sie verstehe. „Tu es für die Kinder", sage ich, und meine Stimme klingt streng, als ich das sage. Ich erschrecke vor meiner eigenen Stimme. So wollte ich es nicht sagen. Doch ich merke, dass Helga aufhorcht.

„Ich tu's für die Kinder", sagt sie fest und schaut auf die Schokoladenriegel auf dem Tisch.

„It's up to you", sage ich und gebe mir Mühe, aufmunternd zu wirken. „Das ist Englisch, Helga."

„Und was heißt das?", fragt sie.

Ich lache leise und warte. Ich will ihr die Möglichkeit geben, die Zuversicht in diesen Worten zu hören. Dann schiebe ich die Schokolade entschlossen über den Tisch zu ihr und antworte: „Die sind für dich, heißt das. Die sind nur für dich."

Er lächelt oft, und wenn ich mein neues Kleid trage, spitzt er die Lippen, und ich bin sicher, er pfeift ganz leise.

Der Sommer war sehr heiß und auch der Oktober ist noch warm. Ich bin froh darüber, ich muss nicht heizen. Ich koche selten. Für meine Arbeit beim Engländer bekomme ich Essen. Die Ernte aus dem Finnenhausgarten liegt sicher eingelagert im Keller. Helga hat mir gezeigt, wie ich sie versorgen soll: Die Möhren liegen im Sand auf dem Kellerboden und für die Kartoffeln ist eine Holzkiste da. Immer wieder begegnet mir etwas, was Familie P gebaut, hingelegt, vorgesorgt hatte. Jetzt werde ich ihre Möhren essen, ihre Steckrüben, ich werde essen, was sie gepflanzt und gesät haben. Aber ich werde nicht nach ihrem Namen fragen. Im nächsten Frühjahr werde ich selber pflanzen müssen. Ich weiß, es wird mir keine Freude machen.

Die Kiste für den Kohl bleibt leer. Die Kohlköpfe waren eines Morgens weg, in meinem Garten, bei Helga und bei den Neuberts, auch in der Nachbarschaft. Es geht das Gerücht um, dass die Fremdarbeiter den Kohl gestohlen haben sollen, die Arbeiter, die die Keller der Finnenhäuser gebaut haben. Sie kennen sich aus in der Siedlung und sie wollen nicht zurück in ihre Heimat, sagt man.

„Sie kriechen während der Ausgangssperre nachts an den Hecken entlang", wusste Frau Neubert.

Wir sprechen nur das Nötigste miteinander, Frau Neubert und ich. Und wenn sie solche Sätze sagt, möchte ich ihr nicht glauben. Ich habe ‚sie' gesehen auf dem Bahnhof in Kiel; die Engländer nennen sie ‚Displaced Persons'. Jetzt nach dem Krieg kommen sie mit dem Zug zurück aus der Stadt, ziehen dann abends in Gruppen die Brückenstraße entlang, vorbei an der Villa. Ich habe sie gesehen, müde, schlapp und schmutzig.

„Es sind die Polen. Es sind auch Russen. Sie gehen abends zurück ins Lager", hatte mein Engländer gesagt und dabei eine Handbewegung hin zum Wald gemacht. „Sie müssen über die Russenbrücke zum Russenlager hinter der Eider. Be careful, sie sind hungrig", hatte er gesagt, als er mir das blecherne Essgeschirr mit Resten gefüllt gab. „Für Helga und die Kinder", hatte er gesagt.

Ich hatte ihm von Helga erzählt. Engländer mögen Kinder, sagt man. Von dem Tiefflieger auf der Chaussee habe ich ihm nicht erzählt. Ich bin vorsichtig. Es wird schon früh dunkel.

„Leg Kartoffeln zum Pflanzen zur Seite", hatte Helga gesagt und die Reihen berechnet. „Neun Kartoffeln brauchst du", sagte sie.

Ich wollte nicht fragen, wieso ich neun Kartoffeln brauche, doch sie hatte es mir vorgerechnet. Sehr eindringlich hatte sie mir vorgerechnet und erklärt: „Du musst eine Kartoffel vierteln. Aus einer Kartoffel werden dann im Frühjahr vier neue Pflanzen wachsen. Du musst aufpassen, dass in jedem Viertel ein Auge ist. Die stärksten Kartoffeln darfst du nicht essen – sie bringen dir für den nächsten Winter die neue Ernte."

‚Ich muss, ich muss!' Ich mag nicht an den Garten denken, an das Pflanzen, an das Ernten.

Helga merkte meinen Unwillen, meinen Widerstand.

„Und wie lange das mit den Engländern noch geht, weißt du nicht."

Ich hörte es, ihre Stimme klang trotzig.

Ich will nicht daran denken, dass es aufhört. Es ist nützlich, sehr nützlich, und es ist gut, in der Villa zu sein am Tage.

Die Schneiderin, die in der Nachbarschaft wohnt, hat mir ein Kleid genäht. Es war ihr Beruf im Frieden gewesen; im Krieg hatte sie Uniformen genäht, davor Kleider.

„Das ist Fallschirmseide", hatte sie gesagt, als ich ihr den Stoff gab.

Das wusste ich nicht, als ich den Stoff auf dem Schwarzmarkt kaufte. Ich hätte es wissen müssen – als Frau eines Luftwaffenleutnants hätte ich wissen sollen, wie Fallschirmseide sich anfühlt. Die Schneiderin hatte mit einer kurzen, ruckartigen Bewegung den Stoff über den Tisch geworfen. Die einzelnen Stoffstücke glitten langsam und geschmeidig über die Tischkante. Geschickt fing die Schneiderin sie auf, bevor sie auf den Boden rutschten.

„Fallschirmseide eben, gute Qualität", sie nickte mir zu. „Es wird etliche Nähte geben, die Stoffstückchen sind klein, aber daraus machen wir was Schönes."

Ich habe sie bezahlt mit Süßigkeiten und Zigaretten. Ich habe ihr gesagt, wie das Kleid aussehen soll, sie hat es genäht.

„Das ist sehr städtisch", wandte die Schneiderin ein, „aber bitte, wenn Sie wollen."

Ich wusste, dass ich es so wollte. Vielleicht würde ich es hier nicht anziehen können; vielleicht nur, wenn ich zum Engländer gehe. Aber ich wollte es so. Wenn ich zum Engländer gehe, könnte ich auf dem Weg dorthin meinen Mantel darüberziehen. Die Leute gucken nicht mehr wegen des Mantels, sie haben sich an mich gewöhnt.

„Sagen Sie nicht, dass ich die Süßigkeiten nehme", beschwor sie mich.

Helga hatte im Dorf erfahren, dass über mich geredet wird. „Sie hat's mit dem Engländer", reden die Leute in der Siedlung. Als Helga mir davon erzählte, lag in ihrem Blick und in ihrer Stimme eine Mahnung. Sie sprach die Mahnung nicht aus, ich hörte sie trotzdem: ‚Bedenke, was du tust!' Ich habe es bedacht, aber ich will es nicht anders.

Das *Journal* liegt immer am Dienstag und am Samstag auf dem Schreibtisch. Es gibt kaum Papier, die Zeitung erscheint nur an zwei Tagen in der Woche. Ich lese, suche die angekreuzten Artikel, die ich übersetzen soll. Die Engländer informieren, was sein darf und was nicht. Die Deutschen müssen genau erfahren, was erlaubt ist und was nicht. Es wird kontrolliert. Und sie berichten aus ganz Deutschland, auch aus der Welt. Sie berichten, was im amerikanischen Sektor geschieht, in der sowjetischen Zone gründen sie Gewerkschaften. Und sie berichten aus Nürnberg. Ich halte die Zeitung in der Hand und spüre, wie mein Herz einen gewaltigen Schlag tut, dann still ist – als wolle es nicht mehr schlagen, nie mehr. Nach unendlich langer Zeit beginnt es rasend zu klopfen, meine Hand krampft. Es dauert lange, bis ich es erfasse: erste Verhaftungen. So hat es auch in den Bilderrahmen im Amt gestanden. Sie verhaften die, die sich nicht selbst getötet haben. Bald werden Prozesse beginnen. Nazi-Deutschland soll gestraft werden. Sie suchen die Täter.

Ein grenzenloser Schreck zuerst, dann sickert es ganz langsam, sehr langsam und beruhigend in meine Gegenwart: Damals in Berlin, ich hatte es gewusst, damals schon. Es wird ein Entlarven geben, ein entsetzliches Erwachen. Jetzt ist es da. Also habe ich damals in Berlin richtig gehandelt. Meine Kennkarte zertreten, irgendwo auf der Straße, meine Wohnung zerstört vielleicht. Ich vermutlich getötet auf dem Weg zur Arbeit, irgendwann. Aber Margot Wichmann lebt. Sie lebt hier in diesem Ort, sie arbeitet bei den Engländern, sie wohnt in einem Finnenhaus in der oberen Wohnung, weil sie in der Lützowstraße ausgebombt wurde.

Ich frage, ob ich die gelesenen Zeitungen mitnehmen darf. In meiner Wohnung schneide ich den Bericht aus und lege ihn in meinen Koffer. Ich achte darauf, dass der Zeitungsausschnitt den Haarzopf nicht berührt. Das sind zwei Welten, die miteinander nichts zu tun haben. Unten im Koffer liegt der Zeitungsausschnitt, unter der Kennkarte von Margot Wichmann, in der Tasche im Kofferdeckel der Zopf, sorgfältig eingewickelt in die Seide.

Die restliche Zeitung reiße ich in regelmäßige Stücke, ich spieße sie auf den gebogenen Haken neben der Toilette, den Papierhalter an der Wand. „Für das Papier sorgt jeder selbst", hatte Frau Neubert gesagt. Jetzt sorge ich für alle, weil ich Zeitungspapier habe.

Einen ungewöhnlichen Arbeitsauftrag bekomme ich: Ich soll den Bücherschrank in der Beletage sortieren. Er wird gebraucht für Aktenordner; die Bücher kommen in den Keller; Naziliteratur auf einen gesonderten Stapel; der bleibt hier oben, vorerst. Ich begreife nicht, weshalb diese Bücher oben in der Beletage bleiben sollen. Ein Soldat wird die anderen Bücher hinuntertragen. Ich war noch nie im Keller, ich bin neugierig. Die jungen Soldaten hatten unten im Keller die Kapitulation der Japaner gefeiert. Unten muss es Gläser geben; der betrunkene Soldat brachte eines in die Beletage. Was wird sein, da unten im Keller? Ich werde einen Grund finden hinunterzugehen, wenn die Bücher erst dort lagern. Vielleicht muss ich noch etwas überprüfen, nachsehen, ob alles korrekt auf dem richtigen Stapel liegt. Irgendeinen Grund werde ich finden.

Es ist schön, die Bücher in der Hand zu halten, die Bücherrücken gepflegt, im Prägedruck die Titel zu lesen. Die

Schutzumschläge sind entfernt, sie sehen schöner aus ohne Schutzumschlag. Trotzdem klappe ich die Deckel auf und lese die Titel, das Herausgabedatum. Es ist ein gutes Gefühl – das Buch in der Hand, aufgeschlagen, zum Lesen bereit. Goethe und Schiller, ganze Ausgaben, Fontane. Dann entdecke ich eine zweite Buchreihe. Ich finde Kafka, ich finde Thomas Mann und Feuchtwanger ohne Schutzumschlag, schlichte, weiche Lederrücken. Es sind alte Ausgaben, die Besitzer der Villa haben sie nicht verbrannt, wie viele es getan haben damals, sie haben sie in die zweite Reihe gestellt, hinter die Bücherreihen gewollter Literatur, hinter Bildbänden mit Heidelandschaften und Flussniederungen. Ich finde in der zweiten Reihe den Zauberberg, Thomas Mann, der Zauberberg; ich möchte lesen. Ich werde fragen, ob ich das Buch leihen darf, und lege es auf meinen Schreibtisch. Ich bin sicher, dass ich es ausleihen darf. Vorne im Regal, in Augenhöhe gut sichtbar in der ersten Reihe, sehe ich Bildbände: ‚Das Antlitz des Führers‘ und ‚Hitler, wie ihn keiner kennt‘, Heinrich Hoffmann. Was wird aus diesem Mann jetzt, wenn alles vorbei ist? Dessen Fotos der Zeit ein Gesicht gegeben haben, das sie sofort erkennbar macht, jetzt, da alles vorbei ist. Bilder von der Olympiade, Leni Riefenstahl, finde ich. Ich blättere, lasse die Seiten durch meinen Daumen schnellen und lege das Buch hastig auf den bewussten Stapel, auf den Stapel, der hier oben in der Beletage bleiben soll. Ich will mich nicht erinnern.

Der junge Soldat, der die Bücher die Kellertreppen hinabträgt, geht hinaus auf die Straße. Vielleicht ist sein Dienst zu Ende. Ich frage nicht. Es ist gut, jetzt bin ich allein. Jetzt werde ich selbst die Bücher hinuntertragen.

Das ist meine Gelegenheit.

Ich drehe den Lichtschalter im unteren Flur. Dies ist kein Keller. Unten ist eine weitere Wohnung eingerichtet, ich finde eine Küche, den Flur, in dem an der Stirnwand eine Nähmaschine steht. Etliche Türen gehen an den Längsseiten ab. Ich öffne eine der Türen, im Raum dahinter stehen Bilder an die Wand gelehnt, Spiegel, Vasen, Gläser und Porzellan gestapelt. Dies ist die Einrichtung, dies sind die schönen Dinge aus der Beletage, gesammelt und verwahrt. Eine Tür ist angelehnt, ich sehe an die Wand gestapelt die Bücher, die ich sortiert habe. Ich lege die, die ich in den Keller getragen habe, auf den Stapel. Oben höre ich Lachen und Reden.

Eilig gehe ich hoch in die Beletage, sehe einige Soldaten um den Bücherstapel herumstehen, den ich auf dem Tisch in der Beletage aufgetürmt habe. Auch der junge Soldat, der vorhin die Bücher in den Keller getragen hat, ist unter ihnen. Sie greifen nach den ausgesonderten Büchern, lassen den Stapel in sich zusammenfallen. Sie lachen, halten mir einige Bücher entgegen. Wollen sie mir damit zeigen, dass diese Bücher für mich sind? Geeignet für eine Deutsche als Leselektüre? Ich könnte sie fragen, weshalb sie mir die Bücher entgegenhalten. Ich tue es nicht. Meine Gedanken tanzen zwischen Ärger, Wut und Enttäuschung, doch ich lache mit ihnen, mache nur eine abwehrende Handbewegung und lache.

„Okay."

Ich höre ihr breites ‚Okay', dann nehmen sie Bücher in die Hand, einige nehmen drei oder vier, und gehen damit hinaus. Draußen sehe ich sie die Brückenstraße hinabgehen, als hätten sie eben in einer Bibliothek Bücher ausgeliehen. Ich schaue ihnen nach, schlucke meinen Ärger. Sie nehmen sich Bücher, Souvenirs aus deutschen Bücherschränken. Sie nehmen sie mit, vielleicht erzielen sie gute Preise in England mit den Büchern aus Nazideutschlands Bücherschränken.

Mein Engländer kommt zurück, als ich im Keller der Villa bin. Mein erster Gedanke ist, sofort hoch in die Beletage zu laufen, aber ich entscheide mich anders. Ich staple die Bücher neu, so, als müsse ich dafür sorgen, dass die Stapel nicht umfallen können. Mein Engländer lächelt, als er mich bei den Büchern entdeckt. Er nickt mir zu, öffnet eine Tür und winkt mich zu sich. An die Wand gelehnt stehen Bilder in schönen Rahmen auf dem Kellerboden. Eine Wolldecke liegt darunter. Die Engländer gehen sorgfältig um mit dem, was den Deutschen gehört. Ich weiß, es gibt Listen, auf denen jedes Möbelstück notiert ist, sicher auch diese Bilder. Aber ich weiß auch, dass diese Listen nicht mehr stimmen. Sie haben Tische, Schränke, alles, was gebraucht wird, von einem Haus in ein anderes getragen, so wie sie selbst es brauchten. Kaum noch etwas ist an seinem Platz.

Mein Engländer lächelt: „Für Margot. One for Margot!" Seine Hände weisen auf mich und dann auf die Bilder. Verstehe ich ihn? Soll ich mir die Bilder anschauen? Darf ich mir eines nehmen? Ich zögere, warte auf ein Zeichen von ihm.

Er lächelt und wieder lädt seine Handbewegung mich ein. Ich kippe die Bilder vorsichtig von der Wand und lehne sie gegen meine Beine. So kann ich in die Zwischenräume schauen, kann sehen, welches Motiv der Maler abgebildet hat. Ich will keine dunkle Landschaft, keine finsteren Bäume, die mich bedrücken. Wie in einer Galerie stelle ich das eine und das andere an die freie Wand im Flur. Er hat es gesagt, ich darf mir ein Bild aussuchen. Ich möchte mir eines aussuchen. Während ich auf meine kleine Bildergalerie unten im Keller der Villa schaue, versuche ich die Situation zu erfassen. Ich darf mir ein Bild aussuchen; ob es mir gehören soll, weiß ich nicht sicher. Vielleicht meint er, ich solle es in die Nähe meines Schreibtisches hängen. An dem Wandstück zwischen Fenster und Tür muss ein Bild gehangen haben, ein Nagel steht trotzig über dem helleren

Viereck auf der Tapete. Ich schaue meinen Engländer an, auch ich lächle.

Er muss meine Frage wahrgenommen haben in meinem Lächeln. Er sagt: „For Margot."

Dann entscheide ich mich, er nickt und lächelt. Ich wähle Ophelia aus. Ein unleserlicher Name auf der Rückseite der Leinwand, ein Original also. Mein Bild zeigt Ophelia, ich kenne Ophelias Geschichte. Weiße Seerosen im Wasser, Ophelias Kopf eingerahmt von Weiß und Grün, das Wasser in dumpfem Blau. Ihr Gesicht blass, schlafend, träumend, ihre Haare verwunden mit den weißen Blüten, ich kann in ihrem Gesicht lesen. Wenn ich ganz nahe herangehe an das Bild, sehe ich einzelne Haare sehr zart, sehr fein auf den Seerosenblättern, als wollten sie sich festhalten an den Blüten. Meine Ophelia.

Ich hatte auf der Nähmaschine im Flur unten nähen dürfen am nächsten Abend. Mein fester Stoff aus dem Marinedepot ist zu einer großen blauen Tasche geworden, groß genug, dass ich das Bild hineinstellen könnte, vielleicht auch einen Spiegel. Aus dem Rest nähte ich eine kleine Tasche, in dieser verwahre ich die große, zusammengefaltet und unsichtbar auf dem Hinweg in die Brückenstraße. Auf dem Weg zurück kann ich die große Tasche tragen, den Henkel werde ich über die Schulter legen und meine Ophelia in mein Finnenhaus tragen. Es wird früh dunkel, noch vor der Sperrstunde. Vielleicht nehme ich dann auch den Weg unter der Bahnunterführung, über den Feldweg, dann über die Au und den Hügel hinauf zur Siedlung. Es wird mich niemand sehen.

Als ich meine Schutzhülle von der Schreibmaschine nehme, sehe ich einen weißen Zettel eingerollt und kaum sichtbar. Ich drehe am Wagen der Maschine, langsam windet das Blatt sich heraus. „With admiration", meine Verehrung, steht darauf, getippt mit meiner Schreibmaschine; ich erkenne es an dem ‚d‘, dessen kleiner Bogen verschmutzt ist. Ich werde den Buchstaben reinigen müssen. Unten in der Nähmaschine sind Nadeln, in einer Pappschachtel verwahrt. Ich werde vorsichtig den Schmutz herauskratzen.

Meine Verehrung. Ich bin sicher, es war ‚mein‘ Engländer. Dann liegt eine Verordnung auf dem Schreibtisch. Ich soll übersetzen. Ich lese: „24.10.1945, Aufhebung des Fraternisierungsverbots.“ Den Soldaten ist es jetzt erlaubt, mit der Bevölkerung zu sprechen.

Er trägt meine große Tasche, als er mich durch die Felder begleitet. Es ist dunkel auf dem Feldweg entlang der Au. Meine Verehrung. Den Weg durch die Siedlung gehe ich allein.

Helga glaubt mir meine Geschichte von dem günstigen Kauf. Ganz zufällig und unbeabsichtigt bot einer das Bild an, als er seinen Passierschein holen wollte. Als kleines Entgegenkommen für mich. Auch der Spiegel ein Entgegenkommen. Die Bücher stelle ich in meinen Schrank im Wohnzimmer. Ich schreibe auf, was ich Helga erzähle. „Margot Wichmann hat Bild und Spiegel gekauft, ein zufälliges Angebot.“

Ich hänge das Bild so, dass ich es stets sehen kann, vom Sofa und auch von den Holzstühlen am Tisch aus. Wenn ich aus dem Schlafzimmer komme und morgens zum Waschen in die Küche gehe, ist Ophelias Haar das Erste, was ich mir ansehe. Ihr Haar hält sie über Wasser. Ich habe mir angewöhnt, einen kurzen Moment stehen zu bleiben. In Ophelias Gesicht kann ich lesen, ihr Gesicht erzählt mir ihre Geschichte, sie ist immer anders, immer neu. Sie erzählt davon, benutzt zu werden, enttäuscht zu werden. Aber auch geliebt zu werden. Sie erzählt ihre Geschichte, sie ist immer neu. Ob ihre Augen wirklich geschlossen sind? Wenn das Morgenlicht darauf fällt, glaube ich, sie sind geöffnet, ganz leicht geöffnet. Am Abend schließt sie ihre Augen. Schläft sie oder ist sie tot? Ertrunken im Blumenwasser. Am Morgen halten die Haare und die Seerosen sie wieder, sie schwebt.

Der Schwarzmarkt ist jetzt auch am Flintbeker Bahnhof angekommen. Viele bleiben hier am Bahnhof, ich fahre nicht mehr nach Kiel. Die Stadt deprimiert mich. Der Schutt, die Traurigkeit in den Straßen. Und die Gier, die Gier nach Leben, nach Tauschen, nach Essen. Das Bild der fröhlichen Frauen, die die Steine aus den Trümmern sammelten, finde ich nicht mehr. Bulldozer schieben Geröll, heimgekehrte Soldaten schaufeln den Schutt. Ich will sie nicht sehen.

Hier am Bahnhof in Flintbek scheint es, als sei es legal, zu handeln. Ich weiß aus den Verordnungen vom Gegenteil, doch die Engländer schauen nicht hin. Die Soldaten selbst verkaufen ihre Zigaretten. Wer weiß, was sie mit zurücknehmen werden nach England? Für Zigaretten geben die Menschen alles, die jungen Männer besonders. Ein Mutterkreuz für fünfzehn englische Zigaretten.

Zwischen den Büchern habe ich eine lederne Schatulle mit Orden gefunden, ein Eisernes Kreuz ist dabei gewesen. Die Engländer wollen Orden und Abzeichen. Ich habe den kleinen, festen Karton zwischen die Bücher im Keller gesteckt. Ich will nicht, dass die jungen Engländer sie nehmen. Souvenirs aus Nazi-Deutschland. Ich denke an meine Zeitungsberichte im Koffer. Sie liegen unter der Kennkarte, es werden immer mehr. Täglich gibt es Meldungen über Verhaftungen. *Sein* Name ist nicht dabei.

Es soll sich nichts ändern. So wie es ist, ist es gut.

Sie nennen die Soldatenmädchen „Frats". Es gibt viele Frats seit dem Tag im Oktober. Ich bin keine, obwohl die in der Siedlung es meinen. Viele in der Siedlung meinen es, auch Helga. Sie fragt und ich erzähle ihr davon, dass mein Engländer mich mitgenommen hatte in einen *British Families' Shop*, ich hatte mir etwas aussuchen dürfen in dem Geschäft. In der Schlafzimmerecke hängt jetzt ein Pullover, er ist warm und anschmiegsam. Eine gute Qualität. Und er wärmt, der Februar ist sehr kalt. „Sehr elegant", hatte Helga gesagt, als ich ihn ihr zeigte. Er kaufte eine Dose Pfirsiche in dem Laden für mich. Ich hatte die Dose in die Hand genommen und nicht wieder zurückgestellt in das Regal. Ich muss sie festgehalten haben, als er sie mir abnehmen wollte. Da hat er sie gekauft. Helga, die Kinder und ich haben die Pfirsiche an zwei Abenden gegessen, wir haben die halbierten Früchte in Streifen geschnitten und sie mit dem Saft zusammen gegessen.

Er nahm mich mit in das *Empire-Building*. Ich erzählte es Helga. Sie kannte kein Empire-Building. Als ich ihr übersetzte, so dass sie es verstehen könnte, sagte sie ärgerlich: „Es gibt in Kiel kein ‚England-Haus', es gab überhaupt keine Engländer in Kiel." Ihre Stimme klang trotzig. Ich beschrieb ihr, wo es steht. Die Bergstraße von den zwei Seen hoch, auf der Mitte der Anhöhe nach links die Straße hinein. Dann wieder rechts. Es blieb unversehrt während der Bombenangriffe. Gegenüber ist alles zerschlagen, aber das Haus steht. Und jetzt ist es das Empire-Building. Sie war meiner Beschreibung gefolgt. Jetzt schaute Helga mich irritiert und fragend an.

„Das ist das Gewerkschaftshaus. Kennst du es nicht?"

Ich muss vorsichtiger sein. Das Gewerkschaftshaus hätte ich kennen müssen. „Jeder Kieler kennt das Gewerkschaftshaus", hatte Helga misstrauisch zugefügt. Und als ich sie zu echtem Bohnenkaffee einlud in meine Küche, sagte sie, als sie ging: „Das macht doch keiner einfach so."

Ich bin keine ‚Frat‘. Er macht es einfach so. „Meine Verehrung" hatte er auf den Zettel getippt mit meiner Schreibmaschine. Einfach so.

Er lächelt oft. Wenn ich mein neues Kleid trage, spitzt er die Lippen, und ich bin sicher, er pfeift ganz leise. Wenn er hinter mir steht, sich über meine Arbeit beugt, rieche ich ihn. Er riecht gut, ich mag ihn, es könnte alles auch anders sein. Aber es ist nicht anders. Meine Verehrung. Ich nehme sein Essen, ich trage mit meiner blauen Tasche Kohlen und Brennholz nach Hause.

Oft reicht es auch für Helga. Und sie nimmt das Essen, die Süßigkeiten. Ich glaube nicht, dass sie selbst davon isst. Es ist für die Kinder. Aber ich spüre deutlich, es ist anders geworden zwischen uns.

„Keiner macht es einfach so", hatte sie gesagt.

Sie vergisst nicht, dass ein englischer Tiefflieger ihren Mann getötet hat. Ihre Welt ist eine andere als meine, verständnislos hatte sie meine Ophelia angesehen, bald wieder weggeschaut und gesagt: „Schön und auch traurig." Ihre Welt ist eine andere, sie ist kleiner, enger, und ich merke, dass sie mich nicht versteht, wenn ich ihr erzähle, dass es Vergnügen macht, wenn die Musikkapelle der *Royal Artillery* aufspielt in Kiel.

Es macht mich ein bisschen traurig, wir waren uns einmal nah. Das ist jetzt nicht mehr, aber ich kann es nicht ändern.

„So kommen wir gut über den Winter", habe ich ihr gesagt.

Sie hat genickt.

Wir werden nie wieder wie früher miteinander sprechen.

Es gelingt mir, nicht daran zu denken, aber ich glaube, ich vergesse nicht. Ich greife eilig zur Zeitung, wenn sie auf meinem Schreibtisch liegt. Immer wieder.

Im *Kiel Journal* berichtete man von Kältetoten. Es gab Morde, auch dies. Und der Winter ist noch nicht zu Ende. Die Fremdarbeiter werden weniger, ihr Zug auf der Brückenstraße wird kürzer und müder. „Sie sollten noch vor dem Winter fort sein. Wer soll sie ernähren?", sagte mein Engländer. Sein Name ist Andrew, er hat ein Namensschild auf seiner Uniform. Das haben alle, aber ich nenne keinen beim Namen, auch ihn nicht.

Ich heize morgens mein Finnenhaus etwas, damit es am Abend nicht so kalt ist. Dazu lege ich einen Ziegelstein auf den Ofen, der die Wärme über Tag hält. Meine kleine Heizung. Am Tage bin ich in der Villa, die jungen Soldaten heizen die Kachelöfen.

Es gibt Tage, an denen ich nicht daran denke, dass etwas geschehen könnte, was dieses Leben verändert. Die Berichte im *Journal* schneide ich aus, lege sie in den Koffer unter Margot Wichmanns Kennkarte. *Sein* Name ist nicht vorgekommen. Bis jetzt nicht. Sie werden weitersuchen nach allen, die sich versteckt haben, heißt es; besonders die Amerikaner suchen. Es gibt Fotos von Lagern, die Amerikaner haben sie veröffentlicht. Erschreckende Fotos, unzählige Baracken, hohe Stacheldrähte, ich mag diese Fotos nicht anschauen. Und ich schneide sie nicht aus, ich prüfe nur die Orte. Es ist keines dabei gewesen von Hartheim oder Grafeneck. Und mit den entsetzlichen Bildern, die jetzt in der Zeitung sind, will ich nichts zu tun haben; ich habe auch nichts damit zu tun gehabt. Es sah anders aus in Grafeneck oder Sonnenstein, das waren keine Lager, das waren Heime. Ich habe Fotos gesehen von wunderschönen Schlössern, adligen Herrensitzen, in herrlicher Natur gelegen. Dorthin fuhren die grauen Busse, und ich habe die Fahrten geplant. Sie müssen beruhigt gewesen sein, damals, als sie mit dem Bus dort ankamen. Ich habe die Listen geschrieben, wenn die Namen mit den Meldebögen zu mir kamen, von den Kurieren gebracht. Wenn die Gutachter geprüft hatten, wenn der Obergutachter entschieden hatte. Ich habe nur sortiert: ein Stapel für ein +, ein Stapel für ein –. Dann habe ich die Listen geschrieben in der *Gekrat*, gemeinnützige Krankentransporte waren es in den grauen Bussen. Gemeinnützig, das sagt schon der Name. Mit den Bildern in der Zeitung hatte ich nichts zu tun, nur mit den Listen. Hadamar war die Ausnahme, aber von dort kamen sie sofort wieder weg, ich habe ja selbst die Listen geschrieben. Oder sie starben, denn sie waren krank. Deshalb kamen sie ja in die Heime, weil sie krank waren. Aber es war nicht gut, dass er mich mit nach Hadamar nahm und ich sehen musste, wie er mit seinem Handschuh das Gesicht fallen ließ.

Die Bilder von den Lagern zerschneide ich, so dass ich sie nicht mehr erkennen kann. Dann erst kommen sie auf den Haken für das Toilettenpapier. Andere Zeitungsberichte kommen in den Koffer, danach sind die Erinnerungen fort. Es gelingt mir, nicht daran zu denken, aber ich glaube, ich vergesse nicht. Ich greife eilig zur Zeitung, wenn sie auf meinem Schreibtisch liegt. Immer wieder. Und doch: Ich habe nur die Listen geschrieben.

Am Schlagbaum zeige ich meinen Passierschein schon lange nicht mehr vor. Die englischen Soldaten kennen mich. Sie heben den Schlagbaum und ich gehe über die Brücke hoch zur Villa.

„Here, please", der Wachsoldat weist mit seinem Handschuh auf den Treppenabgang.

Ich verstehe: Ich soll in den Lassenweg, in die Kommandantur gehen. Heute ist nicht der Ausgabetag für Passierscheine. Das ist ungewöhnlich, ich spüre Unruhe. Meine Füße sind kalt, obwohl ich den Weg durch die Siedlung bis zum Bahnhof gelaufen bin. Die Treppenstufen sind vereist, ich gehe vorsichtig, das gewinnt Zeit.

Unten im Amtszimmer sehe ich ‚meinen‘ Engländer, er steht mit dem Rücken zur Tür. Als er sich umdreht, begrüßt er mich sehr förmlich. Er reicht mir die Hand, aber es fehlt sein Lächeln. Den anderen Offizier kenne ich nicht.

„Der Major ist heute aus Kiel gekommen. Er spricht kein Deutsch. Sie sind heute für eine Befragung eingeteilt … Wir haben ihn, in einer halben Stunde wird er hier sein. Noch ist er im Müllershörn." Er spricht fehlerfrei; er wird sich die Sätze zurechtgelegt haben, vorher zurechtgelegt haben. Seine Förmlichkeit verunsichert mich; kein Lächeln.

„Im Beck'schen Haus?", frage ich.

Was hätte er sonst meinen können? Die Umstände, die gespannte Atmosphäre im Raum sagen mir, dass er das Gefängnis der Engländer meinen muss. Beim Kaufmann unten am Bahnhof, dort wo ich Rüben kaufen konnte, hatte man von dem Gefängnis erzählt. Die Leute lachten dabei, aber ihr Lachen war ängstlich. „Das Beck'sche Haus ist jetzt ein Gefängnis", sagten sie und lachten. „Da hat noch nie einer drin gesessen", wusste jemand und es klang, als wollte er den anderen die Angst vor dem Gefängnis nehmen. Jetzt hat einer in diesem Beck'schen Haus gesessen. Jetzt könnten sie nicht mehr lachen.

Der Offizier setzt sich, geräuschvoll schiebt er sich mit dem Stuhl vom Schreibtisch weg, mit seiner Hand wedelt er hin und her, dabei geht sein Blick von mir zu meinem Engländer und wieder zu mir. Mein Engländer versteht.

„Sie übersetzen das Gespräch", sagt er förmlich, „ich schreibe das Protokoll."

Meine Unruhe wächst. In die angespannte Stille hinein wage ich zu fragen: „Wer? Wer ist im Müllershörn?"

„Der Bürgermeister. Er hatte sich versteckt."

Ich nicke, ich schlucke. Ich weiß, er hat sich versteckt. Es ist noch Zeit, ich habe noch Zeit zu überlegen. Er hat mir das Finnenhaus gegeben, als ich mit den Formularen ins Amt kam, damals, an meinem ersten Tag hier in Flintbek. Der Aktenvorgang beseitigt seit damals. Wovor habe ich Angst? Ich kann mir meine Gefühle nicht erklären; ich fühle nur Angst, ohne dass ich den Grund finde. Ich erfülle nicht die Kriterien, das ist alles. Zählt das jetzt noch? Der Krieg ist aus, es ist alles anders jetzt, und ich arbeite beim Engländer.

Er erkennt mich sofort, als er in den Raum geführt wird. Gleich wird er sagen: „Sie hat sich das Wohnrecht erschlichen, sie hat keine Kinder!"

Er sagt nichts.

Dann fragen sie: Name, Alter, Dienstzeit, Mitgliedschaft in der NSDAP, alle Formalitäten. Er blickt starr auf den Boden, antwortet sehr leise. Ich höre angestrengt zu, ich muss jedes Wort verstehen, darf nichts überhören. Ich übersetze. Amtsführung, er soll Auskunft geben über seine Amtsführung. Ich übersetze, sage es ihm, er schweigt. Ich spüre seine Angst. Ja, er habe am 20. April die Rede zum Führergeburtstag gehalten, ja.

Ich merke, wie der Major drängt, wie er es hören will, wie er es herauspressen will. Er soll es sagen: ‚Ja, ich war ein Nazi!' Er will es hören, dieser englische Major. Und ich sehe es dem Mann auf dem Stuhl dort an, dass seine Angst wächst. Seine wächst in dem Maße, wie meine geht.

Ich könnte es sagen, ich könnte sagen: „Ja, er war ein Nazi. Er hat zugelassen, dass die Familie, die über Neuberts wohnte, denunziert wurde, dass die Gestapo sie abholte, weil sie der Propaganda nicht glaubte." Pfeilschnell und klar schießen meine Gedanken: Wenn ich das sage, fänden sie heraus, dass ich die Wohnung bekommen habe. Sie würden überprüfen, nachfragen, meine Papiere sehen wollen, und sie würden vielleicht sogar den Fingerabdruck in der Kennkarte mit meinem vergleichen. Sie würden die Familie P suchen und finden; sie hat das Anrecht.

Der Bürgermeister schweigt, und mir wird klar, dass er es nicht sagen wird. Er wird nicht sagen, dass ich kein Kind habe, dass ich die Kriterien nicht erfülle, weil sie dann ihn überführen würden. Er ringt um Worte, beteuert, dass er für alle Flüchtlinge, für die Ausgebombten gesorgt habe. Von 1200 Einwohnern sei das Dorf gewachsen auf 4000.

Ich werde sehr ruhig, in mir wächst die Gewissheit, dass mir nichts geschehen wird. Und mir ist, als hörte ich jemand anderen sprechen, als meine Stimme sagt: „Ich kann das bestätigen, ich gehöre zu den Ausgebombten." Ich sage es erst für den Offizier auf Englisch, dann übersetze ich für ihn. Als er versteht, richtet er sich auf. Wir schauen uns in die Augen, ich halte seinem Blick stand, und ich weiß, dass ich jetzt die endgültige Sicherheit habe.

„Was wird mit ihm geschehen?", frage ich meinen Engländer, als wir allein im Raum in der Kommandantur sind.

Er schaut mich an, er zwinkert leicht und vertraut, lächelt und flüstert: „Neuengamme, da kommen sie alle hin." Und es klingt, als sei er zufrieden. Als ich nicht weiterfrage, fügt er nach einer Weile hinzu: „Das liegt nahe bei Hamburg."

Einen Nachklang hörte ich, einem leichten Stoß ähnlich, als ich erwachte. Ich versuchte mir vorzustellen, was das Geräusch verursacht haben könnte. Es klang, wie wenn jemand mit der Hand gegen die Holzwand des Hauses geschlagen hätte, ganz leicht und kurz.

Als ich die Haustür meines Finnenhauses am frühen Morgen hinter mir abschließe, beginnt es zu dämmern. Ich fasse noch einmal nach dem Türgriff, drücke ihn hinunter, drücke schließlich prüfend mit der anderen Hand gegen die Tür. Sie ist verschlossen. Fest verschlossen. Auch jetzt am Morgen hat mich die Unruhe, die mich in der vergangenen Nacht zermürbt hat, nicht losgelassen. Die Tür ist verriegelt und die Neuberts schließen die Türen gewissenhaft.

Eiskalter Wind greift unter meine Mäntel. Ich habe meine beiden Mäntel angezogen und die wollenen Strümpfe; ich trage sie ungern, sie kratzen auf der Haut.

Der Wind hat die aufgeschaufelten Schneereste am Straßenrand blank gefegt, glänzende Kuppen spiegeln sich in der allerfrühesten Helligkeit. Wegweiser durch das Weiß, das Bürgersteig und Straße nicht unterscheidbar macht. Das ist sicherer so für mich. Die Sohlen meiner Stiefel sind abgelaufen, sie sind rutschig, aber jetzt kann ich die vereisten Stellen erkennen. Ich entscheide mich, durch die Siedlung und das Dorf zu gehen, mein Kopf schmerzt, mein Schritt ist unsicher.

In Bahnhofsnähe belebt sich die Straße. Schneidend kalt ist es.

Bald werde ich in der Villa sein, ein junger Soldat wird geheizt haben. Doch deutlich spüre ich, dass mich die freudige Erwartung, bald in dem warmen Raum sitzen zu können, nicht wie an anderen Tagen erreicht. Ich bin entsetzlich müde. Ich glaube, mein Herz schlagen zu hören, während ich die Bahnschienen überquere.

Unter dem Vordach des Bahnhofs drängen sich Menschen, suchen Schutz vor dem Wind. Draußen an der Straße die anderen, die ‚Displaced Persons'; das schützende Dach ist nicht für sie. Es ist nur noch eine kleine Menschengruppe, viele von ihnen sind inzwischen fort. Man sagt, diese hier am Bahnhof wollen nicht zurück. Man sagt, sie fürchten Strafen in ihrer Heimat. Deshalb bleiben sie. Was kann schlimmer sein als dies hier, als das Leben im Lager jenseits der Eider? Im Lager soll es Tote gegeben haben. Und in Kleinflintbek wurde ein Bauernhof ausgeraubt. So erzählt man sich, es sollen die aus dem Lager gewesen sein. Und vielleicht stimmt es sogar, dass sie zur Erntezeit in unseren Gärten waren. So sagte Frau Neubert. Sie kennen sich dort aus, hatte sie behauptet.

Der Schlagbaum wird aufgestellt, der Wachsoldat friert, ich sehe, wie er seinen warmen Atem in seine Handschuhe bläst. Die vor dem Bahnhof haben keine Handschuhe. Was kann schlimmer sein als dies hier?

Mein Engländer ist nicht in der Villa. Mein Kopf schmerzt, ich fühle meinen steifen Nacken. Ich wärme mich am Kachelofen. Die weißen Kacheln sind lauwarm, das Feuer brennt noch nicht lange. Ich bin zu früh heute. Unten im Garten höre ich Geräusche, ich weiß, es ist der Besitzer dieser Villa. Ich selbst habe ihm den Passierschein ausgestellt. „He is authorized …", seine Kaninchen zu füttern. Von acht bis neun am Morgen darf er seine Kaninchen füttern. Womit füttert er sie? Der hölzerne Stall ist mit Stroh ausgefüllt, die Kaninchen kann ich nicht sehen vom Fenster aus. Ich frage mich, ob überhaupt Kaninchen im Stall sind. Womit hätte er sie füttern sollen? Vielleicht hat er sie längst geschlachtet, unbemerkt von den Engländern. Vielleicht liegt das Stroh hinter dem Drahtgitter so dicht, damit niemand merkt, dass er heimlich geschlachtet hat? Vielleicht kommt er nur, um nach seinem Haus zu sehen, das jetzt die Engländer bewohnen? Ich stehe seitlich am Fenster und schaue hinunter. Dort unten steht er und schaut hoch. Ich glaube, unsere Blicke begegnen sich, ich kann nur ahnen, dass wir uns anschauen, es ist zu dämmrig an diesem Morgen. Ich hebe die Hand, grüße ihn. Das müsste er sehen, ich stehe im Licht, oben in der Beletage. Als er einige Schritte in den Hof tut, steht er im Lichtschein eines Fensters. Er senkt den Kopf und geht grußlos. In die Beletage kommt er nicht, „he is not authorized". Er darf es nicht.

Ich lehne mich an den Kachelofen, spüre seine matte Wärme, neige Nacken und Kopf gegen den gewölbten Kachelfries. Er schmiegt sich in die Beuge am Hals, ich schließe die Augen, spüre die Wärme.

Erst gegen Morgen war ich in meinem Bett eingeschlafen, jetzt bin ich erschöpft. Die Haustür im Finnenhaus weiß ich fest verschlossen, und trotzdem kommt die Unruhe der letzten Nacht zurück. Kurz nach dem Einschlafen schreckte ich hoch, glaubte ein Geräusch draußen gehört zu haben. Einen Nachklang hörte ich, einem leichten Stoß ähnlich, als ich erwachte. Ich versuchte mir vorzustellen, was das Geräusch verursacht haben könnte. Es klang, wie wenn jemand mit der Hand gegen die Holzwand des Hauses geschlagen hätte, ganz leicht und kurz. Es war warm unter meinem Federbett, ich rieb meine Füße gegen den Ziegelstein. Das Handtuch, das ihn umschloss, weich. Es ist gut, abends den Ziegelstein unter das Federbett zu legen; bis in die Morgenstunden spendet mein Stein Wohligkeit. Ich zögerte aufzustehen, mochte das Bett nicht verlassen. Konzentriert hatte ich in die Nacht hinaus gehorcht. Nichts, kein Laut mehr.

Als die Unruhe mich nicht wieder einschlafen ließ, stand ich auf und ging zum Fenster. Eisige Stille draußen, klirrende Stille. Das Geräusch, dieser leichte Stoß, hatte sich in meinem Kopf festgesetzt, klang nach, hatte bald dumpfere, bald hellere Töne, aber es kam immer wieder zurück. Ich stellte mir vor, dass jemand um das Haus gegangen wäre, mit der Hand gegen die hölzerne Hauswand schlug, unter dem Fenster stand und darauf wartete, gehört zu werden. Die Eisblumen am Fenster schützten mich vor Blicken in dieser Nacht.

Jetzt, hier am Morgen in der Villa, fühle ich mich geschwächt, so sehr, dass ich mich setzen muss. Ich möchte den warmen Ofen nicht verlassen und ziehe meinen Schreibtisch vom Fenster weg, hin zum warmen Ofen. Ich setze mich, schließe die Augen und berge mein Gesicht in den Händen. Meinen Engländer habe ich nicht kommen hören. Als er neben mir steht, spüre ich seine Nähe und ganz schwach seine Berührung. Er beugt sich vor, schaut mir ins Gesicht und ich ahne sein Mitgefühl.

„Krank?", fragt er mit diesem einen Wort. Und ich fühle seine flüchtige Berührung auf meiner Stirn.

Ich nicke, vielleicht habe ich auch den Kopf geschüttelt, ich weiß es nicht. Ich sehe sein Namensschild auf der Uniformjacke, streiche darüber. Ich weiß nicht, warum ich das tue, er ist *mein* Engländer. Ich brauche seinen Namen nicht, er ist mein Engländer.

Sehr plötzlich richtet er sich auf. Ich erschrecke, ziehe meine Hand zurück von seinem Namensschild und von ihm. Hastig legt er einige Zeitungen auf meinen Tisch, förmlich und aufgerichtet weist er mit der Hand auf den kleinen Stapel und geht aus dem Raum. Ich höre die Haustür der Villa zuschlagen, wehre mich gegen ein mattes Gefühl in mir, das vielleicht Enttäuschung ist, vielleicht auch der Wunsch nach Nähe.

Irgendwann beginne ich mit der Arbeit, irgendwann gehe ich zurück durch die schneidende Kälte in meine Wohnung. Und irgendwann hat meine maßlose Müdigkeit mich mitgenommen in einen traumlosen Schlaf, der bis zum Morgen dauert.

In der Nacht hat es geschneit. Durch das freie Stückchen Glas in der Scheibe schaue ich auf das weiße Dach des Hauses gegenüber. Ich fühle mich frischer, ausgeruhter. Für Minuten vergesse ich die Kälte in meinem Schlafzimmer und schaue auf die eisige Schönheit der glitzernden Blumenränder an der Scheibe. Zart ranken sie vom Holzrahmen in das Glas hinein, kunstvoll zart gegen das frühe Morgenlicht. Gegenüber das weiße Dach.

Als ich die Holztreppe vorsichtig hinabsteige, um das Knarren der Stufen zu vermeiden, steht Frau Neubert hinter der Haustür. Sie hält die Gardine, die vor Blicken von außen durch die kleinen Glasfenster oberhalb der Haustür schützen soll, zur Seite, dreht sich zu mir, und es klingt fast atemlos, als sie sagt: „Es ist jemand um das Haus gegangen in der Nacht."

Es ist jemand um das Haus gegangen in der Nacht.

Sie öffnet die Tür, ich sehe Fußtritte im Schnee, die kleine Treppe vor der Haustür hinab, drei Stufen nur, den kurzen Gehweg im Vorgarten entlang, hinaus auf die Straße.

„Da ist mein Mann gelaufen, heute Morgen zur Arbeit", sie ist hörbar erregt, weist mit dem Finger auf die Spur im Schnee, und ich erkenne jetzt, dass abseits des Weges eine weitere Spur auf das Haus zu führt, vor der Treppe abbiegt, hinein in den Weg, der um das Haus herumführt, an der Hauswand entlang. Vor der Hausecke wenden die Fußtritte, die Spur führt zurück, an der Treppe vorbei, seitlich des Weges hinaus auf die Straße.

„Er ist nur bis zur Hausecke gegangen", höre ich mich sagen und fühle, wie die Angst der vorigen Nacht pochend durch meinen Körper fährt. Ich sehe die Tritte, sehe sie abseits des Weges im Schnee, so als traue sich der Mann nicht, auf dem Weg zu gehen. Und zu der brennenden Angst kommt das Gefühl einer unruhigen Erwartung.

„Sie haben ‚er' gesagt …", Frau Neubert zerrt an meinem Mantel: „Haben Sie 'was gesehen?"

„Es sind große Schuhe, sehr große Schuhe", antworte ich.

*Ich halte die Luft an, lasse sie
langsam wieder heraus und werde
mir meines angestrengten Versuchs
bewusst, Gedanken zurückzudrängen, die ich nicht denken möchte.*

A m Abend gehe ich hinüber zu Helga.
„Der Winter ist hart", sagt Helga, so wie sie oft Selbst-
verständliches sagt, einfach so Dinge sagt, die es nicht wert
sind, gesagt zu werden. Auch ich weiß, wie die Welt draußen in Kälte erstickt, ich habe die Menschen am Bahnhof gesehen. Aber ich friere nicht in der Villa. Hier friere
ich. Das weiß sie auch. Erwartet sie, dass ich mich dafür
schäme? Ich bringe ihr Essen, angefrorenes Essen. Sie kann
es auftauen, sie sollte Feuer machen im Küchenherd und
es auftauen. Meine Ungeduld, meine Unruhe sucht ihren
Weg und ich kann nur heftig ein „Na und?" hervorbringen.
    Erstaunt sieht sie mich an: „Ich meine nur. Draußen er-
frieren viele. Es soll jemand im Laufen erfroren sein."
    Ich hatte Helga fragen wollen, ob sie Fußspuren auch auf
dem Weg um ihre Haushälfte gesehen habe. Ich vermeide
es, verlasse sie und ihre kalte Wohnung, fache in meinem
Herd ein Feuer an, wärme meinen Stein und lege mich unter das Federbett. ‚Es soll jemand im Laufen erfroren sein.'
Das kann es nicht geben. Er muss gefallen sein, still gelegen haben, sich nicht aufgerichtet haben. Dann erst kann
man erfrieren. Er muss das Atmen vergessen haben. Ich
halte die Luft an, lasse sie langsam wieder heraus und werde mir meines angestrengten Versuchs bewusst, Gedanken zurückzudrängen, die ich nicht denken möchte. Die

Fußtritte im Schnee am Rande des Gehwegs, das Klopfen an der Hauswand. Ich will den Namen nicht denken und doch ahne ich ihn.

Am nächsten Tag ist mein Engländer mit meiner blauen Tasche in den Keller der Villa gegangen. Er hat sie mit Brennholz gefüllt und auf meinen Schreibtisch gestellt. Heute sollte ich früher gehen, die Engländer würden nach Kiel fahren, es gäbe dort eine Besprechung.

Er lächelt, als er sagt: „Surprise, Margot." Es klingt wie ,Verehrung, Margot'.

Das Wort legt einen feinen Schleier um das, was geschehen war in den letzten Nächten, schützt mich für diesen Augenblick, grenzt meine Angst aus, wärmt mich. Als er mir in meinen Mantel hilft, legt er für einen kurzen Moment und kaum fühlbar seine Hände auf meine Schultern. Sein Kopf neigt sich und ich spüre seinen Atem an meinem Ohr, als er sagt: „Surprise, Margot."

Mit dem Brennholz werde ich die Küche für einige Zeit wärmen können. Der Gurt meiner Tasche schnürt in die Schulter, selbst durch die Mantelstoffe. Ich versuche mich an seinen Atem und seine Worte zu erinnern. Als ich mein Finnenhaus erreiche, erinnere ich seine Worte; seinen Atem kann ich nicht mehr fühlen.

Zwei Holzscheite lege ich in den Ofen, das müsste reichen. Die anderen lege ich unter den Ofen, sie werden dort trocknen und später gute Wärme geben. Ich bemerke, die blaue Tasche ist nicht leer, obwohl ich die Holzscheite herausgenommen habe. Ich greife hinein, halte eine kleine Glasflasche in der Hand, so wie ich sie in dem Laden für die Engländer in Kiel gesehen hatte. Mein Engländer hat mir eine Flasche Nagellack auf den Boden der Tasche gelegt. Seine Überraschung, ein roter Nagellack aus dem Geschäft für die Engländer.

Ich hole den Koffer unter dem Sofa hervor und lege ihn auf den Küchentisch. Es ist noch hell, ich werde heute die Zeitungsausschnitte lesen, sie auf dem Küchentisch ausbreiten. Ich bin entschlossen, mir den feinen, schützenden Schleier zu erhalten, den ich aus der Villa mitgebracht habe. Ich will wieder und wieder denken, dass alles gut ist, wie es gekommen ist. Trotzdem gut ist. Heute bleibt noch Zeit genug für mich. Ich werde in den Zeitungsartikeln noch einmal lesen, wen sie verhaftet haben, die Namen, die ich kenne, Menschen, die ich gesehen habe, sogar mit ihnen gesprochen habe, damals in Hadamar und in Berlin. Und ich werde das Gefühl auskosten, dass ich Margot Wichmann bin, die niemals in Berlin war und die Hadamar nicht kennt. Die keine Erinnerung an den Handschuh hat und an das kranke Gesicht, das er fallen ließ, als es lächelte.

Ich schließe meine Wohnungstür ab an diesem späten Nachmittag, der mir gehören soll. Niemand soll hier eindringen, nicht Helga, nicht Frau Neubert. Den Nagellack lege ich in die Stofftasche im Kofferdeckel, lege ihn zu dem Lippenstift, den ich aus Berlin mitgenommen hatte. Ich habe ihn seitdem nicht mehr gebraucht. Es ist nicht die Zeit dafür und es ist nicht der Ort, hier in der Siedlung. Auch die Villa ist nicht der Ort, ich bin die Deutsche, die bei den Engländern arbeitet. Und mein Engländer hat mir den Nagellack geschenkt. Für ihn könnte ich Lippenstift tragen, die Nägel an den Fingern lackieren. Für die anderen Engländer nicht. Für die anderen bin ich die Deutsche, für ihn bin ich Margot. Ich ziehe den kleinen Zettel aus der Stofftasche des Kofferdeckels. „With admiration", ich lese und spreche diese zwei Worte, es tut wohl. Er hatte den Zettel in die Walze der Schreibmaschine gedreht und darauf geschrieben. Für mich hatte er die Worte geschrieben. Ich fühle mich gut; meine Gedanken machen, dass ich mich gutfühle hier in meiner warmen Küche.

Es beginnt zu dämmern, als ich die Zeitungsausschnitte zurück in den Koffer lege. Den Haarzopf wickle ich aus, lege ihn in meine Hand. Wenn ich die Augen schließe und über den Zopf streiche, taste ich das geflochtene, kräftige Haarmuster. Die Enden geschnitten, an einer Seite stumpf, dort, wo die Schere das Haar vom Kopf getrennt hat. Ein Band hält es zusammen. Zart läuft das Haar an der anderen Seite aus, eine kleine Schleife am Ende des dünner werdenden Zopfes. Das feine Ende berühre ich am liebsten, es ist, als ob es kein Ende gäbe, wenn ich die Augen schließe. Dieser Haarzopf in meiner Hand gibt mir Ruhe, die ich auskoste, die meine Gedanken flüchtig in die Winkel meines jetzigen Lebens gleiten lässt, ohne Fragen aufzuwerfen. Es scheint mir, als beantworte der Zopf in meiner Hand Fragen, die ich nicht stellen mag. Er macht mich still und ruhig.

Irgendwann öffne ich die Augen wieder. Draußen ist es inzwischen dunkel geworden, lange muss ich mit dem Haarzopf in der Hand am Küchentisch gesessen haben. Der Schnee leuchtet, scharf grenzen sich die dünnen Stämmchen der Gartenbäume ab, stehen aufrecht in schwarzem Kontrast zum leuchtenden Weiß. Es ist, als gäbe es eine eigene Welt dort draußen. Keine, die von der Dämmerung eingeschlossen ist, sondern die leuchtend existiert in diesem dämmernden Licht, selbstständig, sichtbar und unabhängig draußen vor dem Fenster.

Ich mag diese Stunden zwischen Tag und Nacht, ich mag, wenn sich alles verbindet in einem dämmernden Grau. Jedoch dieses Licht draußen ist hell. Die kleinen Obstbäume, die im Sommer noch keine Früchte trugen, beginnen sich zu bewegen, je länger ich nach draußen schaue. Sie haben keine Wurzeln, sie bewegen sich im Schnee. Deshalb brachten sie keine Früchte. Der Gedanke stört mich, und ich muss wieder und wieder hinsehen.

Irgendwann trenne ich mich von der Welt draußen, ich drehe den Lichtschalter. Die leuchtende Welt draußen verlischt. Das gelbe Licht der Lampe über dem Küchentisch färbt in einem kleinen Kegel den Schnee draußen gelblich. Die Bäume sehe ich nicht mehr. Jetzt ist die Welt wieder hier, hier in meiner Küche, hier am warmen Herd. Ich werde in meinem Buch lesen, das ich aus der Villa mitgenommen habe. Mein Stein wird heute viel Wärme speichern, ich werde mich nahe an den Ofen setzen und lesen. Es ist gut, wie es ist.

Schwer kann ich mich von dem Blick aus dem Türfenster trennen. Schließlich steige ich die schmale Treppe hoch in meine Wohnung – mit der Gewissheit, später noch einmal aus dem kleinen Fenster der Haustür schauen zu wollen.

Es wird einen deutschen Polizisten geben hier im Dorf. Ich übersetze es aus den Berichten vom Vortag. Die Engländer haben es beschlossen, gestern in Kiel während ihrer Besprechung. Ich übersetze und ich frage mich, wer das sein könnte, wer Polizist sein könnte hier im Dorf. Überall verhaften sie, bringen nach Neuengamme vielleicht und anderswohin. Die, die zurückkommen, erzählen von Lagern, von Internierung und Haft. Polizei heißt Macht, heißt Willkür. Jeder weiß das. Jeder Deutsche. ‚Abgeholt werden' ist das Schreckenswort. „Beim Holzhacken im Hof, einfach abgeholt. Nach dem Kirchgang. Weg. Im Sonntagsanzug weg!", habe ich gehört unten im Dorf. Wohin? Niemand weiß es. „Es ist wie früher", sagen die Leute. Ich höre das, aber ich kenne das nicht, habe das nicht erlebt in Berlin. Ich war sicher in Berlin. Und noch ehe der Gedanke an Berlin konkret zu werden beginnt, sage ich mir, dass ich auch jetzt sicher bin. Nur anders, denn jetzt bin ich Margot Wichmann.

Mein Engländer möchte wissen, ob ich jemanden kenne, der Polizist in Flintbek sein könnte. „Ihr Deutschen sollt für euch verantwortlich sein. Wir kontrollieren", erklärt er mir, und ich kann sehen, dass ihm der Gedanke gefällt.

Er hat ‚ihr Deutschen‘ gesagt. Zu mir hat er das gesagt, auch zu mir. Ich bin eine ‚Deutsche‘.

Ich versuche, mich an den Gedanken zu klammern, dass er es ganz allgemein gemeint haben könnte, mich nicht damit meinte. Aber ich finde keine Reaktion, die mich Margot sein lässt. Er schaut mich an und sein Gedanke gefällt ihm. Ihr Deutschen. Auch ich. Enttäuschung und Wut steigen in mir hoch. Ich will nicht mit ihm über deutsche Polizisten sprechen, will damit nichts zu tun haben. Ich schaue ihn an und schaffe es kaum, meine Enttäuschung zurückzuhalten. Er merkt nicht, dass er mich verletzt hat, mich eine Deutsche genannt hat, eine Deutsche wie alle anderen, und mich damit verletzt hat. Hastig blättere ich in den Papieren auf dem Schreibtisch, zucke die Schultern und übersetze weiter. Das ist meine Arbeit. Mehr nicht. Das soll er wissen. Margot Wichmann will ihre Arbeit machen. Mehr nicht. Ich übersetze den Beschluss der Engländer, er wird morgen im Amt am Bahnhof in einem der Bilderrahmen hängen. Es wird einen Polizisten im Dorf geben.

Es ist spät, als ich mit den Übersetzungen fertig bin, und in mir bleibt eine Unruhe, die ich auch mit meiner Arbeit nicht betäuben kann. Diese Texte heute, diese Berichte aus den Sitzungen in Kiel, fügen Risse in meine Welt. Die Villa und mein Engländer, der ‚ihr Deutsche‘ sagt und mich damit meint. Meine Welt hat Risse bekommen. Ich fühle die Unruhe schmerzlich.

Die Deutschen sollen verantwortlich sein, verantwortlich für sich selbst.

Erschreckend eröffnet sich mir die Vorstellung, dass es eines Tages keine Villa mehr geben könnte, kein Brennholz, keinen Nagellack. Für sich selbst verantwortlich, hat er gesagt, irgendwann. Dann wird es keine Engländer mehr geben hier im Dorf. Die Besitzer dieser Villen werden wieder zurückziehen in ihre Häuser, dann werde ich sie nicht mehr betreten dürfen.

Als ich die Villa verlasse, fällt Schnee.

Es ist noch weit vor der Sperrstunde, doch mir begegnen nur wenige Menschen. Die eisige Kälte hält sie in ihren frostigen Häusern. In den Fenstern vereinzelt das gelbliche, warme Licht in den Räumen hinter der Scheibe. Obwohl ich zu genau weiß, dass es in den Häusern kalt ist, dass die Nacht Eisblumen auf die Fenster zeichnen wird, lasse ich mich auf das Trugbild von Wärme und Geborgenheit ein. Der Gedanke an das warme Licht in meiner Küche trägt mich hinein in eine weiche Schneehülle, die sich auf den Stoff meines Mantels setzt, dort liegen bleibt und mit mir geht. Es ist gut so, der Schnee lässt Geräusche draußen, nur das Knirschen meiner Schritte höre ich.

Irgendwann auf dem Weg durch das Dorf kommt mir ein Fahrzeug entgegen. Ich erschrecke, als ich im letzten Augenblick die Lichtkegel der Scheinwerfer wahrnehme, gehe hastig zur Seite. Mein Mantel ist weiß, ich schüttle den Schnee ab. Ich will zurück in mein Finnenhaus, will den Ofen in der Küche anheizen, den Mantel am Ofen trocknen, den Stein auf die Herdringe legen und nicht mehr denken.

Als ich die Wegbiegung meiner Straße erreiche, sehe ich dort, wo der Hausierer sein Fahrrad mit den Milchkannen im Gepäckträger abgestellt hatte, dort, wo der kurze Weg zum Haus vom Gehsteig abzweigt, etwas liegen. Dunkel zeichnet sich etwas Körpergroßes gegen den Schnee ab, feiner Schneestaub liegt darauf.

Ich verharre erschreckt.

Sollte es geschehen sein, was Helga erzählte? Dass jemand im Laufen erfroren ist? Hier vor meiner Haustür im Laufen erfroren? Sollte er …?

Ich gehe vorsichtig näher, erkenne, ohne Erleichterung zu spüren, dass es ein Seesack ist, einer, wie die Soldaten ihn mit sich tragen. Der auf ihn gestäubte Schnee ist jung, nur ein Hauch fast. Lange kann der Seesack dort nicht gelegen haben. Ich schaue mich um, schaue die Straße entlang und taste währenddessen nach dem Haustürschlüssel, den ich in der Manteltasche weiß. Niemanden sehe ich, die stille, gerade Straße vor mir; in einigen Häusern brennt Licht. Eilig haste ich an dem Seesack vorbei, im Vorbeilaufen erschreckt mich der Eindruck, er habe sich bewegt. Als ich im Flur stehe, durch die kleine Fenstergardine der Haustür schaue, liegt der dunkle Hügel unverändert.

Erst jetzt bemerke ich, dass es nicht mehr schneit. Die Wohnung der Neuberts ist dunkel und ruhig. Schwer kann ich mich von dem Blick aus dem Türfenster trennen. Schließlich steige ich die schmale Treppe hoch in meine Wohnung – mit der Gewissheit, später noch einmal aus dem kleinen Fenster der Haustür schauen zu müssen. Ich schüre mein Feuer im Küchenofen, hänge meinen nassen Mantel in Ofennähe. Doch es zwingt mich zum Türfenster. Vorsichtig das Knarren der Stufen vermeidend, gehe ich die Treppe hinab in den Flur. Die Stelle, an der der Seesack gelegen hatte, jetzt leer. Der Schnee zeigt mir seinen Abdruck dort, wo der Weg vom Haus in die Straße übergeht.

Groß wie ein Körper.

Mich sah er nicht.

Wolfgang Wichmann ist gekommen.
Frau Neubert hatte den Abdruck des Seesacks am anderen Morgen mit dem Schneeschieber beiseitegeschoben, ohne ihn zu bemerken. Sicher hatte der Neuschnee der vergangenen Nacht seine Konturen verwischt. Sie hätte den Abdruck bemerkt. Tage später hatte Wolfgang Wichmann in der Wohnung oben geklingelt, als die Neuberts nicht im Hause waren. An einem Sonntag, gegen Abend, es war schon dunkel.

Ich werde den Gedanken an Wolfgang Wichmann immer mit den kleinen Scheiben der Haustür und der Gardine verbinden müssen. Mit dem Blick durch die Glasscheiben, mit dem Blick durch die Gardine. Seinen Seesack sah ich durch die feinen Fäden des Gardinentülls, den Frau Neubert, lange bevor ich eingezogen war, vor die Scheiben gehängt hatte. Und ich sah den Abdruck des Seesacks am Übergang des Weges zur Straße durch diese Fäden. Und sein Gesicht. Den Kopf nach vorn geneigt, die Augen auf die kleinen Scheibenfenster gerichtet.

„Margot", sagte er, und ich konnte nicht hören, ob es eine Frage war. In seinem Mund las ich das Wort: „Margot." Ich war sicher, dieser Wolfgang sah mich hinter der Gardine. Sein Gesicht jetzt nah an der Scheibe, er musste sich draußen auf die obere Stufe der Treppe gestellt haben.

Ich weiß nicht, wie viel Zeit verstrich, aber ich spürte, wie mein Blut vergaß zu pulsieren, wie es stillstand in meinen Adern, mich zwang, unbeweglich hinter der Scheibe zu bleiben. Ich weiß nicht, was ich fühlte in dem Augenblick, als ich das Wort ,Margot' sah. Vielleicht fühlte ich nichts, aber ich sah, wie er langsam seinen Kopf hob. Eine Mütze sah ich, von einem Schal gehalten, umwickelt vom Schal wie mit einem groben Verband. Und darin das Gesicht. Augen, groß und unerbittlich, Lippen, die ,Margot' sagten. Der weiße Gardinenstoff hielt das Gesicht milde draußen vor der Tür.

Dann öffnete ich die Haustür.

„Margot, es ist sehr kalt hier draußen", hatte ich ihn lauter sagen hören.

Vielleicht war es eine Bitte, vielleicht forderte er es auch. Seine Schritte hörte ich hinter mir, als ich die Treppe zur Wohnung hochstieg. Und das schleppende Geräusch des Seesacks, den er Stufe für Stufe hochzerrte.

Ich schloss die Wohnungstür hinter ihm, drehte den Schlüssel.

Er lachte leise, als er das bemerkte, doch seine Augen lachten nicht. Ohne Regung schaute er sich um. Er füllte das Zimmer aus, als er dort stand, ohne Regung mitten im Raum stand.

Ich war zur Seite getreten, hatte die Zimmerecke an der Schlafzimmertür gesucht. Dort fühlte ich mich sicherer, dort war es dunkler, die große Lampe über dem Tisch warf einen Lichtkegel auf seine Stiefel. Hohe Stiefel, die Stiefel der deutschen Soldaten. Der Lichtkegel berührte meine Schuhe an der Spitze; ich trat weiter zurück, tiefer hinein in den Schatten.

„Dann", hörte ich ihn sagen, und das Wort schwang im Raum.

„Dann", wiederholte er und begann, seinen Mantel aufzuknöpfen. Es fiel ihm schwer, seine Finger gehorchten ihm nicht. Schließlich gelang es ihm, er legte den Mantel über einen der Stühle, wickelte Schal und Mütze vom Kopf und warf sie auf den Mantel. Sein dunkles Haar verklebt unter Mütze und Schal, ungeschnitten. Schwer setzte er sich auf den freien Stuhl. Groß saß er auf diesem Stuhl, saß, schaute sich um. Er schien mich nicht zu beachten. Dennoch registrierte er genau, so schien es mir, was er sah. Das Bild, meine Ophelia, den Schrank mit dem Brandfleck von der Sammelstelle in Kiel, den Ofen.

Mich sah er nicht.

Ich folgte seinem Blick hin zum Sofa. Die Fransen versteckten den Koffer. Ich spürte für kleine Sekunden Unruhe. Unter dem Sofa, hinter den Fransen, der Haarzopf seiner Frau. Er müsste das Haar spüren, jetzt, wenn es so nah war.

Doch er zeigte keine Regung, musterte, registrierte, betrachtete. Als er sich noch einmal zu meiner Ophelia wandte, konnte ich sein Gesicht sehen. Müde war es, sehr müde, Gesichtsfalten zeichneten im Lampenlicht tiefe, harte Schatten. Die Augen in dunklen Höhlen. Die Augenlider bewegten sich langsam wie bei einem Menschen, der in den Schlaf fallen will, die Lippen angespannt geschlossen. Schmerzhaft müde schien sein Kopf jetzt zu schwanken auf dem großen Rumpf, als er sich plötzlich unvermittelt im Sitzen aufrichtete, danach sich nach unten beugte und seine Stiefel von den Füßen schob, sie unter den Stuhl stellte, auf dem der Mantel lag, und aufstand. Die große Gestalt schien zu wanken, als sei ihm ein Schwindel in den Körper gefahren.

„Margot", sagte er wie zu sich selbst, als er in das Dunkel der geöffneten Schlafzimmertür lächelte. Mechanisch fast, schlafwandlerisch ging er an mir vorbei in das Zimmer hinein, drehte den Lichtschalter. Er suchte den Schalter nicht, bewegte sich, als sei ihm dies alles hier bekannt.

Ich verharrte in der dunklen Zimmerecke in dem unbändigen Wunsch, nicht sichtbar zu sein, wartete aufgeschreckt, erwartete ihn wieder heraustretend. Aber ich hörte im Zimmer stattdessen das Quietschen der metallenen

Bettfedern, dann Stille. Er hatte sich auf mein Bett gelegt. Als ich nach einigem Warten vorsichtig in das Zimmer hineinschaute, sah ich mein Federbett auf den Fußbodendielen liegen. Er hatte es vom Bett genommen, auf den Boden gelegt. Ich hörte seinen rauen, regelmäßigen Atem, hob mein Federbett auf und trug es auf das Sofa im Wohnzimmer. Die Wolldecke legte ich über ihn und gab ihm meinen warmen Stein für diese Nacht.

Ich liege lange wach in dieser Nacht, meine Gedanken kreisen. Er muss es doch bemerkt haben! Margots Namen hatte er gesagt, aber er hatte vermieden, mich anzusehen. Kann es sein, dass er nicht hinschaute? Dass seine Müdigkeit ihm die Möglichkeit nahm zu sehen, dass ich nicht die Margot bin, die er kennt? Wie ein Schlafwandler war er, ohne zu wissen, dass im anderen Zimmer ein Bett steht, hineingegangen in meinen Schlafraum und hatte sich auf das Bett gelegt. Der Gedanke, dass er während meiner Abwesenheit hier in meiner Wohnung gewesen sein könnte, ängstigte mich zutiefst. Woher weiß er, dass in diesem Zimmer mein Bett steht? Woher weiß er, wo der Lichtschalter angebracht ist?

Ich finde keine Antworten auf meine Fragen. Nur eines weiß ich: Ich muss den Koffer verstecken. Er kann nicht hier unter dem Sofa bleiben, wenn auch die Fransen ihn verbergen. Es braucht nur etwas unter das Sofa zu fallen, dann könnte er suchen und den Koffer ertasten. Vielleicht würde er am Sofa rücken, es an einen anderen Platz schieben. Ich muss meinen Koffer an einen sicheren Ort bringen.

Und mehr noch als die Sorge um meinen Koffer erschreckt mich, dass Wolfgang Wichmann da ist, hier in meiner Wohnung ist. Ich sehe ihn das Sofa rücken, sehe ihn Verlorengegangenes unter dem Sofa suchen. Die Unruhe lässt mich nicht schlafen, ich setze mich aufrecht hin, schiebe mein Federbett zur Seite und stelle meine Füße vor die Fransen, hinter denen der Koffer liegt.

Er schläft fest, ich warte und höre auf seine tiefen Atemzüge. Ich taste nach dem Koffergriff, ziehe ihn langsam und so leise wie möglich hervor. Draußen im Flur stelle ich die Leiter zum Boden auf, die an der rückseitigen Wand als Ersatz für eine Bodentreppe lehnt. Ich öffne die Bodenluke, sie gibt ein schnarrendes Geräusch, sie sperrt und ist schwer zu bewegen. Ich werde hören, sollte jemand auf den Boden gehen. Das gibt mir die Gewissheit, ein sicheres Versteck gewählt zu haben, jedenfalls vorerst. Den Koffer schiebe ich ein Stück über die Holzbretter in den Boden hinein. Der Lichtschalter ist an dem Dachbalken gleich neben der Luke montiert, ich drehe ihn, noch während ich auf den Stufen der Leiter stehe. Unter alten Säcken, hinter einem kleinen Nachtschrank, den jemand irgendwann auf dem Boden abgestellt hat, glaube ich meinen Koffer sicher. Ich vergewissere mich, von der Luke aus ist er nicht zu sehen.

Ich horche durch die Luke in den dunklen Flur. Ein Geräusch? Vielleicht höre ich seinen müden Atem, es rauscht in meinem Ohr. Er könnte aufwachen, könnte den Lichtschein vom Boden im Flur sehen. Noch ein Blick hinein in die Ecke an der Giebelseite mit dem beschädigten Nachtschrank, zu meinem Koffer dahinter. Die kleine Tür hängt durch zu einer Seite, ein Schlüssel steckt in der Tür, nutzlos, er kann nicht mehr schließen. Den Griff der Schublade gibt es nicht mehr. Im matten Lichtschein der Glühbirne sehe ich meine Vorsicht. Kein Abdruck meiner Finger im Staub auf dem Holz des Nachttisches kann mich verraten, kann meinen Koffer verraten.

Und noch ehe mir der Grund meiner Unruhe bewusst wird, beginnt mein Herz schneller zu schlagen: Hier oben hatte das Radio gestanden, der Volksempfänger der Familie P. Vielleicht hatte es auf diesem Nachttisch gestanden, als Familie P den Feindsender hörte. Ich höre mein Herz, höre es in meinem Kopf, es schlägt den hämmernden Rhythmus, der *Radio London* ankündigte, die Nachrichten des Feindsenders. Sie werden hier oben auf den Dielenbrettern gehockt haben, der Wahrheit wegen.

Hastig verlasse ich den Boden.

Die Leiter liegt angelehnt unter der Dachschräge im Flur, die Luke ist geschlossen. Und ich beruhige mich mit der Gewissheit, dass die Neuberts diesen Dachboden meiden werden. Sie werden sich nicht erinnern wollen, jetzt nicht mehr, in den Friedenszeiten nicht mehr. Und sie werden nicht auf den Boden gehen, weil sie wissen, dass ich sein Geheimnis kenne.

Ich höre seinen Atem im Zimmer nebenan. Mein Bett habe ich ihm gelassen, er schläft in meinem Bett, unter meiner Wolldecke. Meinen Stein habe ich an seine Füße gelegt.

Was wird er tun, wenn er meinen Stein an seinen Füßen spürt? Meine Wolldecke über seinem Körper? Wenn er merkt, dass er sich geirrt hat, wenn er sieht, dass ich nicht *seine* Margot bin?

Gegen Morgen wache ich sehr früh auf, spüre die Fragen der Nacht in mir, schleiche leise über die Treppe aus dem Haus, viel zu früh für den Weg in die Villa und unfähig, Gedanken über das, was sich ereignet hat, und das, was werden könnte, zu Ende zu denken.

Als ich am Abend zurück in mein Finnenhaus gehe, bin ich nicht sicher, ob die Anspannung, die ich fühle, die Angst vor der Aufdeckung der Wahrheit ist oder die Angst davor, dass er wieder fort sein könnte.

Ich werde mitspielen in diesem Spiel, dessen Ball mir Wolfgang Wichmann zugespielt hat und den ich aufgenommen habe, dessen Spielregeln ich nicht kenne.

Als ich den schmalen Aufgang zur Treppe betrete, sehe ich seinen Uniformmantel über dem Treppengeländer hängen, oben im kleinen Flur gleich neben der Leiter zum Boden. Ich höre ihn in der Wohnung, steige langsam Stufe für Stufe die Treppe hoch. Die knarrende Stufe in der Mitte der Treppe vermeide ich, ich setze mich darunter, es ist die Stufe mit den Blutflecken. Ich habe sie nicht herauswaschen können, damals, als ich meinen Finger an dem Bettgestell verletzte. Das Blut war in das raue Holz gesickert, noch bevor ich es mit einem Lappen ausreiben konnte. Jetzt decke ich die Flecken mit dem Saum meines Mantels zu, ich will sie nicht sehen.

Wolfgang Wichmann ist geblieben, er ist in der Wohnung, in meiner Wohnung. Ich folge seinen Geräuschen, er ist wirklich geblieben. Ein schmaler, blasser Lichtspalt kommt durch die Tür an den Stellen, an denen sie nicht fest schließt. Er hat Licht in der Wohnstube angeschaltet. Mich streift kurz und heftig der Gedanke an den Koffer unter dem Sofa, und erleichtert erinnere ich mich, den Koffer noch in der vergangenen Nacht auf den Boden getragen zu haben.

Er wird mich nicht gleich sehen können, sollte er die Wohnungstür öffnen; hier unten fällt kaum Licht auf die schmale Treppe, ich sitze im Dunkeln, im Lichtschatten.

Die Deckenleuchte wirft ihr mattes Licht in den oberen Flur, auf die Bodenleiter und die Wohnungstür.

Über mir hängt der Uniformmantel auf dem Geländer. Durch die Geländerstäbe sehe ich seine Rückseite, ich erkenne die doppelte Falte, die aufbeult bei jedem Schritt. Eigentlich halten Knöpfe die Falte zusammen, sie sind nicht mehr da; jetzt wird der Mantel bei jedem Schritt aufspringen. Die Naht darüber aufgerissen. Auch der Saum ist ausgerissen an einigen Stellen, Fäden hängen heraus. Das Oberteil neigt sich mir zu, die Ärmel fallen seitlich herab und ich erkenne die ursprüngliche Farbe der Uniform dort, wo die Ärmel am Mantel anliegen, wo sie nicht verblichen ist. Ich erkenne das Blau der Luftwaffe, das fast ein Grau ist. Das Grau der Tauben. Die Spiegel am Kragen abgerissen, auch die Schulterklappen. Die Fäden sind sorgsam herausgetrennt, dennoch haben sich Spuren im Stoff abgebildet, grobe Spuren, einige Löcher sogar. Jemand muss die Schulterklappen mit Gewalt, mit Wut abgerissen haben.

Kopf und Rücken lehne ich an die Wand, die die beiden Haushälften trennt. Auf der anderen Seite des Hauses ist es still, ich kann Helga nicht hören, auch die Kinder nicht. Über mir der Mantel, seine Arme hängen herab, als suchten sie Halt.

„Umgefallen, im Laufen erfroren", hatte Helga gesagt.

Ich muss an ihren Satz denken und daran, dass Soldaten nach hinten fallen. Der große Mantel ein gefallener Soldat, nach hinten gekippt, eingeknickt. Hilflose Arme. Sie fallen mir entgegen hier auf der Treppe.

Oben in meiner Wohnung höre ich seine Schritte auf dem Holzboden. Die Dielen knarren, die Schritte sind milde hörbar; er wird seine Stiefel ausgezogen haben. Er wird mit seinen Strümpfen über die Dielen gehen. Ich habe noch keinen Teppich.

Jetzt geht er in die kleine Küche, ich höre es deutlich, die beiden Dielenbretter vor der Schwelle zur Küche geben ihren ächzenden Laut. Ich vermeide es, auf diese Dielenbretter zu treten, ich trete über beide Bretter hinweg, ich mag das Geräusch nicht, es klingt wie eine Klage. Er tritt auf die Bretter, er kennt das Geräusch nicht. Das metallene Klappen der Ofentür ist zu hören. Er wird den Küchenofen angeheizt haben. Es wird warm sein in der Küche.

Jetzt ist es still.

Wahrscheinlich steht er am Küchenfenster und schaut in den Garten. Wenn er das Licht in der Küche angeschaltet hat, sieht er den Schnee gelblich schimmern im Hof. Oder er sitzt am Küchentisch. Wartet er? Worauf wartet er? Es bleibt still oben in der Wohnung.

Meine Unruhe kommt zurück, je länger ich seinem Tun in meiner Wohnung folge. Dieser Mann besetzt meine Wohnung, als wäre es seine. Meine Wohnung? Seine? Er heizt den Küchenofen. Was wird er mit dem Stein gemacht haben, den ich ihm gestern in der Nacht an die Füße gelegt habe? Meine unbeantworteten Fragen der vergangenen Nacht, des vergangenen Tages schlagen über mir zusammen. Ich muss hineingehen in die Wohnung und sagen: „Ich bin nicht die, die Sie zu sehen glauben, Herr Wichmann."

Aber dann wäre ich nicht mehr Margot Wichmann.

Ich wäre wieder die, die in der Tiergartenstraße gearbeitet hat, die den Arzt nach Hadamar begleitet hat. Ich wäre eine Zeugin in Nürnberg oder Wiesbaden, wenn sein Name in der Zeitung stünde. Und vielleicht eine Täterin. In Hadamar habe ich das Gesicht gesehen und die jungen Hände, die darin rieben. Und seinen Handschuh, der das lächelnde Gesicht fallen ließ. Mein Engländer wird erfahren, wer ich wirklich bin, und er wird nicht mehr den Namen Margot sagen. Und sie werden mich nach Neuengamme bringen. „Abgeholt." Das Schreckenswort wird auch für mich sein.

Mit jedem meiner lauten Herzschläge schießt ein neuer, entsetzlicher Gedanke durch mich. Wolfgang Wichmann wird mich entlarven. Was wird er tun? Was wird Wolfgang Wichmann tun, wenn ich ihm sage: „Ich bin nicht Ihre Frau." Er wird sagen: „Gut, dass Sie das aufklären. Ich habe es ohnehin gewusst." Und er wird sagen: „Ich möchte nicht wissen, wer Sie wirklich sind. Aber gehen Sie, denn dieses Haus steht mir zu." Und vielleicht wird er hinzufügen: „Wofür halten Sie mich? Das Haus gehört mir und meiner wirklichen Frau." Alles wäre umsonst gewesen, ich müsste das Haus verlassen wie die Familie P damals, hinausgejagt und gedemütigt.

Es kann nur so kommen. Aber am Abend zuvor hat er „Margot" zu mir gesagt, und ich habe gesehen, dass er dabei lächelte. Ich sah ein müdes Lächeln um seinen Mund gestern in der Nacht. Und er muss gemerkt haben, dass ich ihn mit meiner Wolldecke gewärmt habe.

Und doch weiß ich, dass es nicht sein kann, dass er in mir seine Frau sieht. Ich habe das Hochzeitsfoto, er kennt sie, er kennt ihre Gesichtszüge, er kennt ihren Körper, ihre Bewegungen, er muss den Klang ihrer Stimme kennen und ihn in meiner nicht hören können.

Meine Gedanken ermüden, langsam und stetig frieren sie ein, unsicher auf den Abgrund, über den ich muss, fixiert. Aber ich atme weiter. Ich erinnere mich daran, wie man atmet, ein und aus, konzentriere mich auf meinen Atem. Und ganz langsam entfernt sich die Wirklichkeit dieser Treppe, dieses Hauses.

Als ich von der Treppenstufe aufstehe, gibt es nur eine Welt außerhalb, die ich anschauen kann. Ich fühle mich nicht mehr, sehe mich aber auf die knarrenden Treppenstufen steigen und höre ihr Geräusch weit fort von mir.

Meine Stiefel stelle ich neben die Tür, es sind nicht meine. Sie stehen neben der Tür, als wäre eine Fremde gekommen. Nicht ich drücke die Klinke der Wohnungstür, und doch trete *ich* über die beiden klagenden Dielenbretter hinein in die Küche.

Wolfgang Wichmann sitzt am Küchentisch. Er schaut mir entgegen, er schaut mir ins Gesicht. Sein Gesicht schaut in mein Gesicht.

Ich setze mich auf den Küchenstuhl ihm gegenüber, ohne dass wir unsere Blicke lösen. Er nicht und ich nicht. Dann sagt er:

„Margot."

Sein Mund lächelt, seine Augen nicht.

Das Wort flimmert zwischen uns. Margot. Und mit dem Klang dieses Namens spüre ich, wie der Geruch der Küche, die Wärme im Ofen, die Wände, das Fenster, der Mann mir gegenüber zurückkommen in meine Wirklichkeit. Ich sehe den Mann vor mir, sehe sein Lächeln, höre den Namen. Es ist mein Name. Margot. Und ich lächle, lächle in sein Gesicht hinein.

Sein rechtes Augenlid flattert fast unmerklich, ich sehe es dennoch, und er legt seine Hand über das Lid, versucht ihm Ruhe zu geben. Sein freies Auge schaut zu mir, ich sehe für kurze Momente sein Erstaunen.

„Wolfgang", antworte ich und lege Sicherheit und Gewissheit in dieses Wort. „Wolfgang", wiederhole ich, sehe, wie er seine Hand vom Auge nimmt.

Es ist still in der kleinen Küche, ein feines Zischen im Feuer verbindet uns, wir hören es beide. Wir sehen uns an, schweigen und warten. Sein Auge flattert nicht mehr. Dann beugt er sich vor, reibt seine Hände auf den Schenkeln, so dass es ein warmes, dumpfes Geräusch gibt, zieht tief die Luft der Küche ein und sagt wie zur Bekräftigung:

„Wolfgang Wichmann ist wieder da."

Ich nicke und weiß, dass auch ich wieder da bin. Ich bin hier in diesem Finnenhaus, in dieser Wohnung. Und Wolfgang Wichmann ist da. Ich werde mitspielen in diesem Spiel, dessen Ball er mir zugeworfen hat und den ich aufgenommen habe, dessen Spielregeln ich nicht kenne. Noch nicht kenne. Aber ich fühle mich stark genug für dieses Spiel.

„Der Ofen heizt, das ist gut", beginne ich ein Gespräch.

„Den Stein habe ich auf die Ringe gelegt", er zeigt auf meinen Ziegelstein.

Wir sitzen uns gegenüber, ich kann keine Reaktion wahrnehmen an ihm. Mal schaut er auf mich, dann wieder zum Fenster hinaus in eine Welt, die nicht sichtbar ist. Nicht für mich, ich kenne seine Welt nicht. Ich weiß nicht mehr von ihm, als dass er ein Leutnant der Luftwaffe war im Krieg. Was er jetzt sein wird, weiß ich nicht. Ihn kenne ich nicht, wohl aber Margot. Aber diese Margot, die ich kenne, deren Leben ich mir erdacht habe, kann nicht die sein, die er kennt. Welche Margot erwartet er? Was habe ich Helga erzählt? Von schneller Kriegshochzeit hatte ich ihr erzählt. Liebe? Vielleicht, hatte ich gesagt. Auf meinen Zetteln steht Margots Leben geschrieben, das nicht das Leben seiner Margot sein kann. Das Leben, das auf den Zetteln steht, ist meinem Berliner Leben ähnlich, nur dass es in Kiel gelebt wurde und dass die Tiergartenstraße, die grauen Busse, dass all dies nicht vorkommt in diesem Leben. Liebe? Vielleicht. So habe ich zu Helga gesagt.

Meine Gedanken haben mich fortgetragen, sein Blick holt mich zurück. Ich spüre, wie seine Augen nach mir greifen, wie sie in meinem Gesicht herumgehen, über meine Haare fahren, an meinem Hals verweilen. Dann gleiten sie hinunter über Schulter und Brust, zögern an den Knöpfen meines Kleides, bleiben auf meinen Händen liegen. Ich fühle, dass ich den Blick ertragen kann. Meine Hände sind ruhig, sie zittern nicht.

„Ich habe gebadet", sein Satz klingt weich, sein Blick bleibt auf meinen Händen.

Er hat gebadet.

„Du warst im Keller?"

Es erstaunt mich nicht mehr, dass er im Keller war. Ich rieche jetzt den Duft von Kartoffeln und Möhren in der Küche.

„Du hast etwas gekocht."

Er steht auf, geht in das Wohnzimmer zum braunen Sofa und wickelt aus der Wolldecke den Kochtopf aus. Ich beobachte die Selbstverständlichkeiten: Er hat gekocht, er hat mich also erwartet, hat Margot Wichmann erwartet und für sie gekocht. Welche Margot er erwartet hat, weiß ich nicht. Ich bin hier in dieser Küche und gleich werden wir gemeinsam essen. Margot und Wolfgang.

„Es wird noch warm sein", sagt er, als er den Topf auf den Tisch stellt.

Ich hole die Teller aus der Wohnstube, das weiße Geschirr mit den blauen Mustern. Das Besteck nehme ich aus der Küchenschublade. Als ich den Topfdeckel aufnehme, kommt mir Dampf entgegen, und als der Blick in den Topf hinein frei wird, sehe ich zu Brei gestampfte Möhren und Kartoffeln. Dazwischen Speckstückchen, verlockend und saftig. Er sieht meinen Blick, ein Lächeln fliegt leicht über das Gesicht.

„In der Speisekammer waren die Marken, es gab Speck beim Schlachter." Nach kurzem Schweigen fügt er hinzu: „Zur Feier des Tages." Er schien sich diesen Zusatz überlegt zu haben, und eilig, so als wolle er verhindern, dass ich zu dieser Feststellung etwas sage, fügt er hinzu: „Sie waren in der Speisekammer, die Marken. Du hast sie immer in der Speisekammer aufbewahrt, in der Lützowstraße auch."

„Auch in einem Umschlag."

Ich sage es und beobachte ihn. Es hat nicht wie eine Frage geklungen, es hat geklungen wie eine gemeinsame Erinnerung.

„Manchmal auch in einer Schale", antwortet er und schaut mich an. Ohne Erstaunen und Verwunderung, so als sei diese gemeinsame Erinnerung eine gesicherte Realität.

So wird es gehen. Ich werde nicht fragen, ich werde etwas sagen, wenn etwas gesagt werden muss, und auf seine Reaktion warten. So wie eben, so wird es gehen. Eine Spielregel: Ich höre und sehe und erfahre, was Margot W. getan hat, wie sie ihr Leben mit Wolfgang Wichmann gelebt hat. Wie sie die Essensmarken verwahrt hat.

Ich fühle mich sicherer, wir werden gemeinsam essen. Ich sehe, wie er die Bestecke in die Hand nimmt, für Augenblicke wartend mich ansieht. Dann nickt er mir zu, aufmunternd fast – und mir ist sehr bewusst, dass ich zu Helga gehen muss, ich muss ihr sagen, dass Wolfgang Wichmann gekommen ist. Ich werde ihr sagen, dass er nicht über das Früher sprechen will. Nichts von Kiel, nichts vom Krieg will er mehr wissen. Sie soll nichts sagen, nichts fragen, gar nichts. Man wird sehen, wie es wird. Die Zeiten sind neu jetzt, man wird sehen. Das werde ich ihr sagen.

„Ich muss noch einmal zur Nachbarin gehen. Sie wartet auf Essen, ich bringe ihr Reste vom Engländer."

Ich sehe, dass er aufschaut. Und ich sehe, wie er innehält. Seine Gabel, sein Messer legt er in den Teller hinein.

„Reste vom Engländer", wiederholt er, aber ich höre einen bitteren Ton. Ich höre, dass der bittere Klang in seiner Stimme sich verstärkt, und stehe auf, um zu Helga zu gehen. Ich brauche Zeit, um zu begreifen.

„Was hat er im Krieg gemacht?", fragt Helga.

„Ich weiß es nicht, er ist gerade erst gekommen. Er wird erzählen. Dann sage ich es dir."

„Hat er Bomben auf England geworfen? Ich habe es in der Wochenschau gesehen, als wir noch ins Kino konnten. Schließlich arbeitest du jetzt beim Engländer." Es klingt wie ein Vorwurf. Hat Helga den Tiefflieger vergessen?

„Helga, ich weiß es nicht. Ich gehe wieder. Jetzt wo er da ist."

„Eigentlich müsstest du das wissen. Einige hatten auch geheime Aufgaben, davon habe ich gehört. Vielleicht hatte er geheime Aufgaben und will deshalb nichts …"

„Helga, ich muss wieder zurück." Ich unterbreche Helga, denn ich merke, wie ihre Fragen mir Unruhe machen. Ich weiß nichts von Wolfgang Wichmann. ‚Geheime Aufgaben.' Vielleicht redet er, ich will versuchen, etwas herauszubekommen.

Er redet. Ein wenig wenigstens. 1941 war er ‚gen Engeland' geflogen. So sagt er: „Gen Engeland. Kurze Zeit nur, dann im Osten. Meistens im Osten. Was Soldaten so machen. Das ist vorbei. Ich habe meinen Schein, da steht es drin. Nur kurz gegen England, dann gegen Osten. Ich habe gewusst, wem ich Fragen beantworte, dem Tommy! Da bin ich doch nicht gegen England geflogen. Ich habe den Schein." Und in den Sätzen schwingt Bitterkeit mit. „Schein", das Wort dehnt sich in seinem Mund. Aber ich höre auch den zynischen Ton des Siegers. Er reibt seine Handflächen auf den Schenkeln. Er hat seinen Entlassungsschein.

Plötzlich richtet er sich auf, mit seinen Händen streicht er über seine Brust, über das Hemd: „Da, du kannst es sehen, eine weiße Weste! Siehst du sie?" Er lacht hart. Ich sehe eine fleckige Uniformhose und ein Unterhemd. Oben am Rand des Hemdes dunkle Haare. Ich denke an den

Seesack, und mein Blick hängt an den Haaren, die über den Hemdausschnitt hinauswachsen.

Er bemerkt meinen Blick und ein kurzes Lächeln geht über sein Gesicht. Dann schnippt er mit den Fingerspitzen, legt seine Hände flach auf den Tisch.

„Waschtag war heute. Saubere Hände, sauberer Mann. Du hast freundliche Leute unten im Haus. Erst ich, dann die Wäsche. Sie schwimmt noch im Badewasser."

Er hat mit Neuberts gesprochen. Er war hier, den ganzen Tag hier im Haus, er hat gebadet, gewaschen, eingekauft, gekocht. Er hat mit Neuberts gesprochen, *seine* freundlichen Leute.

„Die Frau hat sich sehr gefreut", er nickt zu seinen Worten, als müsse er die Richtigkeit unterstreichen. „Sie muss schließlich wissen, wer ich bin", fügt er hinzu.

Er scheint auf meine Reaktion zu warten. Was soll ich sagen?

Als ich nicht antworte, setzt er fort: „Sie hat sich ehrlich gefreut. Sie hat mir gesagt, dass du das Bettgestell in den Keller tragen wolltest."

War das eine Anschuldigung? Warum sagt er das? War das ein Vorwurf?

Und in der Sprache der Neubert sagt er: „,Ich habe ihr gleich gesagt, wenn er kommt, dann …'" Sein Augenlid flattert, als er wiederholt: „Dann." Seine Stimme klingt tiefer jetzt, es ist wieder seine Stimme bei dem Wort ‚dann'. Sie bleibt im Raum hängen, schwingt zwischen uns. Dann. Ich spüre, dass er mit diesem Wort eine Zukunft meint. Dann.

Und noch etwas steckt in diesem kleinen Wort: Eine Frau wartet auf ihren Mann. Sie denkt an eine Zukunft, eine gemeinsame. Margot hätte warten müssen. Ich schaffte das Bettgestell in den Keller. Es hatte meinen Finger gequetscht, als ich es in den Keller trug. Margot hätte es in der Wohnung behalten müssen. Die Narbe auf dem Zeigefinger meiner rechten Hand wird mich erinnern. Aber ich habe an die kurze Geschichte geglaubt: Im Krieg geblieben. Schnell erzählt war sie, die kurze Geschichte des Wolfgang Wichmann. Und nun ist er doch gekommen, aus dem Krieg zurückgekommen.

„Eine freundliche Frau, diese Neubert", wiederholt er, steht auf, geht aus der Küche hinaus. Die Dielen ächzen.

„Komm", sagt er kurz.

Ich folge ihm, er dreht den Lichtschalter im Schlafzimmer.

„Wie früher", sagt er, aber er lächelt nicht. Es steht meinem Bett gegenüber an der gegenüberliegenden Wand ein weiteres. Aufgestellt, mit Matratze, mit einem Federbett.

„Es war alles da, im Keller und bei der Neubert. Nette Leute."

Er wird in diesem Zimmer schlafen. Frau Neubert hat ihm das Bettgestell im Keller gezeigt, wahrscheinlich hat sie es mit ihm zusammen hochgetragen. Und ich weiß auch, woher die Matratze kommt, das Federbett. Ich habe meines sehr teuer bezahlt. Es reizt mich, ihm die Wahrheit über die ‚netten Leute‘ zu erzählen. Ich gab meine goldene Uhr für ein Federbett und die Neuberts hatten die Federbetten aus der Wohnung der Familie P an sich genommen.

Ich kann mich nicht zurückhalten, ich erzähle Wolfgang von dem Verrat und davon, dass die Familie P nichts mitnehmen durfte, dass deshalb diese Dinge da sind und dass die nette Frau Neubert alles in ihre Wohnung getragen hatte, damals, als die Familie P gehen musste.

Und während ich das erzähle, weiß ich, dass ich dies alles nur vorschiebe. Meine eigentliche Angst sitzt tiefer, irgendwo in mir. Und ich weiß auch, dass ich sie kenne, dass meine Angst Bilder hat, die ich immer wieder sehe. Eine Angst, die ich mitbringe aus einem anderen Leben.

Deshalb erzähle ich weiter. Ich erzähle von den ‚Geschenken' auf der Treppe und davon, dass nie darüber gesprochen wurde.

Davon, dass ich selbst nur in das Haus kam, weil diese Familie hinausgejagt worden war, sage ich nichts.

Er hört sich an, was ich ihm erzähle. Ich erkenne keine Regung an ihm.

„Vorbei. Alles gewesen. Heut' ist heut'", sagt er plötzlich gleichmütig, geht auf das Bett zu, das seins sein wird, und zerrt am Federbett.

Ich sehe ihn stehen, den großen Mann in dem kleinen Zimmer. Er füllt es aus mit seinem kräftigen Körper. Ich sehe seine fleckige Hose, die Strümpfe, das Unterhemd. Und mir wird bewusst, dass er immer hier sein wird. Jeden Tag wird er meine Wohnung bewohnen, wird sich waschen, wird essen, wird in dem Bett schlafen. Meine Wohnung wird nicht mehr meine sein, sie wird auch ihm gehören.

Ich muss mich abwenden, gehe zurück in die Küche. Ich kann diesen Gedanken schwer aushalten. Und gleichzeitig weiß ich, dass ich es aushalten muss, ich habe es gespürt vorhin in der Küche. Ich bin Margot Wichmann. Auch das wird zu unserem Spiel gehören: Aushalten. Ich denke daran, dass sein Bett in der Nähe meines Bettes steht. Ich werde ihn atmen hören die ganze Nacht. Aushalten, die zweite Spielregel. Wie viele kommen noch?

Dann irgendwann sagt er: „Gute Nacht", geht in das Schlafzimmer und legt sich ins Bett.

Es hat selbstverständlich geklungen, wie Eheleute sich gegenseitig wünschen, dass die Nacht gut sein möge, vielleicht ruhig und still. Bald höre ich seinen gleichmäßigen Atem. Vorsichtig lege ich den Stein an das Fußende meines Bettes, horche auf seinen Atem und kleide mich um zur Nacht. Obwohl ich den gleichmäßigen Atem höre, verlässt mich das Gefühl nicht, beobachtet zu werden. Die Nacht ist hell, eine kalte Vollmondnacht draußen, ich sehe ihn liegen, drüben in seinem Bett. Wer ist es, der da liegt? „Was Soldaten so machen." Seine Worte fallen mir wieder ein. Was machen Soldaten? Geheime Aufgaben vielleicht doch? Helgas Frage. Der Mond scheint auf das Federbett. Ich sehe das P in der Stickerei, die Bettdecke passt nicht zu dem Mann, die zarte Stickerei will nicht passen. Der Mond wandert und ich sehe, dass er die Arme hinter seinem Kopf verschränkt hat. Leise stehe ich auf, gehe zu ihm. Ich will seinen linken Arm sehen, will die Unterseite seines Armes sehen. Er liegt noch im Mondschatten.

Der Mond läuft schnell.

Im Bett sitzend warte ich darauf, dass das helle Mondlicht seinen Arm unter der linken Achselhöhle bescheinen wird, dann werde ich es wissen. Er schläft wie ein Toter. Sein Gesicht zur Seite geneigt, der Mund geöffnet, die Augen geschlossen. Ich warte. Dann wandert das Licht über die Bettdecke, ich sehe die Haut der Innenseite seines Oberarmes. Im Mondlicht schimmert sie zart wie die eines Kindes, fast weiß ist die Haut im kalten Licht. Keine Narbe, keine Tätowierung. Er ist keiner von denen. Das weiß ich jetzt.

Als ich wieder in meinem Bett liege, die Füße an meinem Stein wärme, denke ich daran, dass er den Stein auf die Ofenringe gelegt hat. Irgendwann schlafe ich mit seinem Atmen ein.

„Margot", ich höre den Namen, es ist meiner. Der Mond ist jetzt durch das Zimmer gewandert bis zu meinem Bett. Im kalten Licht sehe ich seine Beine, wie Spinnweben liegen die dunklen Haare auf der Haut, durchschienen vom Mondlicht. „Es ist kalt hier draußen", sagt er und seine Stimme hat einen weichen Klang. Er hatte diesen Satz schon einmal gesagt, vor Tagen, als er vor der Haustür stand. „Margot, es ist kalt hier draußen", hatte er gesagt und ich hatte die Haustür geöffnet. Dann war er mit mir in diese Wohnung gekommen. Jetzt greift seine Hand nach dem Federbett, zögert für Sekunden, hebt es an.

Ich lasse es zu.

Wenn ich die Augen schließe, spüre ich die Freude der anderen. Und ich fühle meine. Körper stoßen sich an, drehen sich, ich werde gehalten, gedreht, geführt. Ich rieche den Schweiß der anderen; er ist nicht unangenehm, er gehört zu dem Tanz und zu mir.

Wolfgang Wichmann ist Schutzpolizist im Dorf. Polizist im Auftrag der Engländer und unter Kontrolle der Engländer. Er ist es durch mich geworden, ich selbst habe ihn vorgeschlagen in der Kommandantur.

„Er hat den Schein", habe ich gesagt. „Ich kann versichern, dass er für diese Aufgabe sehr geeignet ist."

‚Mein' Engländer hatte mich angesehen, als ich dies erklärte. Ich hatte seinem Blick standgehalten. Sie haben Wolfgang Wichmann überprüft, in der Kommandantur und in Kiel, mit ihm gesprochen. Seinen Schein hatte er vorgelegt, dann bekam er eine Armbinde. Die Engländer hatten es zuvor mit einem Deutschen aus dem Dorf versucht, er blieb nicht lange in seinem Amt. Jemand denunzierte ihn, man wies ihm nach, dass er Blockwart gewesen war, dass er seinerseits die Hausbewohner denunziert hatte. Jetzt hatten sie sich gerächt: Als sie erfuhren, dass er Schutzpolizist sein sollte, hatten sie ihn bei den Engländern angeschwärzt.

„Die Deutschen", hatte mein Engländer geringschätzig gesagt, als er davon hörte. Wen meint er? Wer hat seine Geringschätzigkeit verdient? Auch ich bin eine Deutsche, und es kränkt mich wieder, für meinen Engländer die Deutsche zu sein.

Mein Engländer wusste schon seit Tagen, dass Wolfgang Wichmann zurückgekommen war. Er wusste es nicht von mir, ich hatte es verschwiegen. Ohne darüber nachzudenken, hatte ich es vermieden, davon zu erzählen. Ihm muss die Liste über den neu Zugezogenen in der Kommandantur in die Hände gefallen sein, der Name war ihm aufgefallen: Wichmann.

Seit er weiß, dass Wolfgang Wichmann zurück ist, hat mein Engländer sich verändert. Er neigt sich nicht mehr zu mir, wenn er mir meine Aufgaben gibt. Das Essen für Helga bekomme ich fast täglich, immer wenn Reste geblieben sind, auch ich bekomme meine Mittagsration. Aber nie wieder ist er mir so nahe gekommen, dass ich seinen Atem an meinem Ohr spüren konnte.

Er wird für mich ,mein' Engländer bleiben; niemand weiß davon, dass ich ihn so nenne, und vielleicht bleibt ein wenig von seiner Verehrung bei mir.

Die Veränderung macht mich traurig, seine Verehrung tat mir wohl. Wolfgang sorgt jetzt für mich.

Eigentlich hatte ich meinen Engländer nach einem Teppich fragen wollen. Unten im Keller liegen die Teppiche aus der Beletage. Aufgerollt oder zusammengefaltet. Einen der zusammengefalteten, dünnen Teppiche hätte ich gern gehabt, ich hatte mir sein Muster angesehen. Er schimmert wie Seide. Auf der Rückseite ist die Echtheit bescheinigt. Eine Urkunde, auf Stoff gedruckt, ist an der Rückseite des Teppichs angeheftet. Es ist Seide. Ich hätte ihn unter den Tisch im Wohnzimmer gelegt. Jetzt, seitdem mein Engländer sich zurückgezogen hat, kann ich nicht mehr fragen. Gern hätte ich den Teppich gehabt, aber jetzt ist alles anders geworden. Meine große Tasche nehme ich nicht mehr mit in die Villa. Jetzt nicht mehr. Und ich fühle, je mehr mein Engländer sich entfernt, desto mehr kommt Wolfgang Wichmann in mein Leben.

Dann erfahre ich von meinem Engländer, es wird eine Tanzveranstaltung geben im Dorf, in der Gaststätte am Bahnhof. Das erste Vergnügen in dieser Zeit. Die Engländer haben den Saal im ersten Stockwerk geräumt, jetzt kann dort getanzt werden.

„Werden Sie kommen, Margot?", hat er gefragt.

Obwohl ich darauf gewartet habe, dass er den Namen sagt, verwirrt es mich jetzt. Er weiß, dass Wolfgang Wichmann zurück ist, Wolfgang Wichmann, mein Ehemann. Ich werde nicht ohne ihn zum Tanzvergnügen gehen können.

„Ihr Mann kommt auch", sagt mein Engländer – und ich kann nicht hören, ob es eine Frage ist.

Ein Tanzvergnügen! Gestern war Sonnabend, der Badetag. Heute wasche ich meine Haare, wickle Zeitungspapier zu Rollen, drehe das nasse Haar darüber. Wolfgang lacht, als er mich sieht, und es scheint, als lachten seine Augen mit. Als die Haare am Ofen getrocknet sind, fallen Locken auf meine Schultern.

„Es ist so schön, dass du wieder längere Haare hast", sagt er und streicht über meinen Kopf. Für Sekunden genieße ich die Berührung, dann durchfährt es mich heftig. Da ist sie wieder, die Regel. Nicht fragen, sagen, die Dinge sagen und dann hören.

„Damals schnitt ich sie ab."

Wie eine Feststellung klingt mein Satz, eine Aussage: damals. Ich spüre, dass jetzt die Gelegenheit ist, etwas über Margots Haarzopf zu erfahren, vielleicht von ihm zu erfahren. Er weiß nichts von dem Zopf im Koffer, aber er erinnert sich daran, dass Margot die Haare abschnitt. Ich warte.

Wolfgang Wichmann ist hinausgegangen auf den Flur. Ich warte, bin unruhig gespannt. Ich möchte wissen, warum sie das Haar abgeschnitten hatte. Nach einer Weile kommt er zurück. Er hat ein kleines Foto in der Hand. Es ist zerknickt, offenbar hat er es aus dem Mantel gezogen. Er muss es bei sich getragen haben, stets bei sich getragen haben.

„Du weißt, es ist dein schönstes Foto. So mag ich dich", er sagt es, hält mir das kleine Foto vor das Gesicht, so nah, dass ich kaum etwas erkennen kann. In seiner Stimme höre ich Nachdruck. „So mag ich dich." Dann geht er zurück. Ich sehe durch die geöffnete Tür, dass er das Foto wieder in die Brusttasche seines Uniformmantels steckt.

Ich kenne das Foto, ein Abzug davon liegt in meinem Koffer.

„Warum hast du deine Haare abgeschnitten? Warum hast du das getan?", fragt er und bleibt auf der Türschwelle stehen. Er wartet auf meine Antwort, auf meine Reaktion, und mich lässt der Gedanke nicht los, dass er mich prüfen will. Für den Hauch eines Augenblicks kommt mir der Gedanke, dass er mich vielleicht wirklich für seine Margot halten könnte. Ich fühle mich hilflos, weiß nicht, was ich sagen könnte, denn ich weiß nicht, warum Margot die Haare schnitt, vor der Hochzeit die Haare abschnitt.

Dann kommt er auf mich zu, kommt sehr nahe. Ich weiche zurück, aber er nimmt mein Gesicht in seine Hände. Ich versuche mich aus seinen Händen zu drehen, er hält fest.

„Weil ich es *nicht* wollte", scharf klingt sein Satz. Das Wörtchen ‚nicht' schneidet in seinen Satz hinein. Und messerscharf wiederholt er: „*Ich.*"

Sehr plötzlich lässt er meinen Kopf los und ich beginne zu begreifen. Weil er sie mit längerem Haar wollte, deshalb schnitt sie ihre Haare kurz. Margot hatte sich ihm widersetzt. Das Indiz ihres Trotzes liegt in dem Koffer oben auf dem Boden. Ich spüre den Wunsch, mehr zu erfahren, und gleichzeitig die Gewissheit, dass dies nicht der richtige Zeitpunkt dafür ist. Diese Situation muss ich für mich nutzen, für mich. Jetzt fühle ich meine Locken auf meiner Schulter. Ich will ausnutzen, dass es ihm so gefällt.

„Es gab eine andere Mode, damals. Jetzt ist es so modern", weiche ich aus und füge hinzu, um die Stimmung zu drehen, um zu wissen, ob ich die Prüfung bestanden habe: „Schön, dass es dir so gefällt."

„Du bist schön, Margot. Bist noch schöner geworden."

Als ich in sein Gesicht sehe, weiß ich, ich habe gewonnen. Für einige Zeit jedenfalls. Als ich das Kleid anziehe, das die Nachbarin nach meiner Anweisung genäht hatte, sagte er scharf: „Das nicht, das Kleid nicht."

„Es ist neu, ich habe es noch nie getragen."

Ich bin enttäuscht. Sicher, es ist nach der Berliner Mode genäht, aber es ist schön. Vielleicht stört ihn der Ausschnitt, ist er zu tief? Ich gehe zum Spiegel im Schlafzimmer, drehe mich. Meine Locken springen, das Kleid schmiegt sich an mich, der leichte Stoff der Fallschirmseide schmeichelt. Ich gefalle mir, die Zeit hat mich sehr schlank gemacht, das Kleid fällt zärtlich über meinen Körper. Siedend kommt mir der Gedanke, dass er die Fallschirmseide erkannt haben könnte, als Leutnant der Luftwaffe muss er Fallschirmseide kennen. Ich muss etwas tun, ihn ablenken von der Seide.

„Na, sieh doch", ich trete zurück in die Wohnstube, drehe mich vor ihm in der Hoffnung, dass es ihn reizt, dass es ihn ablenkt. Ich beuge mich vor und merke, dass er ins Leere blickt. Er sieht nicht den freigiebigen Ausschnitt, nicht die Bewegung meines Körpers.

Scharf ist seine Stimme, als er sagt: „Das Kleid nicht."

Ich ziehe das Kleid aus, falte die dünne Seide zusammen. Es wird so klein, dass es nicht mehr zu erkennen ist, nicht als Kleid zu erkennen ist. Ich werde es in meinen Koffer legen, wenn er nicht im Hause ist. Es wird mit Margots Zopf in meinem Koffer liegen, oben auf dem Boden hinter dem beschädigten Nachtschrank. Ich bin enttäuscht und gleichzeitig weiß ich, dass ich vorsichtig sein muss: Wolfgang Wichmann gibt mir die Sicherheit für mein neues Leben. Solange ich seine Frau bin, werde ich keine Zeugin sein müssen, keine Täterin.

Am Nachmittag schon beginnt das Tanzvergnügen. Die Sperrstunden werden eingehalten, streng eingehalten. Deshalb beginnt man früher.

Nach und nach verliere ich meine Traurigkeit und Enttäuschung.

Wir tanzen. Es ist schön, mit ihm zu tanzen. Seine starken Arme halten mich. Ich genieße, lasse mich fallen in die Musik. Eine Gruppe Musiker aus Kiel ist gekommen, der Saal voll. Wenn ich die Augen schließe, spüre ich die Freude der anderen. Und ich fühle meine. Körper stoßen sich an, drehen sich, ich werde gehalten, gedreht, geführt. Ich rieche den Schweiß der anderen, er ist nicht unangenehm, er gehört zu dem Tanz und zu mir.

Irgendwann wird die Musik unterbrochen. Alle schrecken auf, ich sehe eine Gruppe junger Engländer vor den Musikern stehen. Sie gestikulieren, versuchen sich den Musikern verständlich zu machen. „Let's swing", brüllt einer von ihnen, wirft seine Arme in die Höhe, streckt zwei Finger seiner Hand und ruft wie zur Bekräftigung noch einmal in den Saal.

„Let's swing!"

Das haben die Musiker verstanden. Sie lachen, die Engländer lachen, dann beginnen sie mit der neuen Musik, mit der verbotenen Musik der letzten Jahre. Etwas zögernd beginnen die anderen zu tanzen, die vergangene Zeit vergessend. Der Swing macht mir Vergnügen, ich gucke mir bei den Engländern die Bewegungen ab, es gelingt mir, ich swinge. Wolfgang hält mich zurück.

„Wir gehen jetzt, es ist bald Sperrstunde."

Die Zeit ist so schnell vergangen, aber es ist wahr, es ist bald Sperrstunde. Und wir haben den Weg in die Siedlung noch vor uns.

Als wir den Saal verlassen, bin ich müde und froh. Meine Füße schmerzen, sie sind nicht an die zierlichen Schuhe mit den Absätzen gewöhnt. Ich lege die Schuhe zurück in meine kleine blaue Tasche, in der ich sie hergetragen habe, und ziehe die Winterstiefel für den Weg zurück an.

Mein Engländer ist nicht gekommen. Ich bemerke es erst jetzt.

In dieser Nacht kann auch ich die Erde riechen. Ein dunkler, trauriger Geruch ist es. Ich versuche, flacher zu atmen, doch ich kann ihn nicht meiden. Er dringt in meine Nase, verbreitet seine erdige Traurigkeit und Dumpfheit in mir.

Am Küchentisch sitzen wir uns gegenüber. Das Brot ist alt und hart zwischen den Zähnen. Es wird nicht täglich gebacken, erst in zwei Tagen gibt es wieder frisches Brot.

„Warum legst du die Scheiben nicht auf die Ofenringe, das hast du doch früher auch gemacht." Seine Augen fixieren mich.

Schnell lege ich die Scheiben auf den Küchenofen. Jetzt beobachtet er, was ich tue. Das verunsichert mich. Mache ich alles richtig? Margot hat also das Brot geröstet, wenn es alt wurde. Ich bleibe am Ofen stehen, ich will aufpassen, dass das Brot nicht anbrennt.

Sein Blick hat mich losgelassen.

Der säuerliche Duft des Brotes steigt mir weich in die Nase. Es ist warm am Ofen und mir wird bewusst, dass ich mich an sein Erinnern gewöhnen kann. Wenn ich aufmerksam höre, was Margot früher gemacht hat, ist es ganz leicht. Morgen werde ich wieder die Brotscheiben auf die Ofenringe legen, wie Margot es getan hat.

Sein Erinnern stört mich nur manchmal. Meist ist es sinnvoll und gut, das zu tun, was früher war. Deshalb lege ich das Brot auf den Ofen. Wenn mich etwas stört, denke ich an die zweite Spielregel: aushalten. Ich vergesse Unliebsames schnell. Ich habe mich an Wolfgang Wichmann gewöhnt.

Der Swing hatte ihm nicht gefallen.

„Nur zuerst war es schön. Ich habe dich gern im Arm. Du bist schön", sagte er beim Frühstück am anderen Morgen. Dann setzte er seinen Satz fort: „Ich mag nicht, wenn du zum Swing tanzt. Das ist die Musik der Amerikaner. Ich mag die Musik nicht und dich nicht, wenn du sie tanzt."

Margot kann keinen Swing getanzt haben, er war verboten in ihrer Zeit, streng verboten. In Berlin haben die jungen Leute ihn getanzt. Einige sind verhaftet worden deswegen. In Kiel wird man ihn nicht getanzt haben. Margot wird ihn nicht getanzt haben. Kiel ist nicht Berlin.

Ich vergesse Unliebsames schnell.

Und mir wird nach und nach klar, dass ich durch Wolfgang Wichmann immer aufmerksamer werde. Wachsam höre ich auf das, was Margot gedacht und getan hat. Es ist ganz leicht, genau das alles auch zu tun. Es gibt Tage, da vergesse ich völlig, dass ich nicht Margot bin. Ich folge seinen Erinnerungen, und dann bin ich Margot Wichmann. Ich glaube ihm, ich vertraue ihm.

In Flintbek erwacht das Leben neu. Im *Eider-Schlösschen* ist ein Kino eröffnet worden. Sie spielen alte Filme und die Filme der Amerikaner. Wir haben uns einen alten Film angeschaut. *Der blaue Engel*, Emil Jannings und Marlene Dietrich.

„Die ist auch weg nach Amerika", kommentiert er und wirft unsere zwei Holzscheite in das Holzfach neben der Kasse.

Ich habe trotzdem meinen Wintermantel übergezogen. In dem alten Gebäude ist es feucht und kalt, auch wenn geheizt wird. Sie brauchen das Heizmaterial, ohne Holz keine Kinokarte. Niemand könnte den großen Saal heizen ohne diese Eintrittskarten.

„Wenn die den ganzen Sommer Holz einsammeln, machen die ein gutes Geschäft.“

Er sagt es, ohne auf eine Antwort zu warten. Ich will das nicht hören, ich will sein Urteil über andere nicht hören. Jeder muss für sich sorgen in dieser Zeit. Er tut es auch. Ich möchte mich auf den Film freuen, obwohl ich ihn in Berlin schon einmal gesehen habe. Wolfgang sage ich das nicht, selbstverständlich nicht. Er erinnert nicht daran, dass Margot ihn schon einmal gesehen hat, also schweige ich. Stattdessen zeige ich meine Freude, ich sage:

„Ich freue mich. Es ist gut, mit dir hier im Kino zu sein.“

Und ich glaube an meinen Satz. Der Vorhang wird aufgezogen, es wirkt seltsam dörflich auf mich, eine Frau kommt, ihre Holzsohlen klacken heftig auf dem Holzboden, und sie zieht den Vorhang beiseite. Ich kann nicht verhindern, dass ich an Berlin denke, an die Logen im großen Kinosaal, die Kristallleuchter an der Decke des Saals.

Welt im Film, ich höre die Signale der Wochenschau, die laute Männerstimme. Es hat sich eigentlich nichts geändert. Die Stimme klingt immer noch so, als verkünde sie Erfolge und große Taten von der Front. Und doch: Bilder aus Berlin, eine Stadt, vollkommen zerstört. Schmale Straßen, an den Seiten der Schutt, aufgeschoben an den Rand der Straße, dahinter leere Giebelwände. Ich erkenne nichts, keinen Straßenzug. Musik, im Takt dazu arbeitend Frauen und Männer. Dazwischen Räumfahrzeuge. „Eine Stadt räumt auf“, die laute Männerstimme. Da ist der Klang in der Stimme wieder, der den Erfolg, den Sieg glaubhaft machen soll. „Die Berliner wollen ihre Stadt zurück, Tausende machen sich ans Werk …“ Ich erkenne nichts.

Ich bin froh, dass der Film beginnt.

Als wir das Eider-Schlösschen verlassen, ist es dämmrig, aber noch Zeit bis zur Sperrstunde.

„Wohin führt der Weg rechts?", fragt er, als wir auf die Straße treten.

„Wir können den Weg nicht gehen, er führt am Eiderwald vorbei. Wir müssten über die Russenbrücke."

Ich will nicht am Fluss entlang, ich will durchs Dorf, ich will die Bilder von Berlin vergessen. Auch hier, wo die Eider das Dorf in zwei Hälften trennt, stehen schöne Häuser. Sie sind kleiner als die Villen in der Brückenstraße, dazwischen Bauernkaten. Ich mag diese Straße und möchte sie zurückgehen. Ich lenke Wolfgang ab, versuche es, weise zurück auf das Eider-Schlösschen. Es liegt leuchtend weiß vor dem Wald, seinen Verfall schönt die Dämmerung.

„Die Türmchen mag ich; ein Schlösschen eben", schwärme ich.

„Meine Frage hast du nicht beantwortet, Margot."

„Welche Frage?"

„Wohin führt der Weg, war meine Frage."

„Sicher doch habe ich geantwortet, am Eiderwald vorbei!"

„Wohin?"

Seine Hartnäckigkeit stört mich. Wohin? Ist das wichtig? Aushalten, solche Momente aushalten.

„Also gut: Er führt zur Weißen Brücke, die ist gesperrt", meine Stimme muss gereizt klingen, ich fühle meinen Unwillen und atme durch, bevor ich weiterspreche. „Sie ist gesperrt, weil der Weg zu den Villen der Engländer führt."

„Es sind nicht die Villen der Engländer, es sind deutsche Villen."

Ich reagiere auf solche Sätze nicht, ich habe erfahren, dass es besser ist zu schweigen. Würde Margot geschwiegen haben? Ich habe gelernt, in solchen Momenten meine Gedanken zu tauschen. Es ist gut so, wie es ist. Dieser Gedanke nimmt jetzt den Platz ein, verdrängt mein Unwohlsein. Meine Wohnung ist warm, wenn ich aus der Villa komme. Wolfgang findet als Polizist immer Möglichkeiten, an Holz zu kommen. Es ist lange her, dass ich gefroren habe. Wolfgang winkt ab, wenn ich von Heizmaterial spreche. Mein Engländer gibt mir keines mehr, seit Wolfgang hier ist. Ich durchschaue, weshalb. Alles muss korrekt sein, schließlich ist Wolfgang die Schutzpolizei im Ort unter Kontrolle der Engländer. Es ist alles korrekt unter der Kontrolle der Engländer.

Die Schneiderin aus der Nachbarschaft hat Wolfgangs Uniformmantel geändert. Jetzt ist der Kragen anders, er öffnet sich vorn weiter, der Saum ist kürzer und die Falte hinten geschlossen. Es ist nicht so, dass man den Uniformmantel nicht mehr erkennen könnte, aber man sieht die Mühe. Über dem Arm trägt er die weiße Binde: Polizei. Darüber steht: Police. Einmal für die Engländer und einmal für die Deutschen. Wie auf meinen Passierscheinen.

Oft nimmt er seinen Seesack mit. Das mitgebrachte Holz stapelt er unter dem Küchenofen. Frau Neubert soll es nicht sehen. Obwohl Wolfgang mit ihr spricht. Sie lachen zusammen, und wenn ich hinzukomme, schweigen sie. Er weiß, wie ich über sie denke, und sie weiß es auch. Wolfgang bringt oft etwas mit, Fleisch sogar, einmal Butter und Haarwaschmittel in einer Flasche.

„Warte nur auf deinen Teppich", sagte er eines Abends.

Tage später brachte er einen mit. Er liegt jetzt unter dem Tisch im Wohnzimmer, grünlich schimmert er, ganz zart. Wenn ich ihn andersherum auf den Boden lege, wirkt er dunkler.

Ich frage nicht, woher die Dinge kommen. Ich frage nicht, weil ich es weiß. Jeder sorgt für sich auf seine Weise, und Wolfgang sorgt für mich.

Es ist gut, wie es ist.

Unsere Betten stehen nebeneinander im Raum, seines auf der rechten Seite. Seinen Atem kenne ich, er ist regelmäßig, er beruhigt mich. Ich fühle auf eine gewisse Art Sicherheit – seine Fürsorge, seine Stärke. Es ist gut so, und Unliebsames vergesse ich schnell. Wir gehen sonntags zum Tanzen, Wolfgang hat sich an den Swing gewöhnt, glaube ich. Sie spielen nur noch diese Musik, alle Leute wollen diese Musik. Und wir gehen ins Kino. Es ist gut so, wie es ist.

Es gab Kerzen im Laden bei der Kirche, ich habe einige gekauft. Ich mag es, wenn der Kerzenschein nur das erhellt, was Bedeutung haben soll. Wolfgang und ich, die Kerze dazwischen. Im Hause ist es schon ruhig, nebenan bei Helga, unten bei Neuberts. Nur wir sind noch auf, nur wir und das Kerzenlicht, in dessen Schein die Schatten in seinem Gesicht mild sind, wenn das Licht direkt vor ihm auf dem Tisch steht und in sein Gesicht hineinscheint. Ich habe mich auf den Stuhl im Wohnzimmer gesetzt, er sitzt auf dem Sofa. Auf der weißen Damastdecke zwischen uns tanzen die Flecken im Kerzenlicht. Die englischen Soldaten hatten die Tische auf die Straße getragen, sie hatten Tischdecken aus der Villa auf die Tische gelegt. Es war der Tag der Kapitulation der Japaner. Später gingen sie in die Villa, feierten im Keller weiter. Die Decke mit den Flecken blieb draußen auf dem Tisch. Das Bild taucht vor mir auf, ich sehe die Tischdecke mit den Resten der Soße; der Wind hatte eine Ecke umgeschlagen. Erst später konnte ich mich darüber wundern, wie die Damastdecke in meine Tasche gekommen war. Mein Engländer hatte sie hineingelegt. Für mich. Die Flecken auf der Decke werden nicht blasser.

Wenn ich den Kopf etwas wende, sehe ich schemenhaft meine Ophelia im Kerzenlicht. Er folgt meinem Blick hin zum Bild.

„Du hast keine Möbel aus der Lützowstraße gerettet?"

„Nein."

„Egal. Du hast überlebt."

Da ist sie wieder, die Situation, seine Erinnerung wird kommen. Er wird nach der Lützowstraße fragen. Ich habe überlebt. Ich lächle in das Kerzenlicht, über die Flecken hinweg in das Kerzenlicht.

„Es ist schön hier mit dir, Wolfgang."

Ich spüre, wie er mich anschaut, unbeweglich starr richtet er seinen Blick auf mich. Ich ahne, dass er sprechen möchte, ich weiß nicht, wohin es gehen wird mit dem Gespräch und seiner Erinnerung. Er schweigt. Achtsam sein jetzt! Ich versuche, meine Sinne wach zu halten.

„Warum damals nicht?"

Mein Herz krampft, denn seine Stimme ist scharf, als er diese Worte sagt.

„Was meinst du damit, Wolfgang?"

Ich weiche von meinem Vorsatz ab. Ich frage, denn was hätte ich sagen sollen? Gern hätte ich gesagt, dass es immer schön war. Ich möchte ihn zum Schweigen bringen und weiß, dass es mit diesem Satz nicht gelingen kann. Jetzt nicht, in dieser Situation nicht. Meine Gedanken gehen pfeilschnell. Wann war es nicht schön? Was hat er schon erzählt und was könnte er jetzt meinen? Seine Frage steht im Raum und ich weiß, er mag keine unbeantworteten Fragen. Margots Zopf fällt mir ein. Er hatte Margots Zopf nicht gespürt, als das erste Mal in diesem Zimmer war. Der Zopf lag im Koffer unter dem Sofa, Wolfgang stand in der Nähe und hatte ihn nicht gespürt.

„Meinst du, als ich das Haar abschnitt?"

Wieder frage ich. Das ist ein Fehler.

Stille.

Ich höre den Wasserhahn in der Küche. Das Feuer im Ofen höre ich nicht mehr, es muss erloschen sein. Und ich höre sein Atmen. Er atmet kurz und flach und er schweigt.

Dann folgt sein raues „Ja".

„Du weißt es doch", weiche ich aus, zögere, möchte nicht weitersprechen. Ich spüre Enge in mir. Die Kerze flattert. Das Gespräch stockt. Ich fühle das unbändig starke Bedürfnis, Margots Haarzopf in der Hand zu halten, schließe die Augen, um mir ein Gefühl davon vorzustellen. Ich fühle das starke Haar, die stumpfe Seite, die weiche, das Flechtmuster. Und für den Augenblick stärkt es mich, ich kann warten. Ich höre das Knarren der Holzdielen unter dem Teppich.

Als ich die Augen öffne, ist Wolfgang aufgestanden. Er steht hinter mir, legt seine Hände auf meine Schultern, es fühlt sich beinahe zärtlich an und stark, ich fühle sein Gesicht in meinem Haar.

„Lass gut sein, es ist vorbei. Ich bin gern bei dir", höre ich seine Worte in meinem Haar. Dann geht er zurück zum Sofa.

Ich möchte sprechen, darüber und über das, was ist. Es drängt mich. Irgendwann muss der Tisch rein sein. Er kann nicht glauben, dass ich Margot, seine Margot bin aus der Zeit, von der er spricht.

„Lass gut sein, es ist vorbei", wiederholt seine raue Stimme.

Ich weiß, dass ich jetzt schweigen muss. Wir schweigen, sein Gesicht im Kerzenschein ernst. Ich versuche ein Lächeln.

„Margot, es gibt etwas zu besprechen."

Auch seine Stimme klingt ernst und etwas schwingt mit, das mir Angst macht. Er neigt seinen Oberkörper über den Tisch, sein Atem lässt die Kerze flackern.

„Margot, das Frühjahr kommt. Es wird viel Arbeit geben." Und nach einer Pause atmet er tief. „Ich werde für dich sorgen. Kein Engländer", sagt er und seine Stimme wird laut, als er das sagt.

Langsam sickert die Konsequenz dieses Satzes in mein Bewusstsein. Er will, dass ich nicht mehr bei den Engländern arbeite. Es soll keine Villa mehr geben, die Beletage, den wattigen Hauch des Schönen nicht mehr, den Weg durch die Brückenstraße. Sie wäre dann auch für mich gesperrt. ‚Meine Verehrung‘, sie würde nur noch als Zettel in meinem Koffer liegen. Das versteckte Spiel, das wohltuende Spiel mit meinem Engländer wäre unwiederbringlich vorbei. ‚Meine Verehrung.‘

Jetzt steht das Verbot zwischen uns. Wolfgang sagt es an diesem Abend gänzlich unvermittelt.

„Ich möchte, dass du hier bist, in unserer Wohnung. Den ganzen Tag hier bist.“

Mein Leben kriecht zusammen. Hier in diesem Haus für Möhren und Kartoffeln zu sorgen, Frau Neubert und Helga zu haben, nichts als das, erdrückt mich schon bei dem Gedanken daran. Und ich überlege hastig, wie ich es ihm ausreden kann. Ich will die Villa, ich will meinen Engländer behalten. Auch wenn er sich zurückgezogen hat – es bleibt unser verstecktes Spiel, das mir ein Stück von mir selbst lässt, von mir, die ich einmal war. ‚Meine Verehrung.‘ Es darf nicht geschehen! Und doch weiß ich, dass es geschehen könnte, wenn er es will. Er ist mein Ehemann, er kann es bestimmten. Ich lasse zu, dass er mein Ehemann ist, ich möchte sogar, dass er mein Ehemann ist, er gibt mir Sicherheit. Ich will ihn und meinen Engländer, beide. Und die Villa, das Schöne.

Ich versuche, ihm den Nutzen darzulegen, schließlich hat er die Stelle als Polizist durch mich und die Engländer bekommen, ich argumentiere, ich bitte. Ich warne, ich könnte meinen Kontakt zum Engländer nutzen, dass man auf ihn verzichtet.

„Das kannst du nicht, Margot, ich bin dein Ehemann. Wenn du mir schadest, schadest du auch dir.“

Seine Stimme klingt scharf über den Tisch hinüber zu mir. Die Kerze flackert heftig, sie trägt die Worte zu mir. Mein Trotz stärkt mich, ich antworte: „Ich will es." Wir schweigen.

Mein Wort ist laut in meinem Ohr, ich habe es gesagt. Ich will. Ich sehe, wie Wolfgang sich aufrichtet, sein Rücken sehr aufrecht, und ich sehe, wie sein Auge zu zucken beginnt. Er vergisst, seine Hand auf das Auge zu legen. Das Flackern des Augenlides schickt seine Unruhe zu mir. Lange schaut er mich an, ich versuche mich auf das ruhige Auge zu konzentrieren, es will mir nicht gelingen. Immer wieder flackert seine Unruhe zu mir, beginnt meinen Trotz zu schwächen. „Ich will es", meine Worte werden leiser in meinem Ohr, ich höre sie kaum noch.

Dann sagt er diesen einen Satz: „Erinnere dich, Margot, denk an das Kind!"

‚Denk an das Kind. Erinnere dich!' Der Boden unter mir verliert sich in dieser Nacht, er scheint mich nicht halten zu können. Es gibt ein Kind! Ich soll mich erinnern. Ich stehe auf, muss aufstehen, stehe für Augenblicke am Tisch, der Boden unter mir schwankt. Nicht fragen jetzt, nicht nach dem Kind fragen, nicht fragen, wo es jetzt ist! Ich sage: „Das Kind."

Er antwortet lange Zeit nicht, dann sagt er: „Warum Margot, warum hast du das getan?", und die Kerze flackert heftig, als er die Worte ausstößt. Es klingt wie ein Stöhnen, das Ausatmen und die Worte, wie ein Stöhnen bei einer großen Anstrengung, wie wenn eine große Last gehoben wird und die Atemluft sie tragen muss. Mehr sagt er nicht. Nur dies.

Und ich spüre, dass etwas geschehen sein muss, damals zwischen Wolfgang und Margot. Etwas, was ich nicht wissen möchte, nicht jetzt. Etwas mit einem Kind. Vielleicht etwas mit Margot.

Im Flur greife ich nach meinem Mantel und gehe hinunter in den Hof. Ich muss hinaus, muss meine Gedanken ordnen. Was hat Margot getan? Er folgt mir nicht. Ich sehe in den Fensterscheiben den schwachen Lichtschein der Kerze, als ich mich auf dem Gartenweg umdrehe. Wolfgang folgt mir nicht.

Ich setze mich auf die kleine Bank an der Holzwand des Schuppens. Die Hühner hinter mir bleiben ruhig, die Holzklappe, die den Eingang in ihr Nachtquartier verschließt, ist heruntergelassen. Sie werden auf der Leiter sitzen, eines unter dem anderen, zwei nebeneinander, mehr passen nicht auf die Leitersprossen. Die weißen und die bunten, sie erkennen ihre Farben nicht. Drei bunte Hühner sind unsere, sie legen braune Eier. Neuberts und wir können sie auseinanderhalten, die weißen Eier für Neuberts, die braunen für uns.

Der Gedanke an die Hühner hinter mir im Schuppen beruhigt mich. Ab und an höre ich ein leises, kurzes Flattern, gurrende Laute aus Hühnerhälsen, was mir die Gewissheit gibt, nicht allein zu sein.

Der schwache Kerzenschein oben in der Wohnung ist erloschen. Schemenhaft kann ich den Kellerabgang erkennen und den sandigen Weg, der vom Haus zum Schuppen führt. Mich fröstelt, der Winter hat noch nicht losgelassen, jetzt in der Nacht ist es besonders kalt. Der Garten kahl, nur die zarten, dünnen Stämmchen der Obstbäume teilen die dunkle Ackererde wie feine, senkrechte Striche. Die Erde riecht. Bald wird gesät und gepflanzt werden. Helga sagt, dass die Erde riecht, wenn es Frühling wird. In dieser Nacht kann auch ich die Erde riechen. Ein dunkler, trauriger Geruch ist es. Ich versuche flacher zu atmen, doch ich kann ihn nicht meiden. Er dringt in meine Nase, verbreitet seine erdige Traurigkeit und Dumpfheit in mir.

Wolfgang kommt nicht.

Der Weg bleibt leise, kein Knirschen von Schritten, die lauter werden, je näher sie mir kommen. Ich weiß nicht, ob ich mir überhaupt wünsche, dass er kommt, zu mir kommt. Vielleicht, um alles richtigzustellen, um mir zu sagen, dass es kein Kind gibt, nie eines gegeben hat. ,Es kann keines geben', könnte er sagen, ,im Stammbuch steht keines, nur wir beide sind eingetragen, nur wir beide.'

Aber er kommt nicht.

Meine Gedanken kreisen. Zu dem Gedanken an das Kind drängt sich die Sorge, ob es Margot noch gibt. Wenn es eine Margot gibt, wenn er auf die richtige Margot wartet, würde er sich entscheiden müssen, für die echte Margot entscheiden. Und für das Kind? Mein Leben würde aufgelöst, zerlaufen sein. Übrig bleiben würde die Frau, die die Listen für die grauen Busse schrieb, die Protokolle schrieb und Meldebögen sortierte. Mir wird siedend bewusst, dass Wolfgang Wichmann dafür sorgt, dass ich diese Frau nicht sein muss.

Es ist gut, dass er in dieser Nacht nicht kommt. Noch sind meine Gedanken nicht aufgeräumt, liegen bleischwer schwankend zwischen dem Wissen um ein Kind und um Margot und der Gewissheit, dass mein Leben ohne die Tage in der Villa unerträglich werden wird. Was geschieht, wenn ich ihm sagen würde: ,Ich brauche die Arbeit bei meinem Engländer, die Villa, den Reiz seiner unausgesprochenen Zuneigung. Wenn er sich zu mir beugt und ich seinen Atem an meinem Ohr spüre. Er lässt mir ein wenig von mir selbst.'?

Es ist unmöglich, ich kann es ihm nicht sagen.

Vielleicht ahnt er mein Wohlsein in der Villa, vielleicht gibt es eine Margot. Aber da ist die Heftigkeit, mit der er am Tisch sagte: ,Denk an das Kind!'

Ich bin unendlich müde.

Meine Gedanken treiben, suchen nach einer Lösung, ich möchte dieses Restchen meines Selbst behalten, nur dieses. Aber wie nur? Ich bin so müde.

Gegen den blassen Nachthimmel steht der Umriss des Finnenhauses. Die zwei Haushälften mit den Gartengeräten und der Kartoffelkiste im Keller, mit Neuberts, mit Helga. Die traurige Erde lässt mich in dieser Nacht hineinsinken in das matte, dumpfe Gefühl, dass ich in dieser engen Welt bleiben muss. Dass Wolfgang für mich sorgen muss. Er wird für Feuerholz sorgen, für Nahrung, dann und wann wird er mit mir zum Tanzen im Gasthof am Bahnhof gehen oder ins Kino. Er wird mir seine Nähe geben, mitunter. Das muss reichen für dieses Leben in dieser Zeit.

Und in diese Mattigkeit hinein schiebt sich der Gedanke an eine Margot und an das Kind. Und für einen kurzen Moment spüre ich die Lust, ihm nicht zu glauben. Nur für diesen kleinen Moment.

Am anderen Morgen geht Wolfgang in die Brückenstraße zu den Engländern. Und ich gehe in den Garten, beginne zu graben. Die Augen der Kartoffeln hatten gekeimt, ich viertel die Knollen und lege sie in die Erde, so dass die weißen Triebe nach oben wachsen können. Mein Kleid hängt im Schlafzimmer, ich brauche es jetzt nicht. Die Erde verströmt ihren traurigen Geruch.

Nach der Reaktion meines Engländers wage ich nicht zu fragen. Aushalten. Ich spüre deutlich, es ist die schwerste der Spielregeln, und ich hoffe inständig auf meine Fähigkeit, Unliebsames schnell zu vergessen.

Er will nicht wissen, wer ich wirklich bin. Ich beginne die Konsequenz zu Ende zu denken.

In den Geschäften gibt es jetzt Zeitungen für alle, auch am Bahnhof. Ich kaufe sie beim Kaufmann oben auf dem Berg nahe der Kirche. Zufällig entdecke ich den kleinen Stapel. Niemand im Dorf hatte davon gesprochen, dass es Zeitungen geben wird. Sie lagen da auf diesem kleinen Stapel. Die Zeitung hat nur wenige Seiten, eng bedruckt ist sie. Ich weiß, das Papier ist knapp. Jetzt muss jeder für die Zeitung zahlen, auch ich. Das Journal der Engländer gab es umsonst.

Zum Bahnhof gehe ich nicht, dort könnte ich auch Zeitungen kaufen. Ich meide den Schlagbaum dort, die Wachsoldaten kennen mich. Ihren Blick könnte ich nicht ertragen, weder ihr Mitleid noch ihren Hohn. Auch den Blick vom Bahnhof in die Brückenstraße könnte ich nicht ertragen, jetzt im Frühjahr wird die Sonne die weißen Villen strahlend leuchten lassen. Die Sonne wird überstrahlen, was die Zeit ihnen an Farbe und Eleganz gestohlen hat. Und ich könnte es nicht ertragen, den einen Engländer zu sehen.

Zuerst liest Wolfgang die Zeitung, danach ich. Ich bin sehr einverstanden mit dieser Reihenfolge; wenn er aus dem Hause ist, kann ich sie zerschneiden.

„Wolfgang – für das Toilettenpapier sorgt jeder selbst. Ich zerschneide sie später."

Er war mit meiner Begründung zufrieden. Verwundert hatte ich festgestellt, dass ich erst jetzt wieder daran gedacht hatte, nach Namen und Meldungen in der Zeitung zu suchen. Es muss viel passiert sein, dort im amerikanischen Sektor. In den Lagern der Amerikaner verhungern die deutschen Soldaten. Die Amerikaner lassen die Soldaten nicht frei. So wird geredet. Das erzählen sie im Dorf, die Zeitung wird zensiert. Ist Wolfgang deshalb im britischen Sektor? Mir fällt sein Satz ein: ‚Ich weiß doch, wo ich bin‘, hatte er gesagt, als er behauptete, in den Osten geflogen zu sein. Sein Oberarm hat keine Tätowierung und auch keine Narbe. Mehr weiß ich nicht von ihm.

Ein furchtsames Gefühl beschleicht mich stets, wenn mir klar wird, wie wenig ich von ihm weiß und doch seine Frau sein soll. Gleichzeitig wird mir brennend bewusst, dass er noch nicht einmal versucht hat, etwas über mich zu erfahren. Er weiß nichts von mir, von der Frau, die ich wirklich bin. Ich bin seine Margot, er übt mich darin ein, seine Margot zu sein. Ich röste das trockene Brot, ich lege die Bezugsmarken in den Küchenschrank, dorthin, wo Margot sie verwahrt hatte. Er will nicht wissen, wer ich wirklich bin. Ich beginne die Konsequenz zu Ende zu denken. Ich werde *seine* Margot sein, mit allem, was zu seiner Vorstellung über Margot gehört.

Gleichzeitig weiß ich aber, ich werde nie sagen müssen, was ich getan habe. Ich werde nicht Rechenschaft ablegen müssen über den Arzt, der mein Leben teilte und der die Menschen begutachtete, der die Anweisungen gab, sie zu spritzen und zu verseuchen, und über mich, die die Protokolle im Dienste der Forschung und Wissenschaft geschrieben und Transporte geplant hatte. Ich werde die Ehefrau von Wolfgang Wichmann sein und die Konsequenz tragen müssen. Mit allen Bedingungen, auch mit den Bedingungen, von denen ich nichts weiß. Was weiß ich von der echten Margot, was von dem Kind? ‚Denk an das Kind!', hatte er hervorgestoßen.

Ich schiebe den Gedanken fort, Unliebsames vergesse ich schnell. Und mir bleibt die Hoffnung, irgendwann nicht mehr daran denken zu müssen, was in meinem Leben geschehen ist, irgendwann nur noch das Leben zu denken, das ich jetzt lebe.

Wolfgang fährt oft nach Kiel. Meist ist er dann den ganzen Tag über fort, die Fahrt mit dem Fahrrad dauert lange. ‚Sitzung' nennt er es, wenn die Polizisten nach Kiel gerufen werden von den Engländern. Ich weiß, dass sie berichten müssen von den Zuständen im Dorf, dass sie Anweisungen bekommen und Vorschriften, dass sie kontrolliert werden von den Engländern.

Als er früh aus dem Haus geht, als auch Frau Neubert das Haus verlässt, fühle ich das starke Bedürfnis auf den Boden hinaufzugehen; ich kann mich nicht dagegen wehren. Wie eine übermächtige Sehnsucht zieht es mich zu den Dingen, von denen nur ich weiß. Ich öffne die Luke, lege die Leiter an und klettere hinauf. Der Boden unberührt, dort in der Ecke am Giebel der zerbrochene Nachtschrank, dahinter weiß ich meinen Koffer. Ich will allein bleiben mit den Dingen, die nur mir gehören, von denen Wolfgang nichts weiß. Die Leiter ziehe ich zu mir hoch und schließe die Luke. Tageslicht fällt durch das kleine Dachfenster. Meinen Koffer hole ich hervor und öffne ihn. Vorsichtig lege ich alles, was mein Koffer verwahrt, auf die Holzdielen. Das, was vor mir liegt, bin ich.

Und doch: Etwas passt nicht zueinander. Ich schiebe den Nagellack zur Seite, auch den Lippenstift. Dann finde ich den Zettel: ‚Meine Verehrung.' Sie gehören nicht mehr zu meinem Leben. Ich lege den Nagellack meines Engländers, den Lippenstift aus Berlin und den Zettel, der in meiner

Schreibmaschine steckte, in die Tasche des Kofferdeckels, auch das Kleid aus Fallschirmseide, das gefaltet so klein ist, dass nur ich es als Kleid erkennen kann. Diese Dinge gehören zu einem anderen Leben jetzt.

Eine große, traurige Zufriedenheit erfüllt mich, als ich auf die übrigen Dinge schaue. Es sind Zeichen, es sind Dinge aus meinem Leben. Verwundert entdecke ich ein Bild aus Dingen, das auf den Dielenbrettern vor mir liegt: oben der Seidenschal mit Margots Zopf, darunter, ein Dielenbrett tiefer, meine Lebensberichte auf Helgas Zetteln. Mein Leben für Helga erzählt. Helga merkt nicht, wenn etwas nicht übereinstimmt. Das Hochzeitsbild lege ich auf diese Zettel, ein Leben mit Wolfgang. Zwei Leben übereinander, zwei zugleich gelebte Leben übereinander. Ich weiß wohl, dass das aufgeschriebene Leben auf den Zetteln meinem Berliner Leben ähnelt. Schon deshalb müssen die Zettel und das Bild aufeinanderliegen.

Ich weiß immer noch nicht, ob die Luftwaffe in Kiel ein Kasino hatte. Helga hat nie danach gefragt.

Die Stunden der Dämmerung. Ich mag es, wenn der Tag vorbei ist, wenn ich nicht mehr wachsam sein muss, nicht mehr reagieren muss. Die Trägheit des Abends mildert.

Er sitzt mir am Küchentisch gegenüber, wie damals, als ich vom Engländer kam, er den Namen Margot sagte und mich damit meinte. In solchen milden Augenblicken fühle ich mich aufgehoben in dem guten Gefühl, dass ich Margot Wichmann sein möchte. Ich möchte meine Hoffnung nähren, dieses Leben irgendwann zu kennen, es mit ihm leben zu können. Und doch webt sich in das milde Gefühl hinein der Drang, mehr von ihm zu wissen.

„Wolfgang, erzähle das, was ich noch nicht weiß."

Die Stimmung ist gut zwischen uns, wegen der Dämmerung und weil er zufrieden ist mit dem, was ich in Haus und Garten geschafft habe an diesem Tag.

„Was Soldaten so machen." Wieder die ausweichende Antwort.

„Wolfgang, ich weiß nicht, was Soldaten machen." Ich gebe meiner Stimme etwas von der Milde des Abends und füge hinzu: „Wolfgang, was war danach, als du nicht mehr Soldat sein musstest?"

Plötzlich und heftig beugt er sich vor. Ich erschrecke, als seine Augen hart in meine blicken. Sein Mund lächelt schwach, als er sagt: „Du weißt, dass ich kein Nazi war. Ich habe den Schein bekommen. Ich bin ‚unbedenklich', frei von Schuld."

Die Stimmung ist gekippt, die Milde des Abends verflogen, und doch redet er weiter: „Die Fragen habe ich beantwortet. Alle!" Nach einer kleinen Pause fügt er hinzu: „Weißt du, wie es ist, Schutt zu schieben? Den ganzen Tag Schutt schieben?"

„Wolfgang, ich habe die Straßen gesehen in Kiel." Und mit dem plötzlichen Gedanken an Margot Wichmann füge ich hinzu: „Ich habe die Lützowstraße gesehen."

Unbewegt schaut er mich an, lange, so lange, bis sein Augenlid unruhig wird. Aber er nimmt meinen Satz nicht auf. Vielmehr reiben seine Hände flach auf dem Küchentisch, reiben, klopfen leicht, werden wieder ruhig, liegen unbeweglich.

Unvermittelt sagt er: „Interniert war ich, wie alle. Internierungslager Plön. Warum? Das Flugzeug gelandet, ausgestiegen, gegangen. Mehr nicht. Dann war das Militärfahrzeug auf der Straße, es saßen schon viele auf der Ladefläche."

Ich musste an die Geschichten aus dem Dorf denken. ‚Abgeholt, einfach abholt und weg‘, hatten sie im Dorf erzählt. So war es also auch bei ihm. Einige waren zurückgekommen. Sie hatten Furchtbares erzählt. Andere blieben fort, niemand wusste wo.

„Sie haben dich freigelassen", ich will mehr erfahren und ergänze: „Immerhin bist du hier."

Seine Antwort ist schroff: „Psychologischen Test bestanden." Bitterkeit. Aber ich sehe, wie sein Gesicht den Ausdruck eines Siegers annimmt, der sich der Unlauterkeit seines Kampfes bewusst ist. „‚Wann geboren?‘ ‚Wann in die HJ eingetreten?‘ Zackige Fragen. Keine zackigen Antworten. Keine. So wie sie es wollten, diese Engländer. Da saßen sie vom Geheimdienst, im Gegenlicht lässig an die Wand gelehnt, dahinter die Fenster. Sie wollten aushorchen, mehr erfahren über Nazideutschland, mehr als sie ohnehin schon wussten. Sie beobachteten uns. Vier waren sie, ihre Gesichter im Lichtschatten der Fenster nicht zu erkennen."

Er lacht zynisch.

Wolfgang beugt sich zu mir, fast verschwörerisch flüstert er: „Was hättest du geantwortet? Sie fragen: ‚Was halten Sie von Adolf Hitler? Was von der NSDAP?‘ Na, haben sie dich das nicht gefragt?" Eine Antwort hat er nicht erwartet, er redet weiter: „Das war der Test. Ich habe ihn bestanden. Ich wurde entlassen."

„Wolfgang, das sind simple Fragen und kein psychologischer Test", ich erschrecke über meine Aussage in dem Moment, als ich sie ausgesprochen habe. Sind die Fragen wirklich simpel? Sind es nicht die Fragen, deren Antwort jeder vermeiden will, die niemand wahrheitsgemäß beantworten will? Fragen, bei denen jeder zum Lügner wird? Auch ich zur Lügnerin würde? Ich muss mich mühen, den Gedanken an die Tiergartenstraße und an Berlin wegzudrängen. Und eine Welle des Erstaunens durchfährt mich, als mir bewusst wird, dass mein Engländer mich dieses nicht gefragt hat. Dass ich jedoch Wut und Ärger empfand, als mein Engländer mir erklärte, dass die Deutschen ‚Verantwortung‘ für sich selbst übernehmen sollten – und er mich einbezog. Als ich nicht ‚Margot‘ war, deren A wie ein O klingt, sondern ‚die Deutsche‘. Mir wird bewusst, dass ich davongekommen bin, bis jetzt davongekommen.

„Schlafsäle für Hundertschaften …"

Ich schrecke aus meinen Gedanken.

„… Stacheldraht, Wachmannschaften. Und immer das Tropfwasser von der Decke. Immerzu das Tropfen auf die Betten, auf den Fußboden zwischen den Betten. Ständig Nässe. Dann der Felsenkeller in Ascheberg, Gitter und Kälte, Steckrübenwasser aus Konservendosen. Und dann die Fragen. Sie haben uns messerscharf beobachtet, haben gesehen, wer log. Das war der Test. Wir wussten, dass es ein Test war. Die ihn erlebten, haben davon erzählt. Es gab kluge Leute im Lager und mutige Leute außerhalb. Wir haben uns geschult, gegenseitig, bis es uns gelang. Deshalb bin ich hier."

Das ist nicht das, was ich hören möchte.

„Haben sie dich nur diese Fragen beantworten lassen? Sie wollten doch gewiss mehr …"

Wolfgang stoppt meine Frage mit einer Handbewegung.

„Margot", er beugt sich über den Küchentisch, seine Stimme hat einen weichen Klang, „Margot, sicher haben sie gefragt. Nach dir, nach unserem Zuhause."

Jetzt werde ich erfahren, was mit Margot geschehen ist. Mein Herz schlägt heftig. Ich möchte Margots Schicksal kennen. Wer war die Frau, deren Leben ich zu leben versuche? Was ist mit ihr geschehen? Was mit dem Kind? Ich möchte diese Wendung für unser Gespräch.

„Was hast du ihnen erzählt von uns und unserem Zuhause, Wolfgang?"

Er schaut mich an, sein Mund lächelt, seine Augen nicht. Wir schauen uns an und schweigen. Ich hätte nicht fragen dürfen. Beißende Stille steht zwischen uns. Langsam und kalt zerfließt meine Hoffnung, die Wahrheit über Margot Wichmann zu erfahren. Zurück bleibt eine unruhige Spannung.

„Nach dir und nach unserem Zuhause", wiederholt er langsam.

Ich höre, dass er seiner Stimme einen zarten Klang geben möchte. Um Weichheit ist er bemüht. Und doch, seine Stimme passt nicht. Er geht nicht ein auf meine Fragen.

Wir schweigen.

Er wendet seinen Blick nach draußen, steht unruhig auf. Ich höre seinen flachen, unruhigen Atem.

Jetzt kommt er zurück, setzt sich an den Tisch. Der Stuhl schabt über die Dielen, als er ihn zu sich heranzieht. Er scheint es nicht zu hören.

„Margot", sagt er. Dann schweigt er wieder.

Allmählich zerrinnt der Abend zwischen uns, und mit ihm die unruhige Spannung.

„Margot."

Er legt seine Hände auf den Tisch. Groß und sicher liegen seine Hände vor mir. Sie sind sauber, diese großen Hände, ich sehe kräftige Adern auf den Handrücken, bläulich schimmernd. Mein Blick scheint ihn zu verunsichern, er dreht die Hände, seine Handflächen zeigen jetzt nach oben.

Und dann geschieht es irgendwie, ich lege meine Hände in seine. Es geschieht einfach, ich sehe seine Hände und lege meine hinein.

„Margot, komm."

Wieder ein warmer Klang, und ich bin sicher, jetzt Zärtlichkeit in der Stimme zu hören.

„Margot, nach dir haben sie mich gefragt. Nach dir und nach uns und unserem Zuhause in der Lützowstraße."

Es gibt nur eine Antwort jetzt, hier in dieser Küche, und ich höre mich sagen: „Ja, Wolfgang, wir hatten ein schönes Zuhause in der Lützowstraße."

„Hier ist es auch schön, Margot. Du bist schön."

Ich nicke ihm zu, als er aufsteht, und ich folge ihm. Er legt sich zu mir, deckt meine Bettdecke über uns. Der Beginn einer Nacht.

Und doch, die Müdigkeit kommt plötzlich, ich möchte mich verlieren in dieser schweren Müdigkeit. Ich spüre seinen starken Körper neben mir, er tut mir gut.

„Margot, ein Kind", flüsterte er, „lass uns ein Kind haben!"

Während in meinem Ohr noch die Wärme und Zartheit seiner Stimme nachklingt und ich spüre, wie seine Gegenwart und der Klang seiner Stimme mich träge machen, spannt sich gleichzeitig ein starker Bogen der Abwehr. – Er hätte diese Worte nicht sagen dürfen, die zarte Stimme hätte diese Worte nicht sagen dürfen. Ich wehre mich, gegen ihn, gegen ein Kind. Ich will es nicht, dieses Kind.

Er nimmt es nicht hin.

Er zerstört die Fäden, die sich zwischen uns gesponnen haben, zerstört uns in dieser Nacht.

Draußen ist es unerträglich.

Die Engländer verlassen das Dorf. Das Gerücht geht um. Ich will es wissen, will es sehen. Wolfgang hat mir nichts davon gesagt, als Schutzpolizist muss er davon gewusst haben. Er hat es verschwiegen.

Unruhe zieht durch das Dorf, sie ergreift die Menschen. An der Ecke unserer Straße stehen einige Frauen zusammen, sie sprechen angeregt. Helga steht zwischen ihnen, auch die Schneiderin. Als ich auf die Straße trete, gehen sie auseinander. Ich höre, wie sie sich verabreden, sie wollen zum Bahnhof gehen, möchten sehen, wie die Engländer abziehen. Helga wird mitgehen.

Ich will es auch sehen, doch ich werde nicht den Weg durch das Dorf wählen. Ich möchte allein sein, nicht zwischen den anderen stehen. Vielleicht werden sie mich meiden, vielleicht machen sie Bemerkungen; ich weiß, wie sie über mich denken. ‚Sie hat es mit den Engländern', haben sie gesagt. Helga hatte Wolfgang zugestimmt, als sie von ihm erfuhr, dass ich nicht mehr bei den Engländern arbeiten werde. Sie haben gelacht zusammen, und ich spürte deutlich ihre Übereinkunft. Wolfgang sorgt auch für sie. Sie vermisst das Essen der Engländer nicht. Ich will allein sein, allein am Bach entlang zur Russenbrücke gehen. Diesen Weg kenne ich gut, von den Villen bis in die Siedlung. Meine Ophelia habe ich über diesen Weg getragen und den Spiegel. Ich werde beides nicht zurückgeben. Ich habe es geschenkt bekommen. Von *meinem* Engländer geschenkt bekommen, es gehört mir jetzt. Und niemand weiß davon. Helga habe ich es anders erklärt.

Ich rutsche auf dem schmierigen, lehmigen Boden, auf den ausgefahrenen Wegen. Der Regen hält die Luft feucht. Ich atme schwer an diesem Tag. Unter der Bahnunterführung warte ich einen Moment. Niemand ist mir gefolgt. Die kleinen Häuser am Fuße des Hügels unweit der Brückenstraße umgehe ich, an der Russenbrücke erreiche ich die Eider. Ich bleibe am diesseitigen Ufer. Es ist nicht weit bis zur Weißen Brücke. Von ferne höre ich Stimmen, Zurufe in englischer Sprache, und das tiefe, stockende Motorengeräusch eines Lastwagens. Er steht jenseits des Flusses. Die Klappe der Ladefläche hängt herunter, auf der Ladefläche liegt der Schlagbaum, der die Straße hinter der Brücke abgeriegelt hatte. Es gibt keinen *Military District* mehr, keinen Schlagbaum, keinen Wachsoldaten.

Der Laster fährt ab, am Waldrand entlang. Ich kann ihn noch lange Zeit sehen, bis er hinter der Wegbiegung am Wald verschwindet. Die Soldaten gehen den Weg ins Dorf, bergan gehen sie hinauf zur Brückenstraße. Ich höre sie reden, kann aber nichts verstehen, sie sprechen leise. Äste brechen unter meinen Füßen. Etwas abseits des Weges, der durch das Waldstück von der Weißen Brücke zur Straße oben führt, folge ich ihnen. Ich trete vorsichtig auf den Waldboden, sie sollen mich nicht bemerken.

Auch oben fehlt der Schlagbaum. Vom Schutz der Bäume aus sehe ich ‚meine‘ Villa, die Tür zur Beletage ist aufgesperrt. Aktenordner werden von jungen Soldaten hinausgetragen und in Jeeps verstaut. Möbel stehen auf der Straße und auf dem Bürgersteig, ein Soldat sitzt auf einem Tisch, ein anderer auf einem Stuhl, unschlüssig auf der Straße wartend. Schräg an den Zaun gelehnt mein Schreibtisch. Ich erkenne ihn an der Farbe der Tischplatte. Die Schublade fehlt, die dünnen Beine des Tisches ragen auf den Gehweg, als versuchten sie Vorbeigehende aufzuhalten.

Dann kommen die Befehle. Ich sehe die schräge Mütze. Es ist nicht mein Engländer. Es ist ein anderer, sein Zettel in der Hand weht unruhig. Ich sehe, wie er auf die Möbel zeigt. Die Soldaten greifen zu, sie tragen den Tisch die Straße hinunter. Den Stuhl haben sie auf die Tischplatte gelegt. Mir wird klar, sie versuchen, die alte Ordnung wiederherzustellen. Die Möbel werden in die Häuser zurückgetragen, jedes Möbelstück in sein Haus. Meine *Ophelia* wird fehlen, sie wird bei mir bleiben und der Spiegel. Meinen Engländer sehe ich nicht.

Wolfgang kommt an diesem Tag spät nach Hause.

„Ich sorge jetzt für Ordnung. Die Engländer sind bald weg – noch ein paar Tage, dann sind sie abgezogen, stationiert ab jetzt in Kiel. Flintbek ist engländerfrei!" Den letzten Satz spricht er betont laut, seine Stimme hat einen heiteren Klang, als er noch einmal sagt: „Flintbek ist engländerfrei!"

Seine Heiterkeit reizt mich. Ich spüre Unmut und Ärger. Sein Frohsinn fühlt sich an wie ein Sieg, ein Sieg auch über mich. Ein weiterer Sieg über mich. Die Engländer sind weg. Meinen Engländer habe ich nicht gesehen, auch er ist weg, vielleicht in Kiel, vielleicht ist er zurück nach England geschickt worden. Jetzt endgültig.

Ich sehe, dass Wolfgang eine blaue Uniform trägt, die ich bisher noch nicht an ihm gesehen habe. Er registriert meinen Blick.

„Neu. Die Uniform des Schutzpolizisten. Die Engländer haben ihre Stoffe eingefärbt für uns. Englisches Tuch für deutsche Polizisten."

„Und wer kontrolliert dich ab jetzt?", ich kann den bissigen Klang kaum unterdrücken. Das Wort ‚dich' habe ich aus dem Satz herausgehoben.

Er antwortet nicht auf meine Frage, er scheint sie über-
hört zu haben. Sein Blick geht starr ins Leere, als er fragt:
„Wo warst du?"

Ich höre deutlich, dass er das ‚Du' lauter spricht. Er weiß
es also. Er fragt und sieht mich nicht an. Es treibt mich
mein Trotz.

„Wo alle waren. Den Auszug der Feinde beobachten."

Sein Augenlid beginnt zu flattern, als er sich mir zu wendet und scharf sagt: „Wo alle waren, warst du nicht."

Danach schweigen wir.

Seit mehr als einer Woche ist es das Dorfgespräch. Die
Engländer verlassen Flintbek. Helga steht auf dem Hof
des Finnenhauses, sie ruft, gestikuliert. Sie ist außer sich.
„Ich hab' alles gesehen: Aus der Schokoladenfabrik haben
sie ihre Habseligkeiten hinausgetragen und sind zurück in
ihre Villen damit! Sie haben geweint."

Ich weiß wohl, die Bewohner der Villen mussten zwischen den Maschinen der stillgelegten Fabrik leben, in der
kaum geheizten Halle der alten Fabrik. Ich muss an den
Mann denken, der seine Kaninchen im Hof der Villa be-
suchte; morgens durfte er sie füttern. Zwischen acht und
neun. In die Villa durfte er nicht. Er hatte meinen Gruß
nicht erwidert, damals, als er vom Hof in die Beletage
hochschaute. Jetzt wird er dort sein, wo ich vorher war.

Ein feiner Stich durchfährt mich.

Ich wende mich ab, ich will Helgas Geschichten nicht
hören und gehe zurück ins Haus. Frau Neubert bleibt auf
dem Hof und hört ihr zu. Es ändert sich viel, es ändert sich
alles. Herr Neubert ist mit seinen Söhnen ins Ruhrgebiet
gegangen, sie arbeiten dort im Bergbau.

„Es verdient sich dort gutes Geld", hatte Frau Neubert
erklärt.

Seit sie allein ist, sprechen Helga und sie wieder miteinander. Es ändert sich alles.

Als ich zurück in die Wohnstube komme, geht Wolfgang hinaus. Vom Küchenfenster aus sehe ich ihn den Kellergang hochkommen. Jetzt sind sie alle auf dem Hof. Ich nicht.

Der Sommer kommt schnell in diesem Jahr. Der Winter hatte heftige Kälte gebracht, jetzt folgt eine unerträgliche Hitze. In der Wohnung oben unter der Dachschräge fängt sich die Luft, will nicht hinaus aus den Fenstern. Oft bleibe ich im Keller, dort ist es kühl. Die anderen sind auf dem Hof, suchen Schatten an den Hauswänden. Die Bäume in den Gärten sind noch zu niedrig, ihre Kronen geben keinen Schatten. Draußen ist es unerträglich.

Und doch muss ich irgendwann hinaus. Ich setze mich auf die Stufen der Kellertreppe. Dort ist es kühler, schattiger, die trotz der Hitze noch feuchte, moosige Steinwand kühlt meinen Rücken. Oben im Hof die anderen.

Sie haben neue Radios in der Siedlung, sie stellen sie in die Nähe der Fenster und öffnen die Fensterflügel weit. Die Männer liegen im Hof in den hölzernen Liegestühlen, sie sitzen auf Bänken an der Hauswand. Sie haben gearbeitet während der Woche. An Sonntagen ruht die Siedlung. Die Kinder gehen auf Zehenspitzen, die Frauen pflücken lautlos Erbsen für die Mahlzeiten. Aus den Radios schallt es durch die Siedlung, der HSV spielt. Die Stimme des Reporters gellt aus den Fenstern der Häuser zum Hof, gellt durch die Gärten, gellt hinüber zur anderen Straße. Dazwischen die staubige Trägheit dieses Sommersonntags. Die liegenden Männer, sie tragen Trainingshosen, trotz der Hitze tragen sie blaue Trainingshosen, die Hosenbeine unten durch ein Gummiband zusammengehalten. Darunter die nackten, schmutzigen Füße, die Nägel nicht geschnitten. Sie brechen in den harten Schuhen.

Wolfgang liegt auf Neuberts Liegestuhl, das Sonntagsbier neben sich auf dem Sandboden des Hofes. Seine Augen sind halb geschlossen. Ich weiß nicht, ob er mich beobachtet. Ich sehe sein fleckiges Unterhemd. Es ist das Unterhemd, das er in seinem Seesack hatte, als er in das Finnenhaus kam. Die Flecken lassen sich nicht auswaschen. Seine Hände liegen auf seinem Bauch gefaltet. Dann und wann kann ich ein leichtes Zucken der Finger sehen, wie es mit dem Einschlafen kommt. Und doch habe ich das Gefühl, er beobachtet mich.

Jetzt richtet er sich auf, träge und schwer. Es scheint, als wolle er sich nicht aufrichten, sein Gesicht ist unwillig. Die Stimme des Reporters wird zu abgehackten Rufen, beschreibt Beine, den Ball, das Tor. Es ist ein sehr langes Wort. Dann wird es wieder still für Sekunden. Die Stimme des Reporters hängt allein zwischen den Bäumen und Sträuchern, zwischen dem Kraut, zwischen den Teppichstangen. Wolfgang sackt zurück in den Liegestuhl.

In allen Höfen werden die Männer sich aufgerichtet haben für den kurzen Moment, sie werden für diesen kurzen Augenblick, für dieses eine Wort Anteil gehabt haben an diesem staubigen Sonntag.

Draußen ist es unerträglich.

*Ich schlafe nicht in dieser Nacht.
Mir wird erschreckend bewusst,
dass ich mit Margots Schuld leben
muss, wenn ich meine nicht tragen
will.*

Meine Zeitungsausschnitte sind lückenhaft. Es gibt eine Lücke seit dem vergangenen Winter. Das war die Zeit, in der ich sehr wenig an ihn und an Berlin gedacht hatte; es war Wolfgangs Zeit. Jetzt ist Wolfgangs Zeit vorbei. Seit jener Nacht ist Wolfgangs Zeit vorbei. Ich versorge die Wohnung, ich versorge den Garten. Mich habe ich vergessen.

Ich schneide aus. Die Haupttäter müssen aussagen. Jetzt haben sie Ärzte verhaftet. „Führende Vertreter des staatlichen medizinischen Dienstes sollen das ‚verbrecherische System' der Welt aufzeigen ..." So lese ich jetzt auch im *Kiel Journal*. Sie veröffentlichen Namen in der Zeitung. Ich kenne einige von ihnen, sehe ihre Gesichter vor mir, die Narben auf der linken Wange und den Ausdruck ihrer Augen, die mit Güte und Milde im Blick verschleierten, was wirklich geschah. Im Dezember soll der Prozess beginnen. Sein Name ist nicht dabei. Sie suchen nach Zeugen.

In Zeitungspapier hat die Verkäuferin den Fisch gewickelt, den ich beim Kaufmann oben am Kirchberg kaufte. Ich lese: *Frankfurter Rundschau*, Frankfurt – das ist der amerikanische Sektor. Das macht mich neugierig. Sie ist einige Monate alt, ich kann es am Zeitungsrand lesen. Wie kann diese Zeitung hier nach Flintbek kommen?

Die Verkäuferin lacht: „Man nimmt, was man kriegen kann! In irgendwas muss ich den Fisch ja wickeln."

Flüchtig erkenne ich das Wort ‚Hadamar', während die Verkäuferin die Zeitung um den Fisch wickelt. Eilig laufe ich den Bäckerberg hinab in die Siedlung. Der Fisch ist nass und schleimig, er darf das Papier nicht aufweichen.

Im Finnenhaus ziehe ich den Fisch aus der Zeitung und streiche das Papier glatt. Der nasse Fisch hat das Papier an einigen Stellen aufgeweicht, ich muss sehr vorsichtig sein. Ich suche das Wort. Darunter setzt sich die Zeitungszeile fort, über dem Artikel steht sie und schleuderte mir die Wahrheit entgegen: „Die Todesomnibusse von Hadamar." So lese ich, streiche über das nasse Papier und zögere lange, bis ich weiterlese: Die grauen Busse nach Hadamar – sie fuhren weiter in die Außenlager. Ich weiß, dass ich Namen in die Listen schrieb. Alfons Klein. Sein Name etwas dicker gedruckt im Text. Ich kenne ihn, er war zufrieden mit meiner Arbeit bei der *Gekrat*. Die Bustransporte kamen regelmäßig. Es gab so viele verwundete Soldaten. Wo sollten alle bleiben? Ich habe Platz geschaffen für die verwundeten Soldaten damals. Alfons Klein war zufrieden; und jetzt wird er sterben. So lese ich. Auch zwei Pfleger sollen aufgehängt werden.

Und in mir erwacht eine Erinnerung, die in meinen Körper dringt, sich schmerzhaft ausbreitet und in Adern und Herz festbrennt: *Ich* hatte dafür gesorgt, dass die Transportwege verschleiert und die Orte des Tötens unkenntlich wurden. Ich habe die große Busgarage gesehen und nicht gefragt, ich habe den Schleusengang zum Keller gesehen. Und ich habe mich gewundert, weshalb die Fenster der Busse mit grauer Farbe zugestrichen waren, und nicht weitergedacht. Ich.

Als die Zeitung getrocknet ist, schneide ich den Artikel aus. Meine Hände zittern.

Ich möchte vergessen. Ich möchte Margot sein, ich muss Margot sein. Ich versorge die Wohnung und den Garten. Ich mühe mich, ich putze, ich grabe und hacke, ich halte aus, ich befolge die Spielregeln. Und trotzdem fühle ich, wie die Angst zu wachsen beginnt, denn sie suchen nach Zeugen und sie suchen Täter. Vielleicht bin ich auch dies. Ich bin eine Zeugin und ich will keine sein. Margot Wichmann ist keine Zeugin.

Ich habe Wolfgangs Bett in die andere Hälfte des Schlafzimmers gezogen. Die eisernen Beine haben den Fußboden verschrammt, die Spur ist deutlich zu sehen. Er hat das Bett so stehen lassen, wie ich es gestellt habe.

An diesem Abend schläft er nicht. Ich bin froh, seine tiefen Atemzüge, das Schnauben und Schnarren seines Nachtatems noch nicht zu hören. Ich will zuvor eingeschlafen sein, ich will seinen Atem nicht mit in meinen Schlaf nehmen, doch es gelingt mir nicht. Sein Atmen beruhigt mich nicht mehr. Seine Geräusche machen mir seine Gegenwart bewusst und ich will sie nicht – obwohl ich weiß, dass ich sie brauche, dass ich aushalten muss. Ich kenne diese Spielregel, sie ist stets gegenwärtig.

Dann wird sein Atem unruhig in dieser Nacht.

„Margot", sagt er in die Stille hinein, „Margot, du solltest an das Kind denken."

Da ist es wieder! Ich hatte ihm nicht glauben wollen. Wolfgang hatte nicht mehr davon gesprochen, und ich habe es vergessen wollen. Jetzt steht es wieder zwischen uns. Ich antworte nicht, versuche ruhig zu atmen, er soll meinen Schrecken nicht hören.

Zeit vergeht.

Dann höre ich, wie er Luft einzieht; gleich wird er etwas sagen. Aber – er wird nur die Lippen geöffnet haben, sein Atem zischt zwischen den Zähnen. Meinem Bedürfnis, tief

Luft einzuatmen, muss ich nachgeben, mein Herzschlag verschließt die Luftröhre, das Gefühl ist übermächtig.

„Sag' was, Wolfgang."

Es klingt wie eine Bitte. Es sollte nicht wie eine Bitte klingen, und ich höre es doch.

Wolfgang schweigt, sein Atem geht gleichmäßig und schnell. Dann sagt er: „Margot, du hättest es wissen müssen. Warum hast du das getan?"

Wort für Wort schlägt das Herz mir diesen Satz in mein Bewusstsein. Margot hätte ‚es wissen müssen'. Was hat Margot getan, deren Leben ich lebe? Gibt es eine Schuld, an der Margot getragen hat? Ist sie deshalb fort aus seinem Leben? Werde ich jetzt Margots Schuld tragen?

Ein Kind ist nicht eingetragen in das Stammbuch. Es könnte eine Lüge sein, dieses Kind. Aber es gab Margot. Ich habe die Fotos, ich habe ihren Haarzopf. Sie schnitt ihn vor ihrer Hochzeit ab, weil er es *nicht* wollte. Verlor sie das Kind, noch bevor es geboren werden konnte? Verlor sie es in einer Bombennacht? Hatte sie das Kind in der Lützowstraße allein gelassen, als das Haus brannte? Als das Feuer das dritte Stockwerk zum Einsturz brachte? Heftig und plötzlich trifft mich die Erinnerung an die Befragung im Amtszimmer in Flintbek. ‚Welches Stockwerk?', hatte die Frau mit dem geraden Rücken gefragt. Ich hatte mir das dritte Stockwerk gedacht. Weil es dort am stärksten brennt.

Ich höre, wie er sich in seinem Bett auf die Seite legt. Die Sprungfedern ächzen. Dann ist es still. Sein Atem geht ruhig, nach und nach kommen seine Nachtgeräusche.

Ich schlafe nicht in dieser Nacht. Mir wird erschreckend bewusst, dass ich mit Margots Schuld leben muss, wenn ich meine nicht tragen will. Noch in der Nacht steige ich auf den Boden, halte Margots Haarzopf. Er liegt schwer in meiner Hand und er gibt mir keine Antwort.

Am Morgen finde ich meinen Alltag wieder. Ich versuche die Nacht zu vergessen.

Die Kartoffeln hatte ich früh ausgepflanzt in diesem Frühjahr, so, wie Helga es angewiesen hatte, geviertelt, in die Erde gelegt und später gehäufelt. Wir essen schon seit einigen Tagen von den eigenen Kartoffeln, sparsam zwar, aber es werden genug für den Winter bleiben. Der Sommer war trocken und heiß, sie sind früh gereift. Jetzt ist die Kiste unter der Kellertreppe aufgefüllt. ‚Wolfgang ist zufrieden‘, so dachte ich noch vor wenigen Tagen.

Ich hätte für die Kartoffelernte die Forke von Neuberts leihen dürfen, und doch brachte er mir eine andere. Als er vor mir stand, erschrak ich. Er hatte im Keller auf mich gewartet. Ich hatte die Hühner gefüttert, zog meine Holzschuhe aus, der Hühnermist ist klebrig. Plötzlich stand er da, die Hacke in der Hand. Er lachte, als er meinen Schrecken bemerkte, aber sein Lachen machte es nicht leichter. Ich sah seine Freude, eine böse Freude. Er hob die Hacke hoch, hielt sie nah vor mich.

„Du schlägst sie in die Erde, ziehst die Hacke zu dir. Sie ist besser als eine Forke, der Acker wird schon geerntet sein", sagte er fordernd.

Vor meinen Augen die gebogenen Eisenzinken, langen dünnen Krallen gleich.

„Wolfgang, wir haben schon geerntet."

„Nicht genug, der Winter ist lang. Wir essen jetzt schon davon."

„Im letzten Winter hast du welche gebracht. Du konntest welche organisieren, auch für Helga!"

„Tu, was ich sage. Die anderen Frauen tun es auch. Hast du schon mal was von einem ‚Alibi‘ gehört? Du bist mein Alibi! Die Frau des Polizisten stoppelt Kartoffeln wie alle Frauen." Dann schaute er mir ins Gesicht, bohrend sein Blick, sein Mund lächelte. Ich verstand sein Lächeln nicht.

Nach schmerzhaft langer Zeit fügte er hinzu: „Verstehst du? Du bist das Alibi!" Seine Stimme war hart. Ich wusste, ich konnte ihm jetzt nicht widersprechen.

Viele Felder sind schon geerntet, mehrfach. Nach unserer Begegnung im Keller suchte ich die Umgebung des Dorfes nach Feldern ab, die geerntet waren. Ich war zu spät. Der Wind wehte noch recht warm, als ich mich mit dem Fahrrad auf den Rückweg von meiner Suche machte. Meine blaue große Tasche hatte ich auf den Gepäckträger geklemmt. Sie hätte voller Kartoffeln sein sollen. Wolfgang würde ärgerlich sein. Und ein dumpfes Gefühl, das ich nicht benennen konnte, spürte ich in mir. Es wurde, je näher ich dem Dorf kam, zu einem Satz, den ich kannte: „Genießt den Krieg, der Friede wird schrecklich." Der Bunkersatz fraß in meinem Kopf. Ich hatte vergessen, dass dieser Satz für mich keine Bedeutung haben sollte. Der Krieg war vorbei, der Friede war schrecklich. Jetzt fraß der Satz sich fest, fuhr mit mir hinein in das Dorf, in dem ich lebe.

Als ich in die Straße einbog, in der das Finnenhaus steht, erwachte schwach der Schatten einer Erfahrung: ‚Ich muss eher dort sein, wo gestoppelt wird. Ich muss hören, wenn das Gerücht durch die Straßen geflüstert wird!' Mir hatte die Kraft gefehlt, das Flüstern zu hören. Als ich mein Fahrrad die Kellertreppe hinabtrug, wusste ich, ich würde am nächsten Tag sehr früh die Feldwege abfahren und sehen, welche Felder abgeerntet waren. Ohne Tasche würde ich fahren, ganz unauffällig ohne Hacke und ohne Tasche, nur um das geeignete Feld zu finden. In der Nacht wird das Feld dann meines sein.

Das Wetter hält sich gut, am Morgen regnet es nicht. Wolfgang war gestern spät gekommen, er hatte nicht gefragt in der Nacht. Der Schlaf hat mir gut getan, jetzt fühle ich

Energie und die nötige Kraft in mir, die Wege abzufahren. Ich muss die ungeernteten Felder finden. In der Nacht dann werde ich zurückkommen.

Als ich zwischen Techelsdorf und Böhnhusen an dem dichten Knick vorbei in die Biegung fahre, sehe ich eine Menschengruppe. Im Näherkommen erkenne ich einige Dörfler, ich hatte ihnen Passierscheine ausgefüllt, damals, als ich … Mein Gedanke verliert sich, ich entdecke Hacken und einige Fahrräder, abgelegt am Straßenrand. Die Dörfler sehen mich kommen, sind von seltsamer Unruhe ergriffen.

Als ich vom Fahrrad steige, teilt sich die Menschentraube und mein Blick erfasst eine unwirkliche Szene: Im Heckloch steht der Kartoffelroder. Er füllt den Raum zwischen den Steinpfosten aus, sperrt den Zugang zum Feld. Das Gatter ist aufgeschoben und ragt in das Feld hinein. Das Feld geerntet, die aufgewühlte Erde hell getrocknet. Hinter dem Gatter eine Gruppe Menschen, auf dem Acker sitzend, essend. Gruppiert um ein großes Tuch, auf dem ich mehrere Speckseiten, Milchkannen, Becher und ein großes Messer liegen sehe. Aus einem Korb ragt ein Brot hervor, einer der Männer nimmt das Messer in die Hand und beginnt, Stücke von den Speckseiten abzuschneiden. Ich erkenne den Bauern, ich selbst hatte ihm einen Passierschein für die Fahrt mit dem Pferdefuhrwerk in die Stadt ausgestellt. Jetzt reicht er die Speckscheiben herum, er hat sie auf die Messerspitze gespießt, die anderen nehmen vorsichtig Scheibe für Scheibe ab und kauen. Sie vermeiden den Blick der vor dem Gatter Stehenden, doch sie trinken die weiße Milch und kauen, brechen vom Brot ab und beißen hinein. Das Brot ist weich, ich kann sehen, wie die Kruste sich zieht, wenn sie hineinbeißen.

Die Blicke der Menschen vor dem Gatter sind auf mich gerichtet. Sie haben mir den Blick eröffnet auf diese Szene, sind zur Seite getreten, als ich vom Fahrrad stieg. Ich spüre ihre Erwartung. Sie kennen mich aus der Brückenstraße, sie erinnern sich daran, dass ich die Passierscheine ausgegeben hatte. Jetzt bin ich nicht mehr die, ‚die es mit den Engländern hat‘, jetzt soll ich dafür sorgen, dass der Bauer das Feld freigibt zum Stoppeln. Doch noch mehr als die Erwartung der anderen macht mich zornig, was ich sehe. Meine goldene Uhr für ein Federbett, die Erinnerung kommt hoch und mischt sich in die Szene vor mir. Ich gehe ans Gatter, dränge mich an dem Kartoffelroder vorbei.

„Wann wird das Feld freigegeben?“ Meine Frage ist laut, schrill bleibt sie in meinem Ohr.

Langsam löst sich der Bauer aus der Runde, langsam kommt er auf mich zu.

„Erst ich. Dann die da.“

Er zeigte mit der Hand auf die auf dem Acker sitzenden Landarbeiter.

„Und dann ihr.“

Seine Stimme hat jedes Wort langsam in die Sätze gezerrt, jetzt steht er da, seine Hand hebt sich abwehrend und eindeutig. Im Weggehen dreht er sich noch einmal zu mir und wiederholt beherrschend: „Und erst danach ihr!“

Und mir wird klar, dass das, was vor Monaten noch gegolten hatte, nicht mehr nützlich ist. ‚Wo viele sind, finde ich, was auch ich brauche‘, diese Erfahrung gilt nicht mehr. Die Macht liegt jetzt bei einem, bei dem Bauern. Er bestimmt, er ordnet an. Er rodet zuerst, danach seine Landarbeiter und dann die Dörfler.

Mein Entschluss reift noch in dieser Nacht. Ich will nicht zu den Machtlosen gehören.

Ein Kartoffelroder steht auf dem Nachbarfeld, als ich die Wegbiegung zwischen Techelsdorf und Böhnhusen in dieser Nacht erreiche. Offensichtlich soll dieses Feld am Tage gerodet werden. Im fahlen Mondlicht sehe ich das blasse Kartoffelkraut, welk und erntereif liegt es auf der angehäufelten Erde, müde und ergeben. Aber ich weiß, unter der Erde liegen die Knollen, die Nahrung für einen langen Winter. Mein Fahrrad habe ich weit vorher in den Knick geschoben, der Dynamo ist kaputt. Ohne Licht bin ich die Sandwege entlanggefahren in der Gewissheit, dass kein Lichtschein mich verraten wird. Ich muss vorsichtig sein, die Bauern lassen ihre Felder auch in der Nacht bewachen. Stets bereit, bei Geräuschen in den Straßengraben zu springen, bin ich langsam im Schatten der Hecken gefahren. Das leise Knirschen und Schaben der Reifen im Sand der Wege begleitete mich.

Vor mir liegt das weite Feld. Es wäre einfach, im unberührten Feld die Stauden mit Wolfgangs Hacke herauszuziehen. Doch ich habe Angst vor Entdeckung, es gibt Strafen – und Wolfgang ist der Polizist. So schleiche ich mich im Straßengraben an der Knickseite entlang. Seitlich am Heckloch krieche ich auf das Feld, dorthin, wo es dunkler ist. Die Nachthelligkeit wirft lange Schatten hinter den Knick. Die Steine im sandigen Acker bohren sich in meine Knie, als ich durch die Erde krieche. Sie werden aufschürfen, eindrücken, doch das darf mich nicht kümmern. Ich will Kartoffeln.

Sehr bald merke ich, dass an den Feldrändern die Kartoffeln zwar klein, aber zahlreich sind. Wolfgangs kurze Hacke greift hinter eine Staude, hakt sich unter dem welken Kraut fest. Es ist gut, dass der Stiel kurz ist; ich zerre vorsichtig die Hacke zu mir, die Knollen sollen an dem sandigen Fadengespinst hängen bleiben. Einige Knollen liegen blassgelb im Mondlicht, dort, wo das Licht die Schatten durchbricht. Ich greife danach und schiebe sie in meine Tasche, die hinter mir auf dem Sand liegt. Mit der Hand greife ich in die lockere Erde, sie riecht gut, sie riecht nach

Kartoffeln. Ich ertaste mehr, fasse die erfühlten Kartoffeln und schiebe sie hinein in meine blaue Tasche.

Im Glauben, erst eine kurze Strecke durch die Erde gekrochen zu sein, drehe ich mich um. Der Straßenknick ist weit entfernt, ich muss zurück, zerre die Tasche durch den Sand.

Stolz erfüllt mich. Ich habe Kartoffeln, viele Kartoffeln. Wolfgang wird zufrieden sein. Niemand hat mich gesehen, aber ich fühle vor allem meinen Sieg. Ich bin nicht machtlos, ich habe Kartoffeln.

Wolfgang ist nicht zufrieden. Meine Tasche sandig und aufgerissen, meine Knie zerschunden.

„Du hast mich nicht verstanden. Alle sollten dich stoppeln sehen, gemeinsam mit den anderen Frauen solltest du stoppeln. *Alibi*, verstehst du endlich? Alibi für den Polizisten."

Erst jetzt begreife ich. Ich fühle, dass ich hinausfalle aus diesem Leben. Dieses kleine Fleckchen Leben, das mir geblieben war, schrumpft zusammen, gräbt sich in den Sand des Kartoffelackers.

Meinen Sieg vergesse ich. Mich vergesse ich auch.

Die Leiter ziehe ich hinter mir hoch und schließe die Luke. Niemand weiß, dass ich hier oben bin.

Im November veröffentlichen sie die Urteile über die Hauptschuldigen in den Zeitungen. Niemand im Dorf nimmt Notiz. Niemand spricht darüber, als gäbe es diese Nachrichten nicht. Ich kaufe die *Kieler Nachrichten*. Sie kommt nur mittwochs und sonnabends heraus, ich warte ungeduldig.

Niemand merkt, dass ich die Artikel aufhebe. Wolfgang gibt Helga die Zeitung und wenn sie sie wieder zurückbringt, schneide ich meine Artikel aus. Der Rest kommt auf den Haken in der Toilette. Ich wundere mich, dass es keinen interessiert, was in Nürnberg geschieht. Nur einmal sagte Helga zu mir: „Hier steht's, der Ley … Das ist der, der unsere Finnenhäuser bauen ließ, es war sein Plan."

Später las ich den Artikel: Er hatte sich umgebracht, mit seiner Unterwäsche stranguliert, noch bevor der Prozess begann; auf dem Klo sitzend soll er sich aufgehängt haben. Wir wohnen also in einer *Ley-Siedlung*. So hatte niemand bisher unsere Siedlung genannt, auch damals nicht der Bürgermeister im Amt. Was hat er sonst noch getan, dieser Ley?

Wenn alle fort sind, kommt meine Zeit. Dann klettere ich auf meinen Dachboden. Meine Sachen finde ich unverändert vor, mein Bild auf den Dielenbrettern. Ich weiß, dass ich alles auf den Bodendielen verteilt liegen lassen kann, niemand geht dort hoch, es ist ein sicheres Versteck. Ich würde es hören, die Luke schnarrt laut, wenn sie geöffnet wird. Und die Leiter lege ich so gegen die Wand, dass ich jede Veränderung ihrer Stellung sofort erkennen würde. Einer der Leiterholme lehnt gegen eine rosa Tapetenblüte. Ich würde sofort erkennen, wenn die Leiter verschoben wäre, es ist eine gestörte Blüte, eine angerissene an der Tapetennaht, faltig gekleistert. Ich würde es sofort merken, ich bin immer im Haus.

Jetzt sortiere ich die Zeitungsausschnitte nach dem Datum. Es sind sehr viele inzwischen. Ich setze alles zusammen, mein Bild verändert sich. Und so wie es in einem Bild einen Vordergrund, einen Teil in der Mitte und den Hintergrund gibt, soll es jetzt drei Teile hintereinander geben in meinem Bild auf den Bodendielen. Meine Notizen, auf Helgas Papier geschrieben, bleiben in der Mitte. Sie sind nicht mehr so wichtig, aber sie sind da. Die Zeitungsausschnitte sind der Vordergrund – wie auf meinem Leistikow in Berlin mit dem dunklen Vordergrund, den nächtlichen hohen Bäumen, dem schwarzen Ufer. Ich wollte den Leistikow damals in Berlin nicht sehen, setzte mich mit dem Rücken zum Bild auf das rote Sofa. Jetzt sind die Zeitungsausschnitte der dunkle Vordergrund. Dieses Bild tut mir weh, ich übe mich darin, auf den Vordergrund zu schauen. Und wirklich, nach und nach kann ich es mit diesem Vordergrund länger aushalten. Aber ich spüre, dass die Zettel, auf die ich mein erdachtes Leben schrieb, immer unwichtiger werden. Doch sie müssen in der Mitte des Bildes bleiben, denn sie erzählen auch ein wenig von mir. Eigentlich sollte der Zopf im Hintergrund liegen. Ich lege ihn nicht auf die Bodendielen, er kommt in die Tasche im Kofferdeckel. Er hat seine Bedeutung verloren.

In der Zeitung hatten sie ein Foto abgedruckt. Ich fand es nach der Nacht, die mir diesen furchtbaren Satz brachte: ‚Du hättest es wissen müssen.' Dieser Satz begleitet mich, ich versuche ihn auszuhalten. Der Gedanke an Margots Schuld lässt mich nicht los. Dann fand ich dieses Foto in der Zeitung, ein Kinderbild. Ein Mädchen mit blassen Augen, die Haare am Kopf mit einem Kamm zu einer kleinen Rolle gelegt. Einige lockige Härchen auf der Stirn. Der Kamm kann die feinen Locken nicht halten. Es versucht zu lächeln, das Kind, aber es ist noch klein; es wird seinen Namen kennen und ihn nicht sagen können. Ich habe das Bild ausgeschnitten, den Text darunter habe ich versäumt auszuschneiden. Als ich es bemerkte, war es zu spät. Auf dem Haken in der Toilette fand ich den Zeitungstext nicht mehr. Jetzt weiß ich nicht, was mit dem Kind geschehen ist. Ich lege das Zeitungsbild in den Hintergrund. Den Zopf muss ich wieder aus dem Koffer nehmen, ich lege ihn dazu. Margots Kind.

Es ist gut hier auf dem Boden, ich kann mir die Bilder legen, wie ich es möchte.

Ich könnte das Kind und die Mutter wegsperren, sie in die Stofftasche im Kofferdeckel legen, wenn ich es wollte. Dann gäbe es keinen Hintergrund mehr, doch ich fühle deutlich, dann wäre das Bild falsch.

Die Zeitungsberichte sind der Vordergrund. Das dunkle Ufer im Vordergrund. Ich zwinge mich, halte diesen Vordergrund aus, betrachte ihn lange. Und ganz unvermittelt ist mir die Telefonnummer *seiner* Berliner Wohnung eingefallen. Plötzlich war sie da, die Zahlenfolge. Jetzt geht sie mir nicht mehr aus dem Kopf. Zuerst versuchte ich mich selbst zu verunsichern, fing die Zahlenfolge mit einer falschen Ziffer an. Doch unbeirrt kam die Ziffernfolge wieder.

Ich versuche mich auch an die Telefonnummer der Zentrale zu erinnern. Sie fällt mir nicht ein. Es wird sie auch nicht mehr geben, es gibt die Zentrale nicht mehr. Seine Wohnung vielleicht, sie liegt im britischen Sektor. Berlin wird aufgeräumt, Berlin wird wieder aufgebaut. Jetzt habe ich mir die Telefonnummer auf einen Zettel geschrieben und auf die Zeitungsberichte gelegt. Sie gehören zusammen und ich bin nicht mehr sicher, ob ich sie vergessen möchte.

Dann entschließe ich mich.

In der Poststation in Flintbek, unten in der Nähe des Bahnhofs im Heitmannskamp, war ich bereits zuvor gewesen, habe gesehen, wie Verbindungen gestöpselt wurden. Eine der Frauen kenne ich, nur ihr Gesicht kenne ich. Aber mir ist klar, sie wüsste dann von meiner Verbindung nach Berlin. In Kleinflintbek kennt mich niemand.

„Ich will meinen Bruder erreichen", diesen Satz habe ich mir zurechtgelegt, er kommt wie beiläufig über meine Lippen. Es gibt keinen Bruder. Das ist gut für mich.

Man versucht die Verbindung, ich sage die Zahlen aus dem Kopf.

Es gibt keine Verbindung mit dieser Nummer in Berlin.

Den kleinen Zettel verbrenne ich im Küchenofen. Die Telefonnummer habe ich immer noch im Kopf.

Eine vibrierende Stille hat sich über die Gärten gelegt, als ich das Küchenfenster schließe.

Nachts höre ich die Schreie.
„Er hat seine Beine mitgebracht aus dem Krieg", sagt Wolfgang beiläufig.
Ich sehe tagsüber das fragend leere Gesicht, der Körper verkürzt im Rollstuhl. Ohne seine Beine. Mit angestrengten Armbewegungen vor und zurück schiebt er sich vorwärts. Er ist häufig draußen auf der Straße, umfährt die Siedlung mehrmals am Tage. Wenn ich ihm begegne, nickt er mir fast unmerklich zu, und mir scheint, er schämt sich für den Gruß. Wolfgangs Satz habe ich nicht verstanden. Aber Helga weiß es von einer Nachbarin: Er ist zurückgekommen aus dem Krieg mit seinen Schmerzen, er fühlt seine Beine, er fühlt die Schmerzen in seinen Beinen, die nicht mehr da sind, in der Nacht, jede Nacht. Dann höre ich seine Schreie. Ich öffne das Küchenfenster und lasse seine Schreie hinein. Zuerst sind sie leise, ein Stöhnen nur, doch so laut, dass es über den Garten bis zu unserem Küchenfenster auf der Hofseite hörbar ist. Erst wenn er wie ein Wolf heult, laut und gedehnt, wenn der Schrei sich über die Beete in den Gärten, um die dünnen Stämme der Bäume legt, schließe ich das Fenster und nehme den Schrei mit in meinen Schlaf.
Nachts werde ich wach von meinem Schrei.
Wolfgang sagt, ich schlafe ruhig. Er hört die Schreie nicht. Er besorgt und organisiert, ein Polizist kommt an vieles. Es ist jedoch schwerer geworden. Der Gemeinderat hat beschlossen, dass es einen weiteren Polizeiposten geben

soll. Und freiwillige Helfer aus dem Dorf. Es wird viel gestohlen, auch die Kaufleute werden bestohlen, kürzlich soll eine ganze Tonne Sauerkraut weggekommen sein. Und die Butterration. Auch in den Gärten wurde bei Nacht gestohlen. Es können nicht mehr die Lagerinsassen gewesen sein wie früher, alle sind fort. Zuletzt gingen die Letten, sie gingen zusammen mit den Engländern.

Frau Neubert findet andere Schuldige.

„Es sind die Städter", sagt sie. „Sie kommen nachts aus Kiel und aus Neumünster, manche auch aus Hamburg. Sie kriechen durch die Gärten und schaffen beiseite, tragen in die Städte, was sie aus den Gärten holen."

Jetzt sollen freiwillige Helfer Wache halten.

„Es ist wie im Krieg", sagt Helga.

„Schlimmer als der Krieg", sagt Frau Neubert.

Ich will es nicht wissen, ich habe mein Versteck auf dem Boden.

Die Zettel, auf denen meine Lebensgeschichte sorgfältig nummeriert geschrieben stand, habe ich im Küchenofen verbrannt. Eine große Traurigkeit überfiel mich, als die Flammen nach dem Papier züngelten. Sie griffen nach einem Leben, das meines hätte sein können, schluckten dieses erdachte Leben fort, zogen mich hinein in die Asche, bis meine Augen in Müdigkeit verbrannten. Als ich die Ofenklappe wieder schloss, fühlte ich mich sehr allein. Ich spürte die Feuerglut in meinem Gesicht.

Weit unten in der Stofftasche im Kofferdeckel fand ich den Zettel meines Engländers. Ich hatte den Haarzopf darübergelegt. Deshalb ist der Zettel zerknickt, an einer Stelle eingerissen.

„With admiration."

Das kleine ‚d' hatte ich mit einer Nadel reinigen wollen. Ich konnte es nicht mehr tun, Wolfgang war mir zuvorgekommen, er hatte mir verboten, bei meinem Engländer zu arbeiten. Ich habe Wurzeln geerntet und die Petersilie gehackt. Jetzt kann ich den metallenen Buchstaben der Schreibmaschine nicht mehr reinigen. Mein Versuch, die Verehrung meines Engländers in die Bildmitte zu legen, scheiterte. Dieses Bild ist falsch. Es gibt sie nicht mehr, diese Verehrung. Wahrheiten schieben sich in meinem Kopf übereinander, voreinander. Was weiß Wolfgang? Was weiß er von mir? Meiner Schuld? Von Margots Schuld? Was weiß ich von *meiner* Schuld? *Ihn* haben sie nicht verhaftet, nicht in Berlin oder anderswo. Seinen Namen habe ich nicht gefunden, viele andere auch nicht. Was weiß ich von Schuld? Habe ich Schuld?

Aus dem Kofferdeckel habe ich Margots Haarzopf und das Kinderbild wieder herausgenommen. Ich musste es tun, ich hörte das Kind rufen. Es ist gut, dass ich Ordnungen aufheben kann. Mit dem Hochzeitsfoto decke ich das Kindergesicht zu. Es ist sein Kind und ihr Kind. Wenn ich das Kindergesicht zudecke, kann es mich nicht mehr anschauen und ich höre sein Rufen nicht. Das ist gut. Es ist da und schaut mich doch nicht mehr an. Auf dem Hochzeitsfoto das kurze Haar, der am Kopf anliegende Schleier, die Locke, die das linke Auge fast zudeckt. Den Haarzopf greife ich hastig, den Seidenschal. Ich will nicht, dass er bei dem Hochzeitsfoto liegt. Die alte Ordnung muss ich aufheben. Eine schmerzhafte Unruhe strömt in meine linke Hand, die den Haarzopf hält, ich spüre das Zittern meiner Finger. Ich habe den brennenden Wunsch, das Haar aus der Hand zu legen, zurück in den Koffer – und doch kann ich es nicht. In dem zwingenden Bedürfnis, meine Hand und das Haar zu trennen, lege ich den Schal um den Zopf, wickele ihn ein in die Seide. Fest ziehe ich den weichen Stoff, schnüre ihn um das Haar. Und dennoch zieht der Schmerz durch Hand und Arm und haftet in mir.

In der Wohnung höre ich Wolfgang, höre ihn die Ofen-klappe schieben. Jetzt kann ich den Haarzopf in den Koffer legen. Mit dem Geräusch der Ofenklappe kann ich ihn aus meiner schmerzenden Hand legen.

Wolfgang hat mich kommen hören, vielleicht habe ich auf die klagenden Dielen getreten.

„Wo kommst du her? Wo warst du?" Wolfgang steht hoch aufgerichtet vor dem Küchenherd. Sein Blick forscht, er will es wissen. Ich muss es ihm sagen, ich kann nicht anders, sein Blick gibt mir vor, was ich sagen muss.

„Ich war auf dem Boden."

Sein Mund verzieht sich zu einem harten Lächeln. Er sagt nichts und doch weiß ich, dass er eine Erklärung er-wartet. Er will es wissen.

„Ich mache Ordnung, Wolfgang."

Jetzt lacht er laut auf, dreht sich zur Feueröffnung und stößt hart den Feuerhaken in die Glut. Ins Feuer hinein sagt er: „Der Boden ist leer."

„Wolfgang, wer bin ich?"

„Du bist Margot Wichmann, die gleich im Garten ar-beiten wird. Es gibt dort immer etwas zu tun für Margot Wichmann."

Als er an mir vorbei aus der Küche geht, höre ich die Bo-dendielen. Ihr Klagen umfasst mich, ich weiß, es geht nicht mehr weiter. Es geht nicht mehr vorwärts, ich muss zurück. Wo habe ich mich verloren? Den Weg, den ich gekommen bin, werde ich noch einmal gehen – in die andere Richtung. Ich muss den Ort finden, an dem ich mich verloren habe. Die alte Ordnung muss ich suchen. Ich muss mich suchen. Ich werde mich finden, wenn ich den Weg von Flintbek zurückgehe nach Kiel, vielleicht muss ich bis Berlin gehen. Ich weiß nicht, wann ich mich finde, ich weiß nicht, wo ich mich finde.

In dieser Nacht bleiben die Schreie aus. Eine vibrierende Stille hat sich über die Gärten gelegt, als ich das Küchenfenster schließe. Noch in dieser Nacht lege ich die Kennkarte in den Koffer zu dem Haarzopf, nur diese beiden Teile liegen im Koffer. Die anderen Dinge verstecke ich hinter dem Nachtschrank in der Ecke des Dachbodens. Der Topas liegt in einer Dielenspalte. Dann verschließe ich meinen Koffer mit dem Lederriemen; morgen werde ich ihn mitnehmen. Ich bin jetzt sicher, es hat alles seine Ordnung im Finnenhaus. Ich habe die Ordnung geschaffen. Ein Blick zurück, der Boden ist leer.

Den kleinen Laden erkenne ich sofort wieder. An einer Stange über der Tür hängt jetzt ein Holzschild. *Friseur* ist mit weißer Farbe auf das Holz geschrieben, und als müsste es glaubhaft gemacht werden, hängt eine Trockenhaube am Ende der Stange.
Ich setze mich auf einen der freien Stühle. Drei sind noch frei. Sie stehen hinter dem Schaufenster ohne Auslagen. Es gibt zwei Frisiertische. Nur diese zwei. Er hat die Tische dicht nebeneinander geschoben, Holztische, an deren Außenseiten Trockenhauben geschraubt sind. Sie waren damals, als ich in den ersten Tagen nach dem Krieg den Friseur aufsuchte, noch nicht da. Es gab eine beschädigte Haube, und ich vermute, dass sie draußen an der Stange hängt. Zwischen den Tischen ein Regal mit Wicklern und Bürste. Einige Handtücher sehe ich unten in dem kleinen Regalfach. Auch sie sind neu, es waren nicht so viele, damals in den ersten Tagen. Es gibt ein Waschbecken hinten an der Wand. Der Friseur hantiert zwischen den Tischen. Ich habe ihn sofort wiedererkannt. Eine Haube füllt den kleinen Salon mit ihrem lauten Ton, füllt ihn mit verdunstender Feuchte. Es riecht nach öliger Sprödigkeit.

Eine Frau verlässt den Salon. Wir rücken auf. Die Frauen schieben sich einen Stuhl weiter. Noch bevor ich aufstehe, fasse ich an den Griff meines Koffers. Erst der Koffer, dann ich. Der Friseur schaut auf, schaut auf mich, dann auf meinen Koffer.

„Muster?", fragt er und ich sehe an seinem Blick, dass er zweifelt. Vielleicht hat er mich erkannt.

Ich schüttle den Kopf und bleibe sitzen. Nein, keine Muster. Nicht die, die er meint. Und doch sind es Muster. Lebensmuster. In meinem Kopf hat sich das Wort ausgebreitet, über den Haarzopf in meinem Koffer gelegt, über den Seidenschal, über die Kennkarte. Nur diese Dinge habe ich in den Koffer gelegt. Das Mädchenbild liegt auf dem Dachboden und auch die Zeitungsausschnitte.

Ich werde die Letzte sein, hier in der Reihe der Frauen. Er wird sich erinnern, dass er mir die Haare nach dem Foto gekürzt hat, dass er stolz war auf den Haarschnitt, der aus der Mode gekommen war. Er hatte das Handwerk nicht gelernt und es gut gemacht. Stolz war er. Er zieht sein Bein nach, immer noch. Wie sollte es anders sein? Ich sehe die kleinen Schritte, die er trippelnd zwischen den Frisiertischen macht. Für kurze Momente wird er kleiner, als wenn er tanzt. Tänzelnd und rhythmisch zur Musik seiner Geschicklichkeit. Seine sicheren Handbewegungen, beinahe Eleganz, mit der er Lockenwickler aus dem Haar rollt und in die Schale zwischen den Frisiertischen legt, geben mir Vertrauen. Er wird sich erinnern, er wird mir die Gewissheit wiedergeben können, dass damals eine andere Frau hier in diesem Salon war. Er wird erkennen, dass in dem Koffer Muster eines Lebens verwahrt sind, das nicht meines ist. Er wird meine Haarfarbe fachkundig mit der Haarfarbe des Zopfes vergleichen. Es werden nur geringe Unterschiede sein, sehr geringe, aber er wird sie erkennen.

Dann wird er meinen Zettel unterschreiben.

„Ich bestätige, dass der mir vorliegende Haarzopf nicht zum Kopfhaar der vor mir stehenden Person, ausgewiesen als Margot Wichmann, gehört." Unterschrift.

Ich kenne ähnliche Bescheinigungen aus dem Amt in Berlin. Und Wolfgang Wichmann hat mir seine Bescheinigungen gezeigt.

„Ich bescheinige, dass W. Wichmann ein guter Soldat war, nur ein guter Soldat. Er flog gen Osten." Unterschrift. Die Bescheinigung für die Engländer.

Es muss so gehen. Ich werde zum Amt gehen, mit diesem Zettel zum Amt gehen und mit meinem Haarmuster. Sie werden überzeugen, und jeder wird erkennen können, dass es nur Muster sind. Nicht mein Leben. Es muss so gehen. Muss.

Jetzt stehe ich auf. Das laute Rauschen der Trockenhaube nehme ich mit. Es füllt meine Ohren. Ich öffne den Koffer, zeige den Haarzopf, nehme ihn in meine Hand, greife mit der freien Hand nach seiner, drehe sie und lege den Haarzopf hinein.

„Es ist nicht meines", sage ich – und merke, wie seine Hand in meiner erstarrt. Ich packe fester zu. „Es ist nicht meines." Der Ton der Trockenhaube deckt zu, was ich sage.

Er schaut fragend auf mich, befreit sich ruckartig aus meiner Hand und legt den Zopf zurück in den Koffer. Ich merke, er hat nicht verstanden.

„Prüfen Sie bitte. Es ist nicht meines."

Langsam weicht er einen Schritt zurück, bleibt auf seinem kürzeren Bein für Augenblicke stehen, erscheint dann wieder, wird größer, als er sagt: „Den habe ich nicht abgeschnitten."

Dann wendet er sich geschäftig der Frau unter der Haube zu, das Geräusch verstummt. Ohne den Ton ist der Raum leer. In meinem Ohr rauscht es. Ich sehe seine Geschäftigkeit, ich will seine Unterschrift. Ich will, dass Wolfgang Wichmann erfährt, dass ich nicht seine Frau bin. Ich muss es beweisen, ich muss nachweisen, dass ich eine andere Frau bin. Nicht seine, niemals seine war. Ich brauche die Unterschrift.

Unruhe, Furcht in mir. Es hilft, wenn ich langsam atme. Langsam ziehe ich die ölige Luft des Salons ein, schicke sie zurück in den Raum, in dem mein Leben als Margot Wichmann begann. In dem mir der Friseur die Haare schnitt nach dem Foto, das Margot Wichmann abbildete, die andere Margot, die ich nicht mehr sein kann. „Der Haarschnitt ist aus der Mode", hatte der Friseur gesagt, „aber gut für Sie." Dann hatte er geschnitten, und ich war die andere, gänzlich die andere. Ich hatte Margots Haarschnitt. Das war der Anfang damals.

Die Tür fällt ins Schloss, der Friseur steht unschlüssig vor meinem Koffer. Wir sind allein jetzt. Er schaut auf den Haarzopf, der auf dem Seidentuch liegt, und wiederholt lauter: „Den habe ich nicht abgeschnitten."

„Nein", antworte ich, nehme den Zopf in die Hand und drücke ihn in mein Haar hinein. Mich schaudert es, Margots Haar in meinem, ihr Haar in meinem. Kaum kann ich dieses Gefühl aushalten. Ich dränge: „Ist es mein Haar?"

Er kommt auf mich zu, auf und ab, er muss auf der Stelle treten, um auf seinem längeren Bein bleiben zu können. Ich neige mich zu ihm, ich will, dass er Margots Haar in meinem sehen kann. Ich drehe mich dem Licht zu, er dreht sich mit mir. Er schaut, ich fühle, wie er mein Haar über Margots legt.

Nach einer langen Weile antwortet er: „Ich erkenne den Unterschied nicht."

Aus.

Jetzt ist es aus. Er erkennt den Unterschied nicht. Er wird nichts bezeugen. Gleichzeitig weiß ich deutlicher noch als in dem Moment, in dem ich den Entschluss fasste, nicht mehr Margot Wichmann zu sein, dass ich zurückmuss in ein Leben. Vielleicht hinausmuss in ein Leben, weg aus einem Leben. Er hat den Unterschied nicht gesehen, er hat mich erkannt, aber den Unterschied nicht gesehen, es ist aus.

Und dann geschieht es mit mir, irgendwie. Ich setze mich auf einen Frisierstuhl. Er weiß, was er tun soll. Nur einmal korrigiere ich.

„Kürzer", sage ich.

„Wie damals auf dem Foto?"

„Nein, nicht wie damals, nur kürzer."

Als ich in den Spiegel schaue, sehe ich einen Haarschnitt, wie ich ihn damals trug, als ich nach Kiel kam, von Berlin nach Kiel kam. Darunter mein Gesicht. Unter dem Stuhl liegen die Haare von Margot Wichmann. Wer ich jetzt bin, kann ich nicht fühlen. Ich frage mich, ob Wolfgang Wichmann es fühlen wird.

„Soll ich sie zusammenbinden?"

Von Ferne höre ich die Stimme des Friseurs. Ich kann nicht antworten, er ist irritiert.

„Ich könnte sie auffegen, wenn Sie möchten."

Ich will sie nicht, die Haare der Margot Wichmann, sie bleiben unter dem Stuhl liegen. Ich gehe aus dem Laden und sehe, dass das Schild mit der Trockenhaube schwankt.

Die Welt hat sich geordnet. Doch die Ordnung zittert, ich habe es deutlich gesehen. Schon ein Geräusch genügt, und die Ordnung wankt.

Ein Stück die Straße aufwärts sehe ich die schwarze Bunkerwand. Geordnete Steinhaufen liegen dort jetzt, wo vorher riesige Schutthalden gelegen hatten. Und doch, die Steine zittern, ich sehe deutlich, dass sie zittern. Die Straßenbahn fährt vorüber, ihre metallenen Räder knirschen. Deshalb zittern die Steine: Sie hören das Knirschen, sie hören das schrille Quietschen, deshalb zittern sie.

Hier an dieser Stelle stand die Bahn still, damals in der Bombennacht. Jetzt fährt sie wieder. Ihre eisernen Räder liegen nicht im Schienenbett, ich sehe, wie sie über die blank gefahrenen Eisenstreifen schweben, nicht hoch darüber, nur wenige Zentimeter. Und doch lässt ihr Geräusch die Steine zittern.

An der Straßenkreuzung hält die Bahn an einer Haltestelle, es gibt ein Schild. Die Welt ordnet sich. Ich sehe, wie die Bahn ruckt und ihre Räder in das Schienenbett fallen. Jetzt zittern die Steine nicht mehr. Das beruhigt mich. Ich biege in die Seitenstraße ein, es ist die Jungmannstraße.

Die Stahltür des Bunkers steht offen, ich muss auf die andere Straßenseite. Ich will nicht hinein, ich will nicht hineinsehen.

Die Welt hat sich geordnet, ich habe es deutlich gesehen. Und doch, schon ein Geräusch genügt und die Ordnung wankt. Der Friseur hat meine Bescheinigung nicht unterschrieben, er hat nicht sehen können, dass Margots Haarzopf eine andere Farbe hat. Aber es gibt eine Ordnung, es muss auch eine für mich geben.

Dort die Bunkerwand, dort das Haus, in dessen Luftschutzkeller ich auf die Frau mit den Kindern traf. Der weinende Junge mit der Wolldecke und dem viel zu großen Stahlhelm. Der trommelnde Säugling. Die Frau muss erkennen, dass ich die Falsche war, der sie den Koffer gab in der Nacht. Gleich nachdem die Bomber ihren unheilvollen Brand über die Stadt geworfen hatten, gab sie mir den Koffer, gleich nach der Angst. Jetzt in diesen geordneten Zeiten muss sie erkennen können, dass eine andere Frau ihr den Koffer zur Verwahrung überließ.

Die Schritte auf den Treppenstufen erinnere ich, die Wohnung muss im Hochparterre liegen. Meinen Mantel ziehe ich gerade, die Knöpfe exakt nach vorn. Es fehlt einer; das macht ihn nicht unkenntlich. Ich habe ihn bewusst angezogen, er ist zu warm für dieses Treppenhaus. Sie soll mich erkennen, deshalb musste ich ihn anziehen. Jetzt habe ich die Frisur wie damals, trage den Mantel von damals. Es gibt keinen Zweifel.

Ich finde keinen Klingelknopf, ich schlage gegen die Tür. Eine fremde Frau öffnet, sie blickt misstrauisch auf mich, ruft in die Wohnung hinein. Es ist laut in dieser Wohnung, Kinder laufen in hinteren Zimmern umher, streiten. Ein Junge kommt neugierig zur Tür, er stutzt. Ich hoffe, ich lächle ihn an.

„Du erinnerst dich?"

„Ich weiß nicht." Seine Antwort kommt zaghaft, dann lächelt er zurück. Vielleicht ist ihm das Zählen wieder eingefallen, vielleicht erinnert er sich daran, dass die Angst mit den Zahlen geht, dass wir gemeinsam gezählt hatten, damals in der Nacht des Bombenangriffs.

„Wir haben nichts", grob wird der Junge zur Seite geschoben.

„Ich möchte nichts, ich möchte nur, dass Sie mich erkennen." Ich atme langsam, ich spüre, dass ich das Zittern der Steine mitgenommen habe.

„Ich hab alles im Koffer drin gelassen, was drin war."

Ich erkenne die Stimme der Frau aus dem Luftschutzkeller. Sie hat sich also erinnert. Am Geländer der Treppe suche ich Halt. Jetzt muss die Ordnung wieder hergestellt werden, jetzt.

„Sehen Sie mich genau an, bitte. Bin ich die, die Ihnen damals den Koffer gegeben hatte? Zur Verwahrung gegeben hatte, als Krieg war? Machen Sie die Tür nicht zu. Bin ich die Frau?"

Meine Sätze hallen im Treppenhaus. Ich erschrecke.

„Sie haben ihn mir gegeben und Sie haben ihn wieder gekriegt!" Dann schlägt sie die Tür zu.

Es ist aus.

Es war vergebens. Der Tag war vergebens. Ich bin einen ganzen Tag lang rückwärtsgegangen und habe nichts gefunden.

Am Nachmittag ist der Zug nicht voll, nicht übermäßig. Ich bekomme einen Sitzplatz. Die harten Holzbänke schütteln mich in das Schienenbett.

Als ich aussteige am Flintbeker Bahnhof, merke ich, dass ich geweint habe, blanke Tropfen liegen auf dem Mantelstoff. Ich fühle mich nicht.

Es war vergebens. Ich habe das Leben nicht rückgängig machen können. Wenn ich Margot Wichmann nicht sein kann, wer bin ich dann? Meine Kennkarte zertreten in Berlin, weil ich keine Zeugin sein will, keine Täterin. Es geht nicht mehr vorwärts, es geht nicht mehr rückwärts. Der Tag war vergebens.

Der süßliche Geruch der Schokolade umfängt mich, als ich an dem weißen Fabrikgebäude vorbeigehe. Ich lehne mich an die Wand, schließe die Augen, atme, lasse mich betäuben von dem Geruch nach Wohlsein. Ich werde ruhiger. Das Zittern hat aufgehört, meine Hände sind still. Es kann über Jahre keine Schokolade hinter diesen Mauern gekocht worden sein. Die Wände riechen noch, immer noch nach Kakao. Es fällt mir schwer, die Augen wieder zu öffnen, ich möchte nichts sehen, ich möchte stehen bleiben in der Süße der weißen Mauern mit geschlossenen Augen.

Eine Weile gelingt es mir, die Welt draußen zu lassen, doch es dringen Stimmen in meine Stille. Als ich die Augen öffne, sehe ich Wartende vor der Eingangstür des Amtes. Es gibt Bezugsscheine, Marken für Lebensmittel und für Schuhe in dem Amt.

Wolfgang holt unsere Marken.

Dann geschieht es irgendwie, ich stelle mich zu den Wartenden. Es geschieht vielleicht, weil ich schon einmal an dieser weißen Wand stand, bevor ich in das Amt ging, damals. Vielleicht, weil dort mein Leben als Margot Wichmann in Flintbek seinen Anfang nahm. Registriert als Einwohnerin, eingewiesen in das Finnenhaus, in die obere Wohnung über Neuberts. Die amtlichen Vorgänge vernichtet. Ich hatte es gesehen, damals im Büro des Bürgermeisters, der jetzt in Neuengamme ist. Ich spüre deutlich, hier ist die Welt geordnet, niemand schiebt, niemand drängelt. Ich stehe zwischen den Menschen, ich sehe sie nach ihren Papieren kramen. Nach der Arbeitsbescheinigung, nach der Kennkarte. Ich lege meinen Koffer auf den Boden und tue, was die anderen tun. Auch ich nehme meine Kennkarte heraus, die Kennkarte der Margot Wichmann. Als ich den Koffer wieder unter meinem Arm fühle, spüre ich, wie ich langsam aus mir herausfalle, wie die Kraft, Möglichkeit und Handeln zu ersinnen, mich verlässt. Ich weiß nicht, weshalb ich hier stehe. Und als stünde ich drüben an der weißen Schokoladenwand und schaute hinüber zum Amt, sehe ich mich nun hier in der Menschenschlange stehen, die Kennkarte in der Hand, den Koffer unter den Arm geklemmt, so als wäre ich eine Fremde, als beobachtete ich eine wartende Fremde. Ich fühle mich nicht, aber ich sehe mich.

Wohl aber fühle ich die Kennkarte in der Hand.

Ich rücke auf mit den anderen, langsam und stoßweise schiebt es mich vorwärts in das Amt hinein. Als ich den Schalterraum betrete, sehe ich, wie ich die Kennkarte auf den Tresen lege. Sie liegt vor mir auf dem hölzernen Tresen, ich sehe das Bild der Margot Wichmann. Und zaghaft zuerst, dann immer stärker schleicht sich in mein Bewusstsein eine Hoffnung, eine Möglichkeit. Das Bild der Fremden vor meinen Augen verliert sich, ich sehe die Kennkarte vor mir, hinter dem Tresen steht jemand, ein Mann, er sieht mich fragend an. Dann höre ich mich sprechen. Seltsam fremd klingt meine Stimme, so als bliebe sie in mir und ginge nicht hinaus in den Raum.

„Nehmen sie meinen Fingerabdruck, den vom linken und vom rechten Zeigefinger", höre ich mich sagen.

Ich bin verstanden worden, der Mensch hinter dem Schalter reagiert. Er dreht sich zur Seite, greift unter den Tresen, als wolle er etwas hervorholen.

Worauf hoffe ich?

Dann erkenne ich, dass der Mann hinter dem Tresen nicht das tut, was ich sage. Stattdessen nimmt er die Kennkarte in die Hand, hält sie mir vor das Gesicht, viel zu nah.

„Die Abdrucke sind doch schon da, hier, auf der Kennkarte sind sie", seine Antwort klingt ungeduldig, die Stimme kommt von weit her und doch bewegt sich sein Mund. Seine Augen werden unruhig. Sie gehen unter dem Lid hin und her, bald sehe ich Augenweiß, bald eine Pupille.

Etwas ist falsch, etwas geschieht, was ich nicht will. Ich höre den Nachklang des Satzes und sehe, wie die Augen des Mannes hinter dem Tresen an mir vorbeiblicken. Er sieht mich nicht an. Wohin blickt er? Seine Augen wandern hinter mich, schauen fragend und ungenau an mir vorbei. Warum schaut er mich nicht an?

Dann spüre ich Hände auf meiner Schulter. Ihr Druck ist stark, sie halten mich fest, sie greifen in meinen Nacken, schieben sich unter den Kragen meines Mantels, drücken mich in den Boden. Neben meinem Kopf höre ich eine Stimme sagen: „Entschuldigen Sie, wir tragen alle an den Folgen dieser Zeit."

Die Stimme klingt heiß an meinem Ohr, ein Feueratem.

Der Mann hinter dem Schalter nickt. Er schiebt die Kennkarte über den Tresen. Ich muss sie schnell greifen, schnell in meine Manteltasche stecken, sie gehört in den Koffer. Mein Arm muss den Koffer zudrücken, die Kennkarte muss noch hinein. Den Ledergürtel kann ich nicht schließen. Ich schlucke meinen Atem, ich bin allein. An meinem Ohr der Feueratem.

Er darf den Koffer nicht nehmen, es ist meiner.

Die großen Hände drücken fester, sie drängen mich hinaus. Ich möchte schreien. Der süße Geruch der weißen Wände füllt meinen Mund. Ich kann nicht schreien.

III. Epilog

Sie sind alle gekommen, in dem kleinen Wohnzimmer ist es unruhig. Helga hat aus ihrer Wohnung einen Stuhl mitgebracht, Frau Neubert zwei. Es soll bequem sein für alle in dem kleinen Zimmer. Wolfgang Wichmann sitzt auf dem braunen Sofa. Den Teppich, den er besorgt hat und der seitdem leicht und schimmernd unter dem Wohnzimmertisch liegt, hat er aufgerollt und ins Schlafzimmer getragen, bevor die Gäste kamen. Dort liegt er zwischen den Bettgestellen.

Der neue Schutzpolizist sitzt neben dem Sofa auf einem der Stühle, Wolfgang wollte das Sofa für sich allein. Es ist eng in diesem kleinen Zimmer. Den neuen Schutzpolizisten, der seit einigen Wochen im Dorf seinen Dienst tut, hat er eingeladen, er nennt ihn beim Vornamen, Gustav. Beide arbeiten gut zusammen, Wolfgangs Befürchtungen waren unbegründet. Sie sind sich einig in den Dingen, die mit ihren Aufgaben zu tun haben. Wenn sie nach Kiel zu den Engländern fahren, sprechen sie sich vorher ab. Sie verabreden, was sie den Engländern sagen werden und was sie verschweigen wollen. Irgendwo in der Stadt setzen sie sich, am liebsten unten in Hafennähe. Überall liegen Schutthaufen und stehen gebrochene Mauern, auf die sie sich setzen können. Sie besprechen nichts während der Zugfahrt. „Feind hört mit", sagen sie und lachen dabei.

„Zur Feier des Tages, Margot", hat er am Abend vorher gesagt und ihr die Whiskeyflasche gezeigt.

Sie schloss für Sekunden die Augen, als er dies sagte. Zur Feier des Tages. Er hatte das schon einmal gesagt, damals.

Wolfgang bemerkte nicht, dass sie die Augen schloss, für Sekunden die Augen schloss. Er dachte nicht an diesen ersten Abend in der Küche, an dem er beschloss, das fortzusetzen, was einmal begonnen hatte, 1943 im Dezember. Stattdessen sagte er: „Es wird dein Fest, du brauchst Ablenkung; es wird gut sein, wenn alle kommen. Gustavs Frau kommt auch, sie wird dir gefallen."

Er kennt Gustavs Frau nicht, er kann nicht wissen, ob sie sie mögen wird; er sagt es so, einfach nur so. Sicher auch, um dem Fest Bedeutung zu geben. Und Wolfgang möchte, dass das Fest für sie Bedeutung hat, er weiß, dass sie es sich schwer macht mit den anderen, das Fest wird ihr helfen, da ist er sich sicher. Es muss gelingen, dieses Fest, er wird dafür sorgen, dass es gelingt.

Sie hatte nicht gesprochen, seit Tagen nicht, seit *dem* Tag nicht. Nicht mit ihm, nicht mit anderen, sie hatte geschwiegen – und in ihm hatte sich eine Sorge festgesetzt, deren Ursprung er ahnte, deren Auswirkung er fürchtete. Er will, dass sich nichts ändert.

Im Dorf hatte das Gerücht die Runde gemacht: Die Frau des Schutzpolizisten Wichmann ist verwirrt, er musste sie abholen aus dem Amt, sie ist verwirrt, sie wollte ihre Kennkarte überprüfen lassen. Sie hatte einen Koffer bei sich.

„Dass es so 'was gibt ... Sie hat doch alles", sagten die Leute untereinander.

Helga hatte das Gerücht gehört, sie hatte es Wolfgang Wichmann zugetragen und dabei beteuert, dass die Leute so reden, nur die Leute, nicht sie selbst. Und nur, weil sie eine Freundin sei, gäbe sie das Gerücht weiter an ihn, wo er doch der Ehemann ist.

Wolfgang Wichmann hatte den letzten Satz nicht wahrgenommen. Zu sehr war er damit beschäftigt, eine Lösung zu finden, die das Gerücht entkräften könnte. Gerüchte sind hartnäckig und die Leute im Dorf wollen keinen

Schutzpolizisten, der seine eigene Frau schützen muss. Und die Engländer könnten es erfahren, sie kennen Margot, und es gibt da den *einen* Engländer. Margots Veränderung könnte dem Engländer auffallen und er könnte Wolfgang die Verantwortung dafür geben. Das könnte ihm die Stellung kosten. Eine wirre Frau kann keinen Schutzpolizisten unterstützen. Dessen ist er gewiss. Dann reagierte er.

„Es wird dein Fest, Margot."

Sie antwortete nicht, als er dies zu ihr sagte, nicht die kleinste Reaktion bemerkte er, obwohl er sie aufmerksam beobachtete.

Jetzt sind sie da, die eingeladenen Gäste. Frau Neubert wird den anderen in der Siedlung von dem Fest erzählen, da ist er sich sicher. Helga gewiss auch. Und dann ist da noch die Frau des Schutzpolizisten Gustav. Auch sie wird erzählen, er hofft es. Alle werden erfahren, dass an dem Gerücht nichts dran ist. Sie werden erzählen, dass Margot Wichmann ein Fest gefeiert hat, oben in der Wohnung über den Neuberts. Vom englischen Whiskey werden sie nicht erzählen nach dem Fest, denn sie werden selbst davon getrunken haben. Und von Gustav weiß er, dass er auch eine Flasche mitbringen wird. Sie haben den Whiskey gemeinsam organisiert. Die Engländer machen gute Geschäfte mit dem Alkohol. Dieser Gedanke hat Wolfgang Wichmann beruhigt. Und er wird sie beobachten, er wird sie im Blick behalten den ganzen Abend über.

Er plante gründlich, stellte die Regeln auf: „Du sitzt nahe der Küchentür. Dann trägst du das Essen auf, und du sagst nicht, dass ich es gekocht habe. Du trägst es auf. Wenn ich es sage, trägst du das Essen auf!" Auch das musste er bedenken: Noch nie hatten sie Gäste gehabt. Und es ist wichtig, dass alles selbstverständlich wirkt. Die Frau des Schutzpolizisten ist nicht verwirrt, das sollen die Gäste sehen.

Sie sitzt auf dem Stuhl nahe zur Küche. Ihm gegenüber. So kann er ihr Zeichen geben, kann den Ablauf des Abends bestimmen. Es wird alles so werden, wie er es gedacht hat, er hat sie im Blick – und ein gutes Gefühl.

Am Abend dann trägt sie die Schüssel mit den Kartoffeln herein. Sie dampfen, und er sieht, dass ihre Finger an dem Porzellan mit den blauen Mustern unruhig flattern. Die Schüssel ist heiß, sie hat auf dem heißen Ziegelstein hinter den Ofenringen gestanden, jetzt ist sie zu heiß geworden. Für Augenblicke war ihm der Gedanke gekommen, vom Sofa aufzustehen und ihr die Schüssel abzunehmen. Das hätte seine Absicht durchkreuzt, er tut es nicht. Sein Blick haftet an dem unruhigen Zeigefinger mit der Narbe.

Es hat ihn verwundert, als er die Narbe am Nachmittag zum ersten Mal bemerkte. Er hatte sie noch nie gesehen vorher, und dann war sie plötzlich da an dem Finger. Er wollte mit den Vorbereitungen für das Essen beginnen, hatte den Küchenofen geschürt, die Pfanne auf die Ofenringe gestellt, als sie ganz plötzlich in die Küche kam. Sie stellte sich an das breite Holzbrett vor dem Fenster, und vom Ofen aus konnte er beobachten, wie sie sich gegen das Holz lehnte, ihren Daumen in das Astloch legte und ganz still dastand, den Blick starr aus dem Fenster in den Garten gerichtet.

Er wird das Astloch zukitten, sobald er Kitt auftreiben kann. Er nahm es sich fest vor.

Und dann holte sie überraschend die Speckseiten aus der Speisekammer, legte das Holzbrett vor sich. Er hatte sich vorgenommen zu kochen, um sicherzugehen, dass alles nach Plan liefe. Jetzt sah er, wie sie nach dem Messer griff, das er schon bereitgelegt hatte. Wie selbstverständlich geschah es. Er wich zurück, ging vorsichtig hinter ihrem Rücken zur Tür. Er traute der Situation nicht, er wollte sie beobachten. Er konnte ihr Verhalten nicht einordnen. Ihr

Schweigen seit dem Tag, als er sie auf dem Amt fand, war nur irritierend für ihn, aber ihre seltsame Unschlüssigkeit, ihr stilles Sitzen, ihr stilles Gesicht hatten ihn verunsichert. Es durfte nichts Ungewöhnliches geschehen, das dem Gerücht im Dorf Nahrung geben könnte.

Als sie nach dem Messer gegriffen hatte, glaubte er, sicher sein zu können: Es wird alles wie vorher werden, es wird sich alles finden. Dann war es ihm beruhigend, fast selbstverständlich vorgekommen, als sie die Speckseiten nahm und mit dem hölzernen Schneidebrett auf die breite Ablage unter dem Küchenfenster legte. Langsam hatte sie begonnen, den Speck zuerst in Streifen und dann in kleine Würfel zu schneiden. Sie hatte also seinen Plan verstanden; *das* war beruhigend. Was er sah, gab ihm Sicherheit. Und doch hielt es ihn im Rahmen der Küchentür, den Blick in die Küche gerichtet. Er beobachtete, kontrollierte ihre Bewegungen, beruhigte sich an der Selbstverständlichkeit ihres Tuns. Ihre Hände. Seine Augen fixierten. Schmal und lang die Finger. Unverhofft kam seine Erinnerung, sie stieg hoch in ihm, kroch hinauf in ihm, blieb in seinen Augen haften. Ihre Hände. Nur die Narbe gab es nicht an ihrer Hand.

Sie war fort eines Tages. Wäre das mit dem Kind nicht gewesen. Seine Erinnerung sackte hinab, wurde zu einem bitteren Klumpen aus Verletzung und Zorn, saß fest über seinem Magen, ließ sich nicht hinunterschlucken. Er wusste es damals schon, ganz sicher war er immer noch. Alle Frauen wollen Kinder. Und er war sich sicher, er hätte alles vergessen können, er hätte mit ihr die Zeit zwischen den Händen, die sich nur durch die Narbe unterschieden, vergessen können. Er hätte neu beginnen können, mit ihr. Es war ein guter Anfang, der Abend in der Küche nach seiner Rückkehr. Und irgendwann hätte nur die Narbe am Finger den Unterschied ausgemacht.

Wolfgang schluckte, er schickte seine Augen fort von diesen Händen, ließ sie über den aufgerichteten Körper wandern, über das kurz geschnittene Haar, den Hals. Er sah die Schürze, den Knoten der Schürzenbänder auf dem Rücken.

Dort blieben seine Augen lange, und als seine Erinnerung endlich fort war, sah er, wie sie mit ihrer linken Hand in den weichen Speck griff, die rechte schob die geschnittenen Stückchen über das Brett hinaus auf das Holz der Ablage. Er wollte ihr sagen, dass der Speck auf einen Teller gehörte, das Fett sollte im Speck bleiben, nicht in das Holz ziehen. Er sagte es nicht, er musste vorsichtig sein. Er stand in der Küchentür und sah die rötliche Narbe auf dem Zeigefinger, wenn sie die Hand ausstreckte und den Speck vom Brett schob.

Jetzt sind die Gäste da in dem kleinen Wohnzimmer, jetzt zittert der Zeigefinger mit der rötlichen Narbe an der heißen Schüssel. Für die anderen wird es alltäglich aussehen. Die Hausfrau trägt die Speise auf und die Schüssel ist heiß, deshalb sind die Finger unruhig. Die Frau des Schutzpolizisten Wichmann ist nicht verwirrt.

Wolfgang schiebt die Schüssel auf dem Tischtuch weiter. Sie soll die Flecken bedecken, die Flecken, die sich nicht herauswaschen lassen. Es soll aussehen, als hätte die Schüssel gerade eben den Fleck erzeugt. Alles wie selbstverständlich.

Es ist still in der Wohnstube, angespannt still, niemand redet, nur das Klacken ihrer Holzschuhe, nur das Ächzen der Dielenbretter vor der Schwelle zur Küchentür zerren an der Stille. Jede Schüssel ist begleitet von dem klagenden Ton der Dielen, die Kartoffeln, der Speck, gebräunt in fettiger Soße. In die Stille hinein hören sie Gustavs Frau sagen: „Gleich quietschen sie wieder." Ihre Stimme ist hoch, es klingt, als fürchte sie den Ton der Dielen. Wolfgang Wichmann lässt sie nicht aus den Augen, er registriert, dass sie die klagenden Bretter nicht meidet, und er weiß, dass er sie nicht aus den Augen lassen darf. Er denkt, dass sie die Schuhe mit den blanken Schnallen hätte anziehen können, heute jedenfalls. Und es macht ihn ärgerlich, dass er nicht daran gedacht hat. Er sieht, wie sie eine Kartoffel auf ihren Teller legt und sie mit dem Messer zerschneidet. ‚Wie die Engländer‘, denkt er und sagt es nicht. Er sieht, wie sich der Zeigefinger auf dem Messerrücken streckt, er sieht die Narbe, sieht die Finger um den Messerschaft greifen. ‚Wie die Engländer‘, denkt er und zieht die Whiskeyflasche zu sich.

„Für jede Kartoffel einen“, sagt er stattdessen. „Gustav, so haben wir uns das Fest gedacht.“

Er gießt ein, die braune Flüssigkeit windet sich in die kleinen Weingläser. Die Frauen nippen am Glas, die Männer trinken.

„So ist es. Whiskey für die Männer.“

Wolfgang schiebt sich hinter Helgas Stuhl vorbei, es ist eng in der kleinen Stube. Er will Saft für die Frauen holen; er hätte früher daran denken sollen, vor dem Fest. Er hatte nur an den Whiskey gedacht. Jetzt beunruhigt es ihn, dass er in den Keller gehen muss. Er schaut zurück in das Wohnzimmer, bevor er den Treppenabgang hinabsteigt. Margot sitzt am Tisch, sie hat ihre Hände auf dem Schoß gefaltet, sie neigt etwas den Kopf, sie vermeidet den Blick der anderen Frauen. Er wird sich beeilen müssen.

Margot hatte den Saft eingekocht zur Erntezeit der Johannisbeeren. Auf dem Bauernhof hinter den Bahnschienen gibt es alte Johannisbeerbüsche. Die eigenen im Garten tragen noch zu wenig.

Es fiel ihm wieder ein: Sie hatte die Johannisbeeren gepflückt, erst für den Bauern, dann für den eigenen Saft, und er war zum Tannenberg gefahren auf dem Fahrrad. Es hatte sich jemand aufgehängt im Wald am Tannenberg, jemand hatte den Schutzpolizisten benachrichtigt. Der Bauer vom Johannisbeerhof hatte den Toten mit dem Leiterwagen abgeholt. Er lag auf dem Leiterwagen, Wolfgang saß neben ihm. Auch sein Fahrrad lag auf dem Leiterwagen, als sie zurück ins Dorf fuhren. Vor dem Hof mit den Johannisbeerbüschen standen die Leute und glotzten. Es hatte sich schnell herumgesprochen, dass es einen Toten gab. Der Schutzpolizist Wichmann hatte den Toten geborgen und brachte ihn jetzt fort. Die Streben des Leiterwagens waren offen, ein Arm des Toten war hindurchgerutscht und schwankte, als winke er den Gaffern am Straßenrand zu.

Margot stand zwischen ihnen, die Milchkanne mit den gepflückten Beeren in der Hand. Er sah, dass sie die winkende Hand anstarrte; auf ihn hatte sie nicht geschaut. Über den Toten haben sie nie gesprochen, niemand kannte ihn im Dorf.

Wolfgang Wichmann steigt die Treppen in den Keller hinab, jetzt holt er den Saft für die Frauen aus dem Keller. Gustavs Frau hat nichts bemerkt, niemand hat etwas gesagt, niemand hat gefragt, obwohl man es hätte riechen müssen. Hinter der Kellertreppe hängt noch der böse, hornige Geruch des vorigen Tages. Je tiefer er in den Keller hineingeht, je bissiger zwängt sich der Geruch in seine Nase. Und Frau Neubert weiß es, sie hatte es zuerst gerochen.

„Kindchen, was haben Sie verbrannt?"

Er hatte die Neubert im Keller rufen hören, sie kam die Treppe heraufgelaufen auf den Hof, die Hände vor Mund und Nase gepresst. Dann hatte auch er es gerochen, bis auf den Hof hinaus drang es. Er kennt den Geruch, wenn Flammen nach der Haut greifen, wenn die Kleidung keine

Nahrung mehr bietet, wenn sie zischend nach Fingernägeln, Wimpern, Haaren greifen.

Margot hatte im Keller vor dem Badeofen gestanden, unbeirrt schien sie von dem beißend zornigen Geruch, rieb die Hände hastig und rhythmisch an ihrer Schürze. Dabei senkte sich ihr Oberkörper für Momente nach vorn wie unter Schmerzen, richtete sich dann wieder auf, ihr Kopf nickte. Und er glaubte zu sehen, dass darin die Erklärung lag. In diesem Moment glaubte er daran, dass sie ihr abgeschnittenes Haar verbrannt hatte. Der Geruch war eindeutig, ihr Nicken auch. Er war sich sicher, das Nicken hatte ihm gegolten, war eine Übereinkunft, die keine Worte brauchte. Sie hatte ihm sagen wollen, dass es jetzt fort war, das Haar. Sie selbst war unversehrt, es muss also das Haar gewesen sein, was sie vor wenigen Tagen abschneiden ließ. Es wird im Koffer gelegen haben, vom Friseur zusammengefegt. So dachte er es sich an diesem Tage, so erklärte er sich, dass sie auf dem Amt den Koffer mit großer Kraft an ihren Körper gedrückt hatte. Er nahm sich vor, über das abgeschnittene Haar nicht mehr zu sprechen.

Und dennoch hatte er nach dem Koffer gesucht. Sehr schnell hatte er gemerkt, dass er ihn ihr nicht wegnehmen konnte. Sie hatte ihn mit einer Kraft gehalten, die er nicht an ihr kannte und die ihn befremdete an dem Tag, an dem er sie mit dem kurz geschnittenen Haar auf dem Amt gefunden hatte, nachdem sie einen ganzen Tag fort gewesen war. Es sollte gefügig und einvernehmlich aussehen, der Weg vom Amt durch das Dorf in die Siedlung. Deshalb hatte er ihr den Koffer gelassen. Er war an diesem Tag sicher gewesen, ihn später öffnen zu können. Ihr Wille, den Koffer zu halten, ihn ihm nicht zu überlassen, hatte ihn zuerst ärgerlich gemacht, dann verunsichert und zugleich neugierig. Später würde er ihn finden und nachsehen.

Am Abend hatte sie den Koffer unter die Bettdecke geschoben, war nachgekrochen. Er hatte beobachtet, wie sie ihren Körper um den Koffer wand, darin einschloss und schlief. Auch in der Nacht wagte er nicht, ihr den Koffer wegzunehmen. Schon auf die Berührung der Decke hatte sie schreckhaft reagiert, ein Zucken des Körpers, ein dumpfer Kehlton. Er fürchtete, sie würde schreien.

Am Morgen lag sie da, ohne den Koffer.

Und er hatte ihn am folgenden Tag gesucht, aber nicht gefunden. Im Keller nicht, auf dem Boden nicht. Er hatte die Leiter angestellt, hatte den Kopf in die Bodenluke gereckt und den beschädigten Nachtschrank an der Giebelseite gesehen. Zeitungsreste lagen verstreut, nur das. Der Boden war leer.

„Jetzt meine!" Gustavs Griff zur Flasche ist unsicher.

Seine Frau greift nach seiner Hand. „Gustav, die Margot ist ganz still, sie sitzt ganz still da."

„Aufheitern, Wolfgang, wir wollen sie aufheitern." Gustavs Blick sucht nach Bestätigung.

Wolfgang reagiert auf die Flasche, nicht auf Gustavs Unsicherheit: „Wir wechseln ab, erst meine, dann deine. Meine war schon, jetzt deine."

Wolfgang hatte nach der Flasche gegriffen, noch ehe Gustavs Frau sie nehmen konnte. Jetzt schiebt er beide Flaschen zusammen, sie stehen nebeneinander, das Tischtuch hat sich zusammengeschoben zwischen den beiden Flaschen, die Flecken sind nicht mehr zu sehen. Wolfgang fixiert den Whiskeystand in den Flaschen, dann bestimmt er: „Jetzt deine, Gustav."

„Das ist zu viel Alkohol. Was haben wir vom Abend?", Frau Neuberts Gesicht wird flächig, als sie diesen Satz sagt und aufsteht. „Es nimmt kein gutes Ende. Lasst uns gehen!"

„Ich bleibe, ich bleibe für Margot", Helgas Blick gleitet von Wolfgang über den Tisch zu den anderen Frauen
und dann zu den Whiskeyflaschen. Margot schaut auf, für
einen sehr kurzen Augenblick schaut sie auf Helga. Wolfgang sieht es.

Gustavs Frau wird unruhig. Sie weiß, dass auch sie
bleiben muss, Gustavs wegen. Erst wenn es später ist und
dunkel, wenn in den Finnenhäusern die Nacht das Leben
gefangen hält, wird sie Gustav nach Hause zerren. Er wird
neben ihr schwanken, wird Wörter sagen, die sie nicht versteht, und doch wird sie so tun, als verstünde sie. Bis zu
ihrer Haustür wird sie hoffen, dass niemand sie gesehen
hat. Deshalb wird sie bleiben.

Frau Neubert hat sich wieder auf ihren Stuhl gesetzt. Die
Stille ist beißend, die Frauen vermeiden es, sich anzusehen,
sie starren auf den Tisch. ‚Jetzt sehen sie die Flecken', denkt
Wolfgang und schiebt an der Whiskeyflasche.

„Runter geflogen, Pfeife verbogen, grade gebogen, weiter geflogen. – Los Gustav, weiter fliegen!" Wolfgangs laute
Stimme fällt in den Raum. Es ist ein Kommando, Gustav
versteht, er kennt den Spruch der Flieger.

Wolfgang Wichmann greift zur Flasche, hört Gustavs
schnaubendes Lachen und sieht, wie Frau Neubert aber-
mals aufsteht und ihren Stuhl anhebt. Es erreicht ihn kurz
und fast schreckhaft der Gedanke, dass die Neubert nicht
in der Siedlung erzählen wird, dass die Frau des Schutzpolizisten ein Fest gefeiert hat, wie selbstverständlich ein Fest
gefeiert hat.

„Es wird hier geblieben, keiner geht, alle feiern. Es ist
Margots Fest."

Wieder ein Kommando, dann hebt er das Glas.

„Margot, auf dein Wohl."

Jetzt sieht er, wie Frau Neubert sich wieder setzt. Sie ist
neugierig, sie geht nicht, denkt er und wiederholt lauter

noch: „Auf dein Wohl, Margot!" Es hat anders geklungen, es hat geklungen wie: ‚Margot, du bleibst hier', und er weiß nicht, warum er es so gesagt hat.

Helga hat sich über den Tisch gebeugt und sieht Wolfgang an.

„Was heißt das?"

Gustav lacht schwerfällig und allein: „Sie versteht das nicht."

Das Glas in Wolfgangs Hand schwankt über dem Tischtuch. Dann schaut er Helga an, als hätte ihre Frage ihn erstaunt. Sein Augenlid flattert, er vergisst, es mit seiner Hand zu beruhigen. Es flattert und sieht Helga an.

„Soll ich dir sagen, wie sich das anfühlt? Wenn es runtergeht und der heiße Luftzug hinter dir her ist? Und ich sage euch", bei diesen Worten richtet er sich auf, und er ist groß in diesem kleinen Raum, „nur die Könner biegen grade. Und der heiße Luftzug ist hinter dir und du fliegst weiter. Nur die Könner. Und Wolfgang Wichmann gehört dazu, er gehört zu den Könnern."

Dabei hat er sie angesehen. An Helga vorbeischauend, richtet sich sein Blick auf sie, denn der Satz ist nicht für Helga.

„Margot", sagt er und seine Stimme wird leiser und eindringlich, „Margot, Wolfgang Wichmann ist wieder da!"

Gustavs Kopf ist auf die Tischplatte gefallen, seine Frau kichert albern. Im Raum stehen der Geruch des gebratenen Specks und der dumpfe Geruch des Whiskeys.

In das Schweigen hinein steht sie auf.

Sie hat dagesessen bisher, unbeweglich die ganze Zeit. Jetzt steht sie auf. Ihren Stuhl, der in der Nähe zur Küchentür steht, denn das ist der Platz für die Hausfrau, schiebt sie mit den Kniekehlen nach hinten. Die hölzernen Stuhlbeine

schaben über die Dielen. Als sie in die Küche geht, tritt sie
auf die lauten Dielenbretter. Die anderen schauen ihr nach.
Wolfgang lässt sie nicht aus den Augen. Er sieht, wie
sie ihre Schürze vom Haken hinter der Türlaibung nimmt,
mit dem Kopf durch die Schlaufe fährt, sorgfältig die Bän-
der auf dem Rücken schnürt, die Abwaschschüssel aus dem
Schrank unter dem Fenster nimmt, den Wassertopf von
den Ofenringen hebt und das warme Wasser in die Schüssel gießt; es dampft. Wolfgang sieht, wie sie einen Teller in
das Wasser taucht, wie die Hand mit der Narbe am Zeigefinger den Lappen hält und um den Tellerrand herumfährt,
langsam und immer wieder um den Tellerrand. Sie wäscht
ab, alles wie geplant; und doch spürt er ein Unbehagen in
dem, was geschieht. Er darf sie nicht aus den Augen lassen.

„Er war im U-Boot", Gustavs Frau hat aufgehört zu ki-
chern, ihre helle Stimme klingt spitz. Sie greift nach Gustavs Hand. Der zieht sie weg, hebt sie hoch, lässt sie auf
den Tisch zurückfallen, ohne dass es ein Geräusch gibt. Er
greint wie ein verlegenes Kind, das vergeblich nach dem
Ball gegriffen hat. Jetzt kichert sie wieder und ihre spitze
Stimme sagt: „Vielleicht ist er ja auch ein Könner. Gustav
sagt selbst, dass es ein Wunder war …"

Gustav greint und lallt leise: „Ich weiß, es wird einmal
ein Wunder geschehen." Dann versiegt seine Stimme für
Sekunden. „Wunder geschehn", bringt er noch einmal hervor, als sein Kopf auf die Tischplatte fällt. Seine Hände
greifen ins Tischtuch.

Wolfgang hört Gustavs lallende, versiegende Stimme.

„Weiter, Gustav, weiter!"

Gustav reagiert nicht.

Dann kommt der Ton von weit unten aus Wolfgangs
Brust, sein Kopf neigt sich vor, sein Kinn drückt gegen den
Kehlkopf. Die Worte klingen tief, sie kommen mühsam.

„Ich weiß, es wird einmal ein Wunder …" Die Luft müsste wieder hinaus mit den Tönen. Sie kann nicht, das Kinn presst sie zurück. Er atmet tief und beginnt neu: „… Wunder geschehn."

Er hatte sie nicht aus den Augen lassen wollen, er hat „Auf dein Wohl" gesagt und es hat geklungen wie: ‚Du bleibst hier'. Und er hat nicht gewusst, warum er das gesagt hat. Jetzt hat das Lied ihn gefangen, er bemüht sich, diese besondere, tiefe Stimme zu finden, die alle kennen, an die sich alle erinnern. Sein Blick ist nicht mehr bei ihr, seine Konzentration geht hin zu den tiefen Tönen, die er versucht zu singen, hin zu den Worten des Liedes, die er sucht: „Wir haben beide denselben Stern … Dein Schicksal ist auch meins … Ich weiß." Er spürt nicht, wie die Worte seines Liedes zu Boden fallen, über die Dielen hinein in die Küche sicher ihren Weg finden. Die Frau dort am Küchenfenster vor der Abwaschschüssel nimmt sie auf, sie füllen ihre Leere, ihre Gedanken, ihre Erinnerungen, füllen sie aus mit einer Erwartung, die noch kein Ziel kennt.

‚Ich weiß, es wird einmal ein Wunder geschehn.'

Er singt. Er sieht nicht, dass sie den Teller in das Abwaschwasser gleiten lässt, ihre Hände für einige Zeit reglos im Wasser liegen, der Lappen hilflos in den kleinen Wellen schwappt, die der sinkende Teller in das Wasser gezeichnet hat. Er sieht nicht, wie ihre Füße sich nebeneinanderstellen, soldatisch fast, ihr Rücken sich aufrichtet, ihr Kopf. Er sieht nicht, wie ihr Blick zum Küchenfenster hinausgeht zu den ungehörten Schreien, zu den jungen Bäumen, deren dünne Stämme sich im Garten bewegen. Er sieht nicht, wie sie ihre Augen schärft, wie sie die Lider zusammenzieht und weit in die Ferne schaut. Er bemerkt nicht einmal, dass sie ihre Hände mechanisch an der Schürze trocknet. Niemand bemerkt es, zu sehr sind alle angestrengt, das Lied mit seinen tiefen Tönen zu finden. Sie suchen ihre Gemeinschaft in diesem Lied, sie singen, sie grölen.

So sehen sie nicht, wie ihre Füße sich wenden, aus der Küche hinausgehen, über die klagenden Dielenbretter hinwegtreten. Sie sehen nicht, dass das Abwaschwasser still geworden ist, der Lappen auf den Grund der Schüssel gesunken ist. Sie hören nicht, wie die Luke zum Boden aufgestoßen, die Leiter aufgestellt und wieder hineingezogen wird. Sie vermissen die Leiter nicht. Sie haben ihr Lied.

Irgendwann ist das Lied zersungen.

Wolfgang hat zuerst bemerkt, dass sie nicht mehr in der Küche steht und mit dem Lappen um den Teller fährt, obwohl sie doch eben noch da war.

Jetzt sehen die anderen sein erstauntes, ungläubiges Gesicht, folgen seinem Blick hinein in die Küche. Sie wundern sich kurz, dann stehen die Frauen auf und waschen ab. Das Wasser ist fast kalt, die Teller fettig vom Speck. Gustavs Kopf liegt auf der Tischplatte.

Wolfgang ergreift für Sekunden eine schmerzhafte Verstörung. Seine Lippen ziehen sich zu einem eisernen Lächeln, seine Augen lächeln nicht. Das war nicht sein Plan. Dabei war alles gut gelaufen bisher: Es gab ein Fest, getrunken wurde, gesungen, und alle haben gesehen, dass die Frau des Schutzpolizisten Wolfgang Wichmann Essen aufgetragen hat, dass sie den Abwasch gemacht hat, dass alles in Ordnung ist, dass alles so weitergehen wird wie bisher im Hause des Schutzpolizisten Wolfgang Wichmann. Er drängt die nagende Verstörung fort, überspielt sie in dem starken Wollen, dass alles selbstverständlich bleiben soll.

„Manchmal geht sie auch nachts zu den Hühnern", sagt er und lacht. Das Lachen gelingt ihm nicht, er setzt noch einmal an. Jetzt gelingt es. Selbstverständlich soll dies alles sein, das Lachen, das Fest, alles. Und bis jetzt ist es gut gegangen. Er richtet sich auf im braunen Sofa.

„Sie kommt immer wieder. Sie kommt immer wieder." Gewissheit. Sie kommt wieder – er weiß es doch. Er lehnt sich zurück, seine Arme lässig über die Rückenlehne des braunen Sofas gelegt. Seine Finger spielen, sie reiben auf dem braunen Stoff der Rückenlehne.

Helga gießt ihm den Rest aus der Whiskeyflasche ein.

Groß sitzt er auf dem Sofa, die Arme ausgebreitet. Ein großer, schwerer Vogel. Jetzt fühlt er sich wieder sicher, er weiß sich beachtet. Nur Gustav beachtet ihn nicht, sein Kopf liegt unbeweglich auf dem Tischtuch, ein kleiner, nasser Fleck zeigt sich unter seinem geöffneten Mund. Keiner sieht es. Wolfgang atmet tief, dann sagt er: „Ihr habt es ja gesehen, es dauerte ein halbes Jahr, ein halbes Jahr Verspätung, dann war sie hier!"

Plötzlich schlägt er seine flachen Hände auf seine Schenkel. Die Frauen schrecken hoch, Gustav hebt kurz seinen Kopf, dann zieht er seinen Speichel ein und lallt Unverständliches. Unvermittelt und sehr laut dröhnt Wolfgangs Lachen auf, es füllt den Raum. Es zieht bis zur Küchentür, kommt nicht hinein, es stößt an die Fenster, an die Wände.

Als sich die Wohnzimmertür öffnet, zieht sich das Lachen zurück, bleibt stehen zwischen den am Tisch Sitzenden, sackt hinter die Stühle, hinter das braune Sofa.

Vor dem dumpfen Licht des Flures steht sie im Türrahmen.

Schemenhaft und ungenau sieht er ihren Körper vor dem Dunkel. Er zweifelt noch. Sie steht gerade, die Füße eng nebeneinander; nur die Schuhe sieht er deutlich. Der Lichtkegel der großen Wohnzimmerlampe fällt auf den Boden bis über die Schwelle. Er sieht, dass die Schnalle an einem Schuh glänzt. Nur an einem. Und während seine

Augen noch an der glänzenden Schnalle hängen, ist da ein leises Flattern. Seine Augen suchen den flatternden Ton. Die Kennkarte liegt auf den Dielen, vor dem Schuh mit der blanken Schnalle. Mit ungläubigem Staunen sieht er, wie der Schuh mit der glänzenden Schnalle die Kennkarte in den Raum stößt.

Als er im Lichtschein seine Wirklichkeit sucht, sieht er ihre ausgestreckte Hand, sieht er ihre gespreizten Finger in dem kleinen Raum. Ein Lichtfleck, der durch das Loch im Stoff der großen Wohnzimmerlampe fällt, erreicht ihre Hand, leuchtet sie aus, die blasse Haut, den staubigen Topas am Finger, die lackierten Nägel, das blanke Rot hastig über die Ränder gezogen. Wolfgang Wichmann zweifelt noch, dann erkennt er das Kleid. Er sieht den tiefen Ausschnitt, er denkt sich ihren schlanken Hals, ihre weiche Haut. Ihr Gesicht im Dunkeln, und als er die Hand über sein Auge legt, lächelt ihr sehr roter Mund.

Dann hört er das Flirren der Seide draußen im dunklen Flur, hört weiches Hasten auf den Stufen der Treppe, hört es leiser werden, sich entfernen. Dann das kurze Schnappen der Haustür.

Wolfgang Wichmann schließt die Augen und sieht ihren sehr roten Mund.